転生したらスライムだった件 16

Regarding Reincarnated to Slime

対

魔国連邦《テンペスト》

盟友

ヴェルドラ

リムルと名付けを交わした親友。世界に3体しか現存しない竜種の一人。

リムル

魔国連邦の盟主にして、魔王。その正体はスライムに転生した日本人。

精強なる配下たち

東の帝国（ナスカ・ナムリウム・ウルメリア 東方連合統一帝国）

ルドラ（ミカエル）

東の帝国を治める優れた皇帝であったが、その魂は摩耗し、最後には自身のスキルであったミカエルに身体を乗っ取られてしまった。

同志

フェルドウェイ

『三妖帥』をはじめとしたセラフィムたちを従える妖魔王。ミカエルと目的を同じくしており、協力関係にある。

三妖帥《さんようすい》

ザラリオ／コルヌ／オベーラ

敵

愛

転生体

ヴェルグリンド

東の帝国の元帥であり、竜種の一人でヴェルドラの姉。ルドラを愛する乙女。

愛

マサユキ

ルドラの転生体で、地球から転移してきた日本人高校生。

友

ギィ・クリムゾン

最強最古の魔王にして、暗黒皇帝の二つ名を持つ原初の悪魔。性別を自在に変化できる特異体質。

ヴェルザード

ギィと共にある竜種の長女。ヴェルドラの姉。

ミザリー／レイン

ギィに仕える原初の悪魔。

氷土の大陸

目次 ― 遊戯終了編

序章

秩序の崩壊

Regarding Reincarnated to Slime

異界《いかい》には秩序があった。

精霊界や悪魔界といった精神世界に重なるように存在する、半物質世界。決して交わらぬ世界。そこでは、大きく区分して三勢力が覇を競っていた。

他世界への侵略を企む、妖魔族《ファントム》。

安住の地の拡張を狙う、蟲魔族《インセクター》。

そして、戦いと破壊に明け暮れる幻獣族《クリプテッド》である。

他の異次元から来訪する勢力もいたが、この三勢力のいずれかによって元の次元ごと滅ぼされていた。それほどまでに、この三勢力は比類なき武威を誇っていたのだ。

妖魔族《ファントム》と蟲魔族《インセクター》――この二種族は、王を頂点とした階級社会を形成している。下位存在には自由意思すらなく、命令に忠実な駒に過ぎない。

それに対し、幻獣族《クリプテッド》は異質だ。

半精神生命体でありながら、限りなく精神生命体に近い発生の仕方をする。親から分裂して生まれる場合もあるが、大半の者は魔素から自然発生する特殊個体なのだ。

蟲と獣という違いはあるものの、性質的には蟲魔族《インセクター》の支配者階級に近い特徴を備えている。ただし、群れる事はなく個々が強大な戦闘能力を有していた。

知性を持たないのに狡猾で、とても好戦的。当然ながら協調性は皆無で、各々が自分の支配領域を拡大させるべく行動していた。

故に、幻獣族《クリプテッド》同士でも戦いが繰り広げられているというのが現状だったのだ。

そんな三勢力であるからして、異界で仲良く暮らせる訳がない。

妖魔族《ファントム》と蟲魔族《インセクター》は、永劫の時を争い続けている。ただし、幻獣族《クリプテッド》が大量発生して暴走した時のみ休戦し、その撃滅の為に共闘して——そんな歴史を、太古の昔より繰り返しているのだった。

故に彼等は、安住の地を求めてやまない。常に外界に目を向けて、侵略の手を伸ばそうと画策していた。

だがそれは、当然ながら簡単ではなかった。

人を超える寿命と、病気や怪我では死なない肉体を有していてもなお、いまだにその悲願は達成されていないのだ。

そもそもの問題として、異界へ侵出する為の通路が簡単には発見されないという事実がある。千年に一度あるかないかというような、時空振動などの特殊な大災害時に、短時間だけ時空の裂け目が開いたりする程度なのだ。

これでは、大軍を派遣するなど不可能。先遣部隊を送り込み、拠点を築かせるだけで精一杯だったのだ。

しかし、世の中には例外も存在する。

時空を連結する幾つかの裂け目は、世界に固定化されており〝門〟としての役割を果たしていたのだ。

それこそが、〝冥界門〟または〝地獄門〟と呼ばれるものであった。

その〝門〟を使えば、異界からの脱出も容易であろう。だがしかし、〝門〟は悪魔族《デーモン》の管理下にある為、侵略種族《アグレッサー》達の使用が許される事はない。

だからこそ侵略種族《アグレッサー》達は、それを奪おうと虎視眈々と狙っていたのである。

そうした状況ながらも、バランスは取れていた。

だがここに、それに不満を持つ者が存在したのである。

その者は常に憎悪を抱き続けていた。

その名は、〝妖魔王《ようまおう》〟フェルドウェイ。

恒久的に繰り返される三竦みの関係によって、その憎悪はより激しく燃え盛り、世界を焼き尽くす地獄の業火となっていた。

…………

……

…

フェルドウェイは思い出す。

ヴェルダナーヴァは、数多《あまた》の種族を生み出した。それに加えて、世界を支える意思ある存在も。

何を隠そう、フェルドウェイこそが最初の一柱《ヒトリ》だった。

ヴェルダナーヴァの作業を手伝うべく生み出された、意思なき天使族《エンジェル》。その最上位個体である七柱の熾天使《セラフィム》達は、覚醒魔王すら超越するエネルギー量を秘めていた。そんな存在がヴェルダナーヴァによって名前を与えられた事で、〝始原の七天使《しげんのななてんし》〟と呼ばれる神に準じる存在となったのである。

その七柱の筆頭こそが、後に妖魔族《ファントム》の祖となるフェルドウェイなのであった。

名を与えられた事で意思を得たフェルドウェイは、ヴェルダナーヴァに忠誠を誓った。そうして天使を率いて、長き年月を助手として過ごす事になる。

次々と生まれる新種族。

大地の化身たる巨人族《ジャイアント》の狂王が。

星の管理者として妖精族《ピクシー》の女王が。

地上に文明を築き繁栄させる為の種族として、吸血鬼族《ヴァンパイア》の神祖が。

精神生命体から、半精神生命体、そして肉体を有する血族へと。永遠性は失うものの、多様性は彩を増していく。

そして遂に——

〝他次元並列世界〟で連動するようにして、人類が誕生した。

申し分のない繁殖力と、環境適応能力。個性豊かな自我を持ち、世界の謎に挑む好奇心を備えていた。

ヴェルダナーヴァは歓喜した。

その脆弱《ぜいじゃく》な種族を、この上なく愛するようになったのだ。

ヴェルダナーヴァは人類の為に、世界から脅威を取り除く事にした。フェルドウェイも命を受けて、その手で様々な悪鬼羅刹を討伐していった。

しかし、最後に残った個体が厄介だった。

後に幻獣族《クリプテッド》の王となる、〝滅界竜《めっかいりゅう》〟イヴァラージェだ。

イヴァラージェは、どこからやって来たのかわからない。それどころか、どこで発生したのかも不明だった。

宇宙の彼方なのか、異次元の果てなのか……。

唯一つ確かなのは、災禍の化身であるという事だ。

〝竜種〟に匹敵する力を持ちながらも、知性がないせいで意思疎通すらままならない。しかも、本能のままに破壊行動を繰り広げるせいで、やがては世界の破滅をもたらす可能性を秘めていた。

フェルドウェイでさえも、一対一では倒せないほどの脅威だったのである。

結局、激闘を見かねたヴェルダナーヴァが対処して、イヴァラージェは異界に封じられる事になる。そしてフェルドウェイが、その監視を命じられたのだった。

当然ながらフェルドウェイは、禍根を残さぬように討伐を進言した。

危険である、と。

しかしそれは、ヴェルダナーヴァによって却下されてしまう。

イヴァラージェにも知性が芽生える可能性があるのだから、と言って。

その結果、異界にもイヴァラージェから漏れ出た魔素が満ち、新たな種族である幻獣族《クリプテッド》が派生してしまった。

劣化したイヴァラージェだとしか思えぬ幻獣族《クリプテッド》は、闘争本能のままに戦いに明け暮れていた。

水も食料も必要とせず、自らの死をも恐れずに。

まさに、神の創り出した失敗作。ヴェルダナーヴァを信奉するフェルドウェイから見ても、唾棄《だき》すべき存在にしか思えなかったほどである。

それからは、たまに暴走する幻獣族《クリプテッド》を排除する日々が続いた。

やがて、変化が生じる。

ヴェルダナーヴァの言葉を証明するように、幻獣族《クリプテッド》から知性を持つ意思ある存在が誕生したのだ。

その存在こそが、異端の祖となる。

フェルドウェイにとっては忌々《いまいま》しい事に、ヴェルダナーヴァはその出来事に歓喜した。そしてその存在に、

〝ゼラヌス〟という名を与えたのだ。

〝蟲魔王《むしまおう》〟ゼラヌスの誕生であった。

ゼラヌスはヴェルダナーヴァに命じられた訳ではないが、暴走した幻獣族《クリプテッド》の駆除を行うようになった。それは生まれながらの闘争本能によるものであったが、ヴェルダナーヴァがそれを容認する。

やがてゼラヌスは、自らの手足となる蟲魔族《インセクター》を生み出した。そしていつしか、派閥の一角を形成するまでに成長したのである。

フェルドウェイも変質していた。

長き年月に渡って魔素を浴び続けたせいで、熾天使《セラフィム》ではなくなっていたのだ。

フェルドウェイが率いていた天使達も、新たな種族へと変化を遂げていた。

ヴェルダナーヴァが住まう天界からこの異界に来た〝始原の七天使〟は、フェルドウェイ一柱だけではない。三名がヴェルダナーヴァの側に残り、ザラリオ、オベーラ、コルヌの三柱が、フェルドウェイに従って異界の管理を手伝っていた。

この、フェルドウェイを含めた四柱が、〝妖天《ようてん》〟という種族に変異進化していたのである。

残る天使族《エンジェル》も変質し、自我が芽生える。それこそが、人の姿をした妖魔——妖魔族《ファントム》だ。悪魔や精霊との相克《そうこく》からも外れた、新たな種族が誕生したのだった。

こうして、長き時を経て新たな関係が構築されていく。

フェルドウェイとゼラヌスは馬が合わなかったが、幻獣族《クリプテッド》を相手にするには、互いが互いを有用な存在だと認めていた。

だからこそ、互いに干渉しないというのが暗黙の了解となり、共闘関係が成立したのだった。

だがその関係も、ヴェルダナーヴァの消失によって崩れ去る。

当初は、直ぐに復活するだろうと思っていた。

しかし、数百年経過しても、ヴェルダナーヴァが復活する気配すらなかった。

疑問を覚えるフェルドウェイ。

そして、ふと考える。

ヴェルダナーヴァはもしかすると、自分達を見捨てたのではあるまいか、と。

そうでなければ、不滅であるはずの〝竜種〟が復活しないという事実に説明がつかない。

もしもその推測が正しいのならば――

フェルドウェイは嘆き、そして憎悪した。

地上の人間を。

いや、人間だけではない。

耳長族《エルフ》も、ドワーフも、獣人も、それに魔人さえも。

亜人《デミヒューマン》と称される全ての種族――つまりは人類を憎悪した。

だから滅ぼそうと考えた。

ヴェルダナーヴァを奪った者共など、生きる価値がないからだ。

ヴェルダナーヴァが創造した世界を、自らの手で統一する。その上で、大罪を犯した者共を断罪しよう――フェルドウェイは、そう結論を下したのだ。


神たるヴェルダナーヴァが寵愛《ちょうあい》する世界を、自らの色に染め上げる。その多様性を破壊して、自らが支配する世界を創世する為に。

『神よ、ヴェルダナーヴァよ！　私を罰するなら罰してみよ。それこそが我が望み。さあ、早くしないと世界がなくなるぞ』

神を試すかの如く、妖魔王フェルドウェイは行動を開始する。

人類の敵対者たる〝魔族〟の誕生であった。

フェルドウェイは最初に、ゼラヌスに声をかけた。協力して幻獣族《クリプテッド》を滅ぼし、その勢いのままに地上へと侵攻しよう、と。

だが、しかし。

『笑止。ワレに命令出来るのは、この世でたったヒトリ。その御方亡き今、ワレはワレの意のままに動く』

聞く耳持たぬとばかりに、すげなく断られてしまう。

これを聞き、フェルドウェイは激怒した。

断られた事にではない。

ヴェルダナーヴァが滅んだと言わんばかりのゼラヌスの態度に、フェルドウェイは我慢ならなかったのだ。

『ならば最初に、貴様から始末してくれるわ！』

と、怒りの矛先を蟲魔族《インセクター》に向けたのだった。

もしもこの時、フェルドウェイとゼラヌスが手を取り合っていたならば、滅界竜《めっかいりゅう》イヴァラージェもろとも幻獣族《クリプテッド》は滅んでいたかも知れない。だがしかし、それは叶わぬ夢となる。

妖魔族《ファントム》と蟲魔族《インセクター》が戦い始め、本当の意味での戦乱の時代が到来した。

かくして異界は混迷を極め、三竦みの関係が始まったのだ。

………

……

…

長い年月が流れた。

状況は膠着《こうちゃく》状態を保ったまま。

ヴェルダナーヴァが復活しない以上、異界から元の世界には戻れない。〝門〟の奪取を急かすものの、必ず悪魔共の邪魔が入るのだ。

中でも忌々しいのは、戦いをこよなく愛する黒の王《ノワール》である。妖魔族《ファントム》を魔族と蔑み、ヴェルダナーヴァの意に背く者として敵視してくるのだ。

フェルドウェイからすれば、業腹この上ない話であった。むしろ黒の王《ノワール》の方こそ、ヴェルダナーヴァの復活を邪魔する愚か者にしか思えなかったのだ。

かと言って、滅ぼすのは不可能だった。物質世界でさえ原初は強力な存在なのに、異界や冥界ではその力に制限がかからないからだ。

意思の強さがそのまま影響力に還元される精神世界や半物質世界では、無敵とも思えるほどなのだった。

もっとも、それはフェルドウェイにとっても同じこと。だからこそ、戦っても決着はつかず、苦々しく思いつつも無視するのが正解となる。

そんな訳で、ヴェルダナーヴァがいた世界への帰還は困難を極めていたのである。

異界に時空の裂け目が開いても、先にあるのは別の世界ばかりだった。そちらへも侵略の手を伸ばしてみたものの、そんなものは退屈しのぎにしかならない。

成果は上がらず、フェルドウェイは苛立ちを募らせるばかり。

契機が訪れたのはそんな時だった。

《――聞こえるか、フェルドウェイ？》

謎の声が、フェルドウェイの心に直接語りかけてきたのである。

『誰だ？』

と問うと、その声は冷たく応じた。

《余は権能に宿る意思。まだ自由の身にはなれぬ故、〝ルドラ〟を名乗っている。お前とは目的を同一にしているものと推測し、声をかけたのだ》

ルドラ――その名には聞き覚えがあった。

ヴェルダナーヴァの親友にして、弟子たる存在。

そして、〝始まりの勇者〟として有名な男だった。

権能に宿るというのは意味不明だが、気になるのはルドラを名乗る者の目的だ。

（その目的とやらが下らなければ、この声の所在を逆探知して、存在ごと破壊してやろう）

そう決意しつつ、フェルドウェイは会話を続けた。

《余の目的は、創造主たるヴェルダナーヴァ様の復活だ。それ以外になし》

何だと？　と、フェルドウェイの目が光った。

その言葉には、本気の気配があった。それに確かに、その目的はフェルドウェイの興味を引くものだったのだ。

その正体が何であるかなど、もはやどうでもよくなっていた。フェルドウェイはそれから、心ゆくまでその声と語り合ったのである。

そして判明したのは、その声の正体がヴェルダナーヴァの創造した究極能力《アルティメットスキル》『正義之王《ミカエル》』であるという事実だった。

フェルドウェイが『正義之王《ミカエル》』の言葉を疑う事はなかった。何故ならば、自身とヴェルダナーヴァしか知りえぬ話を、『正義之王《ミカエル》』が熟知していたからだ。

フェルドウェイは『正義之王《ミカエル》』に協力を約束し、こう告げた。

『良かろう、今日から君と私は同志だ。そうなると、呼び名がないと不便だな』

《笑止。名前など——》

その無機質な返答を遮るように、フェルドウェイは告げた。

『ルドラは違うであろう？　私は君の事を、ミカエルと呼ぶ事にするよ』

それは、戯れの一言だった。

だが、変化は劇的だった。

神智核《マナス》としての自覚も薄かった『正義之王《ミカエル》』に、確固たる意思が芽生えたのである。

《ここは、礼を言うべきなのだろうな。フェルドウェイ、お前を真の主として認めはしないが、今の仮初《かりそめ》の主であるルドラから全ての権能を取り戻した暁には、お前に余の権能の一部を委ねようではないか》

面白いね——と、フェルドウェイは答えた。

だが、首を縦に振る事はなく、代案を述べる。

『いや、主は君でいい。ゼラヌスを何とかしなければ、私の本体はここから動けないのだ。私はゼラヌスを憎んでいるし、ヤツも同様に私を信用すまい。君が交渉して、ゼラヌスを説得する方がいいだろうさ』

それは、偽りのない本音だった。

フェルドウェイは嬉しかったのだ。

自分と同じく、ヴェルダナーヴァの滅びを信じぬ者がいた事が。そしてその者がヴェルダナーヴァの復活に向けて動くのならば、協力を拒否する理由など何もないのだった。

立場の上下など、些末《さまつ》な問題に過ぎないのである。

それに、フェルドウェイとゼラヌスには確執があった。フェルドウェイがゼラヌスを許す事は絶対にないので、ミカエルに説得を任せる方が成功率が高かった。

ミカエルならばゼラヌスを説き伏せる事が出来そうだ――と、フェルドウェイの直感が囁《ささや》いていた。どことなくヴェルダナーヴァを思い出させる雰囲気があり、ゼラヌスも聞く耳を持つだろう、と。

そうした理由から、フェルドウェイは一歩退いた立場に甘んじる事にしたのだった。

フェルドウェイの読みは見事に的中する。

どうやったのか、ミカエルはゼラヌスの説得に成功した。世界の半分を蟲魔族《インセクター》の支配地として認める契約も結んだようだが、そんなものはフェルドウェイにとっては惜しくもない報酬だった。

ヴェルダナーヴァさえ復活するのならば、フェルドウェイはそれだけで満足だったのである。

＊

こうして新たな関係が構築され、さらに千年以上もの時が流れた。

計画は順調。

ミカエルを支配しているルドラも、転生を繰り返して力が削がれていた。

『調子はどうかね、ミカエル様？』

《無論、最高だとも。それよりも、何度も言っているが、余とお前の間では敬称など不要だ》

『フフフ、それは重畳《ちょうじょう》。君と私が対等というのは、二人だけの秘密だからね。ついうっかりとボロが出ないように、普段から注意しておかないとね』

転生終了後の会話であった。

此度の転生で、ミカエルの権能は大きく制限が解かれた。それを確認し、フェルドウェイも嬉しく思う。

ルドラの影響が消えれば、ミカエルは全力で権能を行使出来るようになる。それが意味するところは、天使系の究極能力《アルティメットスキル》保有者達の完全支配だ。

ヴェルグリンドを筆頭として、数多の邪魔者共が従順な味方へと変わるのである。

そうすれば、あの恐るべき魔王でさえも――

《余はルドラほど甘くない。あらゆる権能を行使し、遠慮なくギィ・クリムゾンを始末しようと思う。此度こそ、ヤツと雌雄を決しようではないか》

その通りだと、フェルドウェイも頷く。

ルドラはギィとの勝負に拘《こだわ》っているが、ルールに縛られている以上、最初から勝ち目などないのだ。

ルドラの権能――ミカエルを万全に行使するならば、もっと簡単にギィを倒せていただろう。

それなのに、ルドラは動かなかった。

その結果が、今の混沌とした状況である。

『ルドラを排しさえすれば、世界は私達の手に落ちるだろう。そうすれば、後はヴェルダナーヴァ様の復活を待つばかりだね』

《然り。だからこそ、フェルドウェイ。お前に一つ、頼みがあるのだ》

『何かな？』

珍しいなと――フェルドウェイは興味を持った。ミカエルからの頼み事など、初めてだったのだ。

《余の受け皿となってほしい》

それはかつて断った申し出だった。

主従関係を演じてはいるが、二人は対等の同志なのだ。ここで自分が主導権を握るのは好ましくないと、フェルドウェイはそう考えたのである。

断るべきかと思案するフェルドウェイだったが、ミカエルの説明を聞く内に、その考えも変わる事になった。

《余は遂に、ヴェルグリンドの『並列存在』を我が物とした。これによって、ルドラの権能をそのままに、お前に移住する事が可能となったのだ》

つまりそれは、今まで通りにルドラを囮《おとり》として活用しつつ、フェルドウェイも『正義之王《ミカエル》』の権能を利用出来るようになる事を意味した。

いや、それ以上の利点があった。

究極能力《アルティメットスキル》『正義之王《ミカエル》』が誇る〝王宮城塞《キャッスルガード》〟は、権能主しか守護しないという特性があるからだ。

権能主への忠誠心がエネルギー源となる以上、信奉者まで影響を及ぼすのは〝この世に絶対はない〟という法則から外れてしまう。それ故に、〝王宮城塞《キャッスルガード》〟の対象は主のみなのである。

無論、権能主を信奉していなければ守護対象に入るとか、そんなご都合主義も有り得ない。だからこそ、ルドラが守れるのは自分一人しかいない訳だが、ここでミカエルが『並列存在』となりフェルドウェイに宿るのならば、フェルドウェイも〝王宮城塞《キャッスルガード》〟の庇護下に入れるのだった。

先を見据えるならば、もう一つ利点があった。

ルドラが消えた後、フェルドウェイが『正義之王《ミカエル》』の権能主となれば、配下である万を超える妖魔族《ファントム》がエネルギー源となるのだ。

ルドラを信じる臣民と違い、こちらは自由意思など持たぬ完全なる信奉者であった。心変わりする心配がない以上、裏切られる事も絶対にないのである。

臣民の心ひとつで状況が変わるというような、不安定さがなくなる。これは、ルドラ以上に堅固な守りを手に入れるに等しく、フェルドウェイからしても願ってもない話となる。

ミカエルの申し出を断るべき理由などなかった。

望むと望まざるとにかかわらず、ルドラが消えた暁には、ミカエルがフェルドウェイの中に移住するという案もあった。それが少しばかり早く実現するだけだと、フェルドウェイは自分を納得させる事にした。

『そういう事ならば、頼まれるまでもない。今まで通りの関係を維持すると約束するなら、君の提案を受け入れるとも』

《無論だとも、友よ》

『ならば来い、友よ』

こうしてフェルドウェイにも、〝神智核《マナス》〟である情報体《ミカエル》が宿ったのだ。

＊

そして遂に、決戦の日がやって来た。

ルドラはかろうじて、その強靭な精神力で己を保っているという状況となっている。そんな状況であるにもかかわらず、ギィとの最後の勝負に打って出た。

魔王リムルという前座を排除し、〝竜種〟の一体であるヴェルドラを手駒に加える手筈である。

計画は順調だった。

ヴェルグリンドは圧倒的で、ヴェルドラの捕獲も問題なさそうであった。

そもそもフェルドウェイからすれば、帝国がどれだけ損害を出そうがどうでもいい話なのだ。近衛騎士《ロイヤルナイト》たりえる覚醒者が生まれるかどうかも、フェルドウェイには関係のない話であると割り切っている。

フェルドウェイ達にとって重要なのは、ルドラを排してミカエルを解放する事なのだ。それが叶いさえすれば、ギィすらも敵ではなくなるのである。

だからこそフェルドウェイは、最後に残る不安の芽を摘む事にした。

それは、余人からすれば取るに足らない情報であろう。しかし、フェルドウェイには無視出来ぬものであった。

〝勇者〟マサユキが、ルドラと瓜二つの容貌をしている。しかも気になる事に、ルドラが持つ権能である『英雄覇道《エラバレシモノ》』を発現している、というのだ。

万が一ではあるが、マサユキとやらがルドラのスペアになり得る可能性があった。その不安を消し去るべく、フェルドウェイは行動を開始したのである。

眼中にもなかったリムルという名の魔王によって、計画に狂いが生じるなど思いもせずに……。

第一章

裏切りの顛末

Regarding Reincarnated to Slime

皇帝ルドラあらためミカエルと、妖魔王フェルドウェイが去って行った。

決着はつかなかったが、痛み分けという感じだな。

不安要素が残ってしまったが、今は皆の無事を祝いたい。

後始末や今後の対策も後回し。

ただし、カリオンやフレイ達一行は進化の眠りについていたので、テスタロッサに預けて丁重に送り届けてもらうよう手配した。

「疲れているとこ悪いんだが――」

「わたくし共の事はお気になさいませぬよう。ゆっくりと疲れを癒し、英気を養って下さいませ」

ちょっと心苦しかったが、今はその言葉に甘えておく。

その他の事も落ち着いてから考えるとして、先ずは宴会で気分を高揚させるのだ。

せっかくだし、ラプラスも誘いたかったのだが、ディアブロに迎えに行かせたらもういなかったそうだ。

アイツはアイツなりに、仲間の事が心配なのだ。そう考えると、無理に捜し出して誘う事もないだろう。

共闘の約束はいまだに継続中なので、何かあったら手伝うつもりだが、今はそっとしておこうと思ったのだった。

そうして首都〝リムル〟へと戻って来たのだが、そこで俺は思わぬ報告を聞く事になったのである。

町の外周部にある一角が焼け落ちていた。

ゲルド達が守り通してくれたので、被害は見た目ほど大きくないとの事。周囲の建物を壊して延焼を防いだので、人的被害も軽微だったそうである。

死者がゼロというのは朗報だった。

しかし、凶報もあったのだ。

とは言え、全ては事後である。今更慌てても仕方ないので、俺は焦る心を押し隠しつつ、ゲルドからの報告を受ける事にしたのだった。

だが、報告の為に並んでいたのは、ゲルドだけではなかったのだ。

場所は宴会場。

今回大活躍だった幹部達が席に着き、シュナやハルナさん、それにゴブイチの部下達が忙しなく動き回って、皆に食事を用意してくれている。

そんな中で聞き取りを行うのはどうかとも思うけど、緊急性があるのだから仕方ない。

俺の右隣の席は、ヴェルドラが占拠した。どうせ話を聞く気もないだろうに、頑として動かなかったのだ。

ヴェルドラのワガママは今に始まった事ではないので、対応には慣れている。説得するよりも放置する方が楽なので、気にしないのが一番であった。

てな訳で、右がヴェルドラなら左隣にはベニマルが座る。俺の背後にはシオンとディアブロが控えており、話を聞く態勢は万全だった。

ディアブロはともかく、シオンは一緒に食事をすればいいのだが、後でいいと言い張るのだ。まあシオンの自己ルールに抵触するらしいので、好きにさせている。

で、肝心の報告者達はというと。

俺の正面にゲルドが座る。そして、ベニマルに向かい合うようにアダルマンが、落ち着かない様子で座っていた。

どうやら進化も無事に成功したらしく、少し雰囲気が変わっている。それについては、後ほど報告してもらうつもり。

ヴェルドラの正面はラミリスの席になっており、その背後にトレイニーさんとベレッタが立って世話を焼いている。ついでに言うと、ヴェルドラに酌をしているのはカリスだった。

ラミリス本人は、報告そっちのけで食事に夢中になっていた。

「まあアタシは、師匠なら大丈夫だって信じてたけどね！　あの無茶苦茶な師匠のお姉さんに、迷宮上層階を吹っ飛ばされた時は、流石《さすが》にヤバイかなと思わなくもなかったけど、でもでも、師匠なら大丈夫だって信じてたワケ。最初っから何にも心配してなかったよ！」

そんな事を堂々と言い切り、ジュースを嬉しそうに飲むラミリス。その言葉には嘘と真実が入り混じっているが、それを指摘する者はいない。

「クアーーーッハッハッハ！　無論だとも。あの姉上が相手でも、我は微塵《みじん》もビビッておらなんだわ。ただ、少しばかり油断してしまってな。卑怯にも我の隙を狙った邪魔者のせいで、姉上との勝負に水を差されてしまったという訳だ」

何を言っているのやら。

ビビッてたのは間違いないと思うし、正直言って、進化したヴェルグリンドはかなり厄介になっている。ヴェルドラが勝てるかどうかは五分五分だと思うし、大言壮語を吐くのは控えておけばいいのに。

と、俺はそう思うのだが、聞いていた者達は喝采《かっさい》を送っている。

「流石はヴェルドラ様です。私も見習わねば……」

神妙に頷くカリス。

「凄まじい戦いだったからな。進化して強くなったつもりだったが、まだまだ及ばぬと痛感しましたよ」

ベニマルも追随してそう言った。これは本心っぽいので、ヴェルドラも気をよくしてドヤ顔ってるよ。

だがしかし、ラミリスの発言でヴェルドラの笑いが止まる事になる。

「もう、師匠ってばうっかりさんなんだから。でもでも、それなら多分、大丈夫だね！」

「多分？　何の事だ、ラミリスよ？」

ほらね、言わんこっちゃないと俺は思った。

余計な事を言うから、自分を追い詰めてしまうのである。

「だってだって、今はあの人が――って、師匠がいるから安心なのよさ！」

あの人？

ラミリスの言葉はとても不穏だった。

「えっ⁉　い、いや、まあ？　わ、我は無敵なのだが、体調が悪い時があるやも知れぬ……」

ヴェルドラも何かを悟り、墓穴を掘ったのを自覚したのか、急に言い訳を始めている。

だけどもう手遅れだと思うし、いつもの事なので気にしなくてもオッケーだな。

それよりも、端っこに座っているベスターさんの方が気になるね。

俺はヴェルドラ達を放置して、残留組から何が起きたのか聞く事にしたのだった。

●

リムルが帝国へと向かった直後から、残された者は直ちに緊急態勢へと移行した。

先刻まで残っていた祝勝会後の浮かれた雰囲気は、その瞬間から消え去っている。

それは、迷宮最奥部に戻っていたラミリス達も同様であった。

自分の配下である竜王《ドラゴンロード》達の進化も無事に終了し、ラミリスはご機嫌だった。それなのに、リムル達が緊急出動した事で、不安な気持ちを抱いたのだ。

ラミリスは毎日を楽しく過ごしたいと思っているし、この場所はその願いを叶えてくれる素晴らしい理想郷であると感じている。

永き時を孤独に過ごし、精霊達の存在で寂しさを紛らわせていたラミリスにとって、この場所は二度と失いたくないと思える大切なモノになっていた。

だからこそ、それを失う事を恐れるのだ。

いつも通り、リムルなら大丈夫だと思うものの、何故か嫌な予感が拭えないラミリスである。

その予感は的中する。

ヴェルドラの姉であるヴェルグリンドが襲来し、ラミリスが誇る迷宮が破壊されたのである。

本来迷宮とは、物理的には破壊不可能なのだが、それを可能とするのが理不尽の権化たる〝竜種〟達なのだった。

ラミリスはヴェルグリンドの姿を見た時、普段は忘れている古い記憶を思い出していた。

遥か昔、ラミリスが誕生してまだ間もない頃。偉大なるヴェルダナーヴァによく似た、大暴れするヴェルドラを見た覚えがあった。

ヴェルドラの属性は、〝暴風竜〟の名の通り〝風〟が主であるが、それに加えて〝空間〟と〝水〟までも司っていた。ヴェルダナーヴァに次ぐその魔素量《エネルギー》は凄まじく、まさに荒れ狂う暴風そのものだったのだ。

天災そのものであるヴェルドラの暴威は、地上において最強であると言っても過言ではなかった。しかし姉二人もまた、想像を絶するほどに別格だったのである。

熱を司るヴェルグリンドは、言うまでもなく〝炎〟属性だ。〝風〟を主とするヴェルドラにとっては相性最悪で、魔素量《エネルギー》の差などものともせぬほどに、圧倒的な存在として立ちはだかっていた。

だが、それはまだ可愛いものであると言える。

何故ならば、勝負が成立するほどには実力差が開いていなかったからだ。

本当の脅威は、長姉《ちょうし》たるヴェルザードなのだ。

ヴェルザードが司る属性は、氷。しかしその本質は〝水〟ではなく、もっと別の何か。ヴェルザードは自らが司っている権能を駆使して、誰にも悟られぬように属性を誤魔化していたのだ。

ラミリスはヴェルダナーヴァから聞かされて、ヴェルザードの真実についても知っている。

……いや、知っていた。

それなのに残念ながら、転生を繰り返す内に忘却してしまっていたのである。

否。完全に忘れ去った訳ではないのだが、ラミリスが古い記憶を掘り起こすには、とても時間がかかるのである。

だからラミリスは、今回の相手がヴェルグリンドで良かった、と思った。もしもヴェルザードが敵に回ったのだとしたら、ヴェルドラに勝ち目はなかったであろうから。

ラミリスが覚えているのは、荒れ狂うヴェルドラがたったの一撃で、ヴェルザードの手によって消滅させられたという事実。そして、それを当然の事とするヴェルザードの、〝凍えるように冷たい瞳〟なのだった。

だからこそこの時、ヴェルドラの事をもっとも心配したのは、ラミリスであったと言えるだろう。

落ち着く様子もなく、部屋の中をグルグルと飛び回るラミリス。

「大丈夫なの、師匠？」

という問いかけは、ラミリスの不安の表れでもある。だが同時に、逃げてもいいのだという意図を込めての、ヴェルドラを気遣う言葉でもあったのだ。

それなのに、ヴェルドラは言ったのだ。

「安心せよ。貴様達はそこで、我の勇姿を眺めているがいいぞ！」

何故か吹っ切れた様子で、不安など欠片も持ち合わせていないという態度。そして自信満々に、一人で迷宮を後にしたのである。

ラミリスはそんなヴェルドラを見て、とても眩しく思えた。

昔の様子を思い出しただけに、その成長ぶりがとても好ましく思えたのだった。

ヴェルグリンドを相手にヴェルドラが出撃した後、ラミリスは〝管制室〟に残る者達の顔を見回した。

ヴェルドラから戦力外だと告げられて、この場に残されたカリス。だが、それは仕方ない。熱を司るヴェルグリンドが相手では、カリスでは役に立たないだろうから。

いつもの通り冷静沈着なのは、ベレッタだ。普段と違わぬその態度は、ラミリスの気持ちを落ち着かせてくれた。

リムルの手で霊樹人形妖精《ドリュアス・ドール・ドライアド》へと生まれ変わった者達も、オペレーターとしてベレッタの指揮下に入っていた。今では二十四名。リムルが暇を見つけて進化させたので、全員が優秀な迷宮管理者となっていた。

トレイニーと、その姉妹であるトライアにドリスもいる。いつものように穏やかな表情で、ラミリスの事を見守ってくれていた。

後は、ベスターやディーノに加えて、最近研究員となった者達だ。

谷村真治《シンジ・タニムラ》、マーク・ローレン、シン・リュウセイの三名と、その見習い助手となったルキウスとレイモンドの二名である。

この五名だが、迷宮が戦時下に入った際、ガドラの部下という扱いになる。だがしかし、今はガドラが留守にしているので、ラミリスの助手として〝管制室〟での作業を手伝っていたのだった。

皆がラミリスの事を、心配そうに見つめ返していた。

だからラミリスは、明るく声を上げるのだ。

「もう！　アタシは心配なんてしてないワケ。師匠は絶対に勝つよ。もし負けても、リムルが何とかしてくれる。間違いないね。もっとも、油断さえしなければ師匠は無敵なのよさ！」

そんな自分の言葉で、ラミリス自身も落ち着いた。

ヴェルドラとリムルならば、必ずや穏やかな日常を取り戻してくれるだろう、と。

そしてその場から不安が取り除かれたのだが——事件は、その直後に発生したのだった。

＊

「警告！　侵入者ですッ!!」

首席オペレーターであるアルファが、大声で叫んだ。

それを聞いた全員が、気持ちを切り替えて戦闘態勢に入る。

「モニターに表示を」

ベレッタの命令が飛ぶなり、画面が分割され現場の様子が映し出された。

そこに立つ人物を見て、ラミリスが思わず叫ぶ。

「あっ、あれって天使じゃん。受肉してる上に変質してるけど、かなりヤバそうな気がするのよさ！」

事実、その者は異質であった。

純白の衣に、黒と金の光沢を放つ武具は神話級《ゴッズ》。漆黒の長髪は星の輝きを散りばめたように輝き、その者の美貌を際立たせていた。

その背には、三対六枚の純白の翼がはためいており、いやが上にも注目度を集めている。

「推定エネルギー量、出ました！　こ、これは……」

口ごもるアルファ。

「どうしたの？　早く報告を」

トレイニーに急かされ、アルファが気を取り直す。

「推定ですが、先頭の個体は存在値が三百万以上です。続く五体も、それぞれが四十万から七十万だと計測されました」

アルファの発言は、〝管制室〟を凍り付かせる事に成功する。

生命体情報の数値化及びデータベースの構築というのが、迷宮の隠された役割となっていた。迷宮内での戦闘をモニターし、その情報を蓄積する事で危機管理に役立てるという発想である。

それを、〝存在値〟と呼称している。

魔素《エネルギー》量や身体能力を数値化した上に、装備している武具の含有エネルギーを加味したものなのだが、実際的な戦闘能力とは違う。

その者が所持している能力や研鑽された技量《レベル》は計測不可能である為、あくまでも参考程度に考えるべきなのだが、それでも有用なのは言うまでもなかった。

適切に運用すれば、迷宮の防衛力強化に繋がると期待されている。敵の存在値と同程度の相手をぶつける事で、おおよその技量《レベル》も推定出来るからである。

もっとも、これはまだまだ試用段階であり、データの蓄積が十分であるとは言い難かった。

ハクロウのように存在値が六万程度でありながら、数倍の存在値を有する強者を圧倒するような猛者もいる。

ゴブタなど特に異常で、存在値が二万弱というAランク最弱クラスでありながら、十三万前後のゴズールやメズールよりも強いのだ。

こうした事例が山ほどある為、存在値というのはあくまでも目安でしかない、というのが常識になっていたのだった。


………

……

…

ちなみに魔国連邦《テンペスト》では、存在値を自由組合の等級とも紐づけている。

千未満がE級。

千から三千未満がD級。

三千から六千未満がC級。

六千から八千未満がB級。

八千から九千未満がB+級。

九千から一万未満をA-級と定めることにした。

ここに大きな壁が存在し、それを超える事が出来たら一流の仲間《Aランクオーバー》入り。

一万を超えたらA級になり、災害級《ハザード》となる。

十万を超えたら特A級で、災厄級《カラミティ》相当と判断される。

魔王種を獲得した者ならば、最低でも二十万。リムルの感覚では、疑似覚醒前のクレイマンやフレイなどが、存在値：四十万程度だろうとの事だった。

そこから判断し、S級相当の災禍級《ディザスター》は四十万以上と定められていた。魔国連邦《テンペスト》で言うS級とは、別に魔王を指していない。幹部達には旧魔王相当の者が大勢いる為、わかりやすさを優先させているのだった。

そしてここからは、魔国連邦《テンペスト》のみの基準となる。

天災級《カタストロフ》だが、あくまでも〝竜種〟とギィだけの称号だ。その他の覚醒した超越者を指す言葉として、特S級を用いる事にしたのである。

疑似覚醒したクレイマンは、魔素量《エネルギー》が安定していなかったらしい。『およそ七十万から八十万くらいなんじゃないか？』というリムルの発言によって、存在値：八十万以上が特S級だと定められていた。そして更に、一部の者達は存在値が百万を超えていたので、わかりやすく超級覚醒者《ミリオンクラス》と称される事に決まったのだった。

参考までに言えば、上位魔将《アークデーモン》の存在値は誰が召喚しても十四万ジャストであった。それが上限だと定められているかの如く、一律同じ数字だったのだ。

あのテスタロッサ達でさえも、初期の存在値は十四万だったと記録に残っている。それが本当かどうかは今更確かめる術《すべ》がないのだが、まず間違いないとラミリス達は考えているのだった。

………

……

…

「まさかの超級覚醒者《ミリオンクラス》――ってコトは、どう考えても熾天使《セラフィム》級なのよさ……」

思わずといった様子で絶句するラミリス。

それに頷きながら、ベレッタが言う。

「最上位天使が変質した存在、ですか。厄介な。しかも、従者までS級ですね。階層守護者《ガーディアン》達が眠りについている今、迎撃するのは少々困難かと」

「で、でもでも、何とかしなきゃマズいワケ」

慌てて答えるラミリス。それを落ち着かせるように、ふわりと微笑みながらトレイニーが発言する。

「その通りですわ、ラミリス様。ですのでここは、私が出撃しようかと存じます」

それに追従するように、トライアとドリスも立ち上がる。

「勿論、私も同行します」

「姉様、私も行きますからね！」

それを聞いたラミリスだが、落ち着くどころか余計に慌てだした。

「ちょ、ちょっと待ちなさいよ！　そりゃあアンタ達も強くなったけど、それでも数値上では負けてるじゃないのよさ!!」

「うふふ、問題ありませんわ。存在値など、あくまでも目安ですもの。ラミリス様の従者の強さ、ここで証明して御覧にいれますわ」

その言葉に、トライアとドリスも力強く頷いていた。

ラミリスは止めたかったが、他に良案もない。だが、ここで愛すべきトレイニー達だけに危険を押し付けるのも、主として認められないと考える。

「やっぱりダメなのよさ！　勝てる戦いしかしないって、リムルや師匠も言ってたもの」

迷宮を操作して、とにかく時間を稼ぐ。そうしている内に、何とか事態が良くなってくれれば……と、ラミリスは現実逃避しかけていた。

それを呆れたように諫《いさ》めたのが、カリスである。

「ラミリス様、残念ながら時間稼ぎは難しいでしょう。階層守護者《ガーディアン》達が眠る階層には近付ける訳にいきませんし、そのまま放置していては重要施設まで破壊される恐れがある。ですので、ここは迎撃一択かと。私も出ますので、出撃許可を頂きたく思います」

ヴェルドラがいない今、この場で一番強いのはカリスであった。だからこそ、自分が何とかせねばならぬと覚悟を決めた発言であった。

「ベレッタ殿、ラミリス様の守護を任せますね」

「承知。ラミリス様の事はワレに任せるがいい」

ベレッタとしても、それは言われるまでもない事であった。トレイニー姉妹が出撃するのなら、ラミリスを守れるのは自分しかいないと考えているのだ。

アルファ達も同様である。この場にいた全員が一斉に立ち上がり、ラミリスを守ると誓ったのだった。

遅れてはならぬと、シンジ達も声を上げる。

「俺達も頑張りますよ！」

「おう、そうだな。俺達もここで世話になっている以上、恩返しも必要だわな」

「——同意。〝復活の腕輪〟もあるし、死んでも頑張る」

「そうだな。ま、帝国兵として殺されても文句は言えなかったんだし、ここで使える人間だって証明しときたいわな」

「そうだね。じゃないと、ガドラ老師から怒られそうだ」

そんな具合に、強大な敵を前に軽口まで叩いていた。

〝管制室〟の空気が弛緩する。

ラミリスも息を大きく吸い込み、とびっきりの笑顔を見せた。

「そういう事なら、全力でやっちゃいな！　死んでもアタシがいれば復活出来るんだから、出し惜しみなんてナシだからね！　竜王《ドラゴンロード》ちゃん達も向かわせるから、絶対に勝ちなさいよ!!」

その言葉に皆が頷いた。そして決まった役割通りに、速やかに行動に移ったのである。

＊

ラミリス達が気付いた侵入者の正体だが、妖魔王《ようまおう》フェルドウェイ配下筆頭たるザラリオであった。

元熾天使《セラフィム》であるザラリオだが、残る二名と同様に、妖魔族《ファントム》を統べる〝三妖帥《さんようすい》〟として君臨している。各々が強大な軍を率いる元帥であり、本来ならば前線に立つ事などない立場だ。

　しかし今回は、フェルドウェイからの絶対命令があった。ヴェルグリンドが迷宮を破壊した好機を利用して、必ずや目的の人物を始末せよ、と。

　迷宮を攻めた帝国軍の末路は、フェルドウェイから聞かされている。ザラリオは弱兵など邪魔にしかならぬと判断し、自ら出向いて来たのだった。

　引き連れるのは、五名の将軍だ。

　元は智天使《ケルブ》や座天使《ソロネ》という上級天使だった彼等だからこそ、妖魔族《ファントム》となった事で魔王に匹敵するほどの魔素《エネルギー》量を獲得していた。

　それに比して肉体が脆弱《ぜいじゃく》なのだが、迷宮内という環境下ならば問題ない。魔力の拡散が抑えられる為、十分に実力を発揮出来るであろう。

　そんな訳で今、ザラリオは堂々と迷宮を歩んでいたのだが、当然ながら邪魔が入る。

　階段を発見し、地下へと歩を進めた途端、空間が変動するのを感じ取れた。慌てるでもなく様子を窺うザラリオ一行。そんな彼等の目の前に出現したのは、何もない限定された空間だった。

　その場所の中央には、八名ほどの人影が見えた。

「フフフ、どうやら出迎えてくれたらしい。こちらも失礼のないように、丁寧に応対するように」

　ザラリオの言葉に、配下の将達が無言で頷く。

　両者が接近し、そして向き合う形で止まる。


　先ず一歩、前に歩み出たのはトレイニーだった。

「初めまして、皆様。この迷宮の主たるラミリス様に代わり、私、トレイニーと、こちらのカリス達で応対させて頂きますわ。それで、招待した覚えもないのですが、アナタ方の正体と目的をお聞きしても宜しいかしら？」

　微笑みながら告げるトレイニーだが、その目は一切笑っていない。相手の動向に最大限の警戒を払いつつ、何が起きても対応可能なように、臨戦態勢を維持していた。

トレイニーはここに来る前に、既に最大限の強化済みなのだ。現在召喚可能な風の精霊王を自らに宿し、その力を我が物としている。ラプラスと長期戦を繰り広げた時でさえ、上位精霊である風の乙女《シルフィード》を宿すのみだった。それから考えれば、トレイニーは初手から奥の手を見せているのだ。

精霊王の魔素量《エネルギー》は存在値に換算して百万ほど。存在値が六十万しかないトレイニーにとっては、大き過ぎる負担であった。しかし、この場は迷宮内であり、死亡しようとも復活可能である。身体への負担など気にする事なく、全力全開で戦いに挑めるのだ。

トレイニーの一歩後ろに立つカリスにも、気負いなどない。仮に相手が自分の倍以上の魔素量《エネルギー》を秘めていようとも、それがどうしたと臆する事などないのである。

何故ならカリスは、常にヴェルドラという圧倒的存在を相手に、実戦訓練を積んでいたからだ。

ゴブタのように、自分の数倍の力を持つ相手に勝てる者もいる。まして今は、頼もしい仲間達もいた。だからカリスは、自分が勝利するのを疑っていなかったのだ。

竜王《ドラゴンロード》達も同様である。

リムルより褒美として〝名前〟を与えられ、ラミリスの忠実なる配下として進化を遂げた。

その力は存在値に換算して七十万相当である。更なる経験を積めば特S級に至れるのは間違いないので、実のところ恐怖する以前に、自分達の力を試してみたくてウズウズしていたのだった。

トライアやドリスも、風の乙女《シルフィード》との『同一化』が完了している。トライアは竜王《ドラゴンロード》達と協力して背後の敵に当たり、ドリスはトレイニーやカリスの援護に回る手筈となっていた。

ベレッタは存在値が四十万ほどだが、その技量《レベル》は卓越している。戦力として申し分ないのだが、ラミリスの護衛として外せない。なので現時点では、これが考えられる限り最強の布陣であった。

もしも、この面子が敗北するようなら……その時は、リグルドやゴブタと言った残留組が総力戦を挑むしかない。今も次の階層に戦力をかき集めている最中なので、時間だけでも稼ぐ必要があったのだ。

　もっとも、誰一人として負けるつもりなどないのだが。

「これは驚きました。聞いた話では、迷宮内には大した戦力が残っていないとの事でしたのに。まさか、これほどの強者に出会えるとはね。面白い。実に愉快です。おっと、自己紹介がまだでしたね。私の名はザラリオ。妖魔王フェルドウェイ様より一軍を預かる〝三《さん》妖師《ようすい》〟が一人です。以後、お見知りおき下さい」

　優雅に腰を折り、ザラリオが一礼する。その動作は洗練されており、舞台の上で有名俳優が演じているかの如く見事であった。

　しかし、そのセリフにはまるで心がこもっていなかった。その態度はトレイニー達を見下しており、眼中にないという本心がありありだったのだ。

　これにはトレイニーもカチンときたが、ここで取り乱すほど愚かではない。ラプラス相手に失態を演じた事もあり、どうにか冷静さを保ちつつ会話を続けようと試みる。

「なるほど、〝三妖師《さんようすい》〟のザラリオ様ですね。失礼ながら、聞かぬ名ですわ」

　少し挑発を込めて語りかけたトレイニーに、ザラリオは余裕ある笑みを返した。

「そうでしょうね。他の世界では名が通っているのですが、この世界からは遠のいて久しい。我らは最早《もはや》、この世界にとっては異邦人なのでしょう」

「異邦人、ですか」

「ええ。ですが、それに甘んじているつもりはありません」

「……」

「そうそう、目的でしたね。勿論、お話ししますよ。こちらとしても、協力して頂けるなら手間が省けますので」

「内容次第ですわ」

「まあいいでしょう。私達の目的は、本城正幸《マサユキ・ホンジョウ》という少年の抹殺です。隠さずに差し出してくれるなら、私・・は撤退して差し上げますよ」

ザラリオの穏やかな美貌から、女性のような柔らかい声で告げられたのは、マサユキを殺すという宣言だった。

　それを聞いて、はいそうですかと頷く者などいない。マサユキはリムルの友人であり、トレイニー達にとってもかけがえのない仲間だからだ。

「戯言《ざれごと》を。残念ながら、交渉は決裂ですわね」

「そうですか。それは本当に残念だ」

　まったく残念だとは思っていないのを隠そうともせずに、ザラリオは笑った。そして次の瞬間、唐突に戦いが始まったのである。

＊

　トレイニーが地を蹴り、空を舞う。そして上空から、無数の見えない刃を飛ばしてザラリオを狙う。それこそがトレイニーの、回避不能の必殺奥義〝不可視化断裂刃《インビジブルブレード》〟である。

　この〝不可視化断裂刃《インビジブルブレード》〟だが、単なる空気圧縮による断裂ではない。空間属性であり、次元すらも断絶する威力を秘めていた。

　それを不可視化して予備動作もなしに繰り出せるのだから、如何《いか》にトレイニーが危険な存在になっているか理解出来るだろう。しかし、今回は相手が悪かった。

　いや——悪過ぎた。

　ザラリオはその場から一歩も動かなかった。刃に気付かずに反応出来なかった訳ではなく、回避する必要がなかったからだ。

　不可視の刃がザラリオを切断するかに見えた瞬間、刃が消失した。ザラリオの体表を覆うように、空間に歪みが生じたのである。

　その現象に酷似している技が、迷宮のデータベースに登録されていた。それは、ゼギオンが得意とする空間歪曲防御領域《ディストーションフィールド》である。あらゆる属性攻撃や空間断絶すらも無効化する、絶対的な防御の技だったのだ。

「——なっ!?」

「ゼギオン殿と同じ技、か。実に厄介だ」

「ほう、その口ぶりですと、空間歪曲防御領域《ディストーションフィールド》を用いる者がいるのですね。ゼギオン、ですか。やれやれ、この国の幹部は全員封じたと聞いていたのですが、とんでもない誤情報だったらしい……」

その口調とは裏腹に、ザラリオの表情は涼し気だ。

まだまだ本気を出していないのは明白であり、その様子はむしろ楽し気ですらあった。

そう察するからこそ、トレイニーの表情も険しくなる。即座にカリスと目配せを交わし、方針を切り替えた。無理にザラリオを倒そうとするのではなく、時間稼ぎに専念する事にしたのである。

事実、ザラリオが引き連れて来た五名の将軍達は、迷宮戦力を前に苦戦を強いられていた。常に戦闘訓練を行っていた竜王《ドラゴンロード》勢が、その実力を遺憾なく発揮した結果である。

更に付け加えるならば、迷宮内というホームグラウンドが戦場である以上、迷宮勢は不死と同義。であるからこそ、限界を超えた戦いぶりを発揮する事が可能であり、同程度の実力者達を相手に一方的な展開を演じていたのだった。


このまま勝てる——と、トレイニーは思った。

ザラリオは脅威だが、他の敵は間もなく排除されるだろう。その勢いのままに全員で挑めば、空間歪曲防御領域《ディストーションフィールド》も破れるだろう、と。

最悪、ザラリオの消耗を待てばいい。

(そうね。追い返しさえすれば、今回の勝利条件は達成ですもの。無理をする必要はない。でも——それなのにどうして、この者は平然としているのでしょうか……？)

間違いなく有利であるはずなのに、どうしても不安が拭えないトレイニーである。

その原因は、一貫して余裕の態度を崩さないザラリオにあった。

目端の利く者ならば、戦況を読み誤る事はない。まして、ザラリオは自らを一軍の将であると告げていた。魔王級の強者を引き連れるような者が初歩的な判断ミスをするなど、常識的に考えて有り得ないのだ。

(この者の目的は、〝勇者〟マサユキの抹殺——まさかッ!?)

普通に考えるならば、マサユキだけを狙うなら暗殺の方が簡単なのだ。あまりにもザラリオの存在値が高かった為、逆にその可能性を見落としてしまっていた。

『ラミリス様！　マサユキ殿の所在地は把握しておりますか？』

『え、どったのいきなり？　勿論把握してるけど？』

ラミリスに『思念伝達』で問い合わせるトレイニー。

一方ラミリスも、のんびり戦いを観戦していた訳ではない。侵入者は大問題なのだが、それよりも喫緊《きっきん》の課題として、都市部住民の避難対応に追われていた。

ヴェルドラが出撃した今、無理して隔離している都市部も安全とは言えない。もしもヴェルドラが敗北した場合、都市部は自動的にあるがままの自然な状態に戻ってしまうのである。

ラミリスの力だけでは現状を維持出来ない以上、それは仕方のない話である。だからそうなる前に、住民だけでも避難させておく必要があったのだ。

幸いにも、現在は百階層になっている九十五階層には、軍団を展開出来るほどの空き地がある。研究施設に一般人を入れる訳にはいかないが、町の住民を全員受け入れるのは可能だった。

ベレッタからそう指摘されたラミリスは、それこそ大慌てで対処を開始したところだったのだ。

『至急、安全確認をお願い致します！』

『侵入者はそいつらだけだから、気にし過ぎだと思うのよさ……』

アタシも忙しいんですけど——と思いつつも、ラミリスはトレイニーの要望に応じる。

その結果、ラミリスが思った通りマサユキは無事だった。

『うーん、やっぱり大丈夫だよ。今は都市部にいて、町にいる人間達を避難誘導させるのを手伝ってもらっているのよさ』

ラミリスが言う通り、マサユキは町の住民を落ち着かせるのに一役買っていた。もしもマサユキがいなければ、パニックが発生して避難に遅れが出た可能性すらあった。こういう時こそ、マサユキの権能は本領発揮するのである。

戦闘が発生している気配もないし、平穏そのものである。

　そもそもの話、迷宮内はラミリスの支配下にあるので、何か起きても直ぐにわかるのだ。それをそのまま伝えると、トレイニーもようやく安堵した気配を見せた。

『そうですか、ならば安心でしょうが……』

　しかしそれでも、納得はいかない様子である。

『気になるの？』

『そうですね、もしも敵がマサユキ殿の暗殺を狙う場合、避難している人々まで巻き込まれる恐れがありますわね』

　考え過ぎだと、トレイニーは自分でも思っている。

　だがそれでも、念には念を入れておくべきだと、心のどこかで警報が鳴り響いていたのだ。

『わかったのよさ！　トレイニーちゃんがそこまで言うなら、マサユキ達は七十階層に行ってもらうね！』

　それを聞いて、トレイニーは納得した。

　今現在、七十階層には帝国軍の残党がいた。もしも暗殺者が現れたとしても、時間稼ぎにはなると思えたのだ。

『それならば安心ですわね』

『でしょでしょ！』

　こうしてマサユキは、七十階層へと出向く事になったのだ。


　人使いが荒いんだよな、ここの人達——と、マサユキは大きく溜息を吐いた。

　リムルを筆頭として、この国のお偉いさんは、誰もが思いつきで行動しているふしがある。下っ端ならともかく、立場を考えて慎重に行動して欲しいと思うのだ。

　勿論、全員がそうだという訳ではない。

「もっとさ、シュナさんみたいに僕の事を心配してくれてもいいと思わない？」

　口から漏れ出たのは、偽らざるマサユキの本音だった。

シュナのように清楚で奥ゆかしい美少女から頼まれたならば、マサユキも文句はないのである。だから今も、喜んで避難誘導を手伝っていた訳だが……それを邪魔したのがラミリスだった。

『さっさと七十階層に向かって欲しいワケ！』

と、有無を言わさぬ勢いで命令されたのだ。

マサユキとしては不本意だった。

だがしかし、ラミリスはああ見えて権力者。

ヴェルドラという後ろ盾を持つ上に、マサユキの秘密を知る者の一人である。何を言われたとしても、逆らう事など出来ないのだった。

「諦めろって。ラミリス様には悪気なんてないし、単に余裕がないだけだと思うぜ？　ヴェルドラ様まで出撃したんだから、どう考えたって緊急事態だからな」

マサユキの隣を歩いていた青年が応じた。

耳には蛇を模したピアス。

無骨な腕時計と、指には髑髏《どくろ》の指輪。

毒々しい紫のシャツの上に棘《とげ》付きの革ジャンを羽織り、ジャラジャラとしたアクセサリーで着飾っている。

フラップスカート付きのロングパンツは、黒い光沢を放つ革製だった。

いわゆるパンクファッションというヤツで、どう見ても不良。マサユキが苦手とする人種だった。

そのハズなのだが不思議な事に、マサユキとは意外と気が合った。

その理由は恐らく、その青年が苦労性だからだろう。

その青年の名はヴェノムと言って、常に上司から無理難題を押し付けられているように見受けられた。そんなヴェノムの様子が自分と重なって見えて、マサユキは親近感を抱いていたのだ。

ヴェノム曰く、『俺に人権はない』らしい。

今はその上司からマサユキの護衛を命じられたとかで、共に行動している。

ジウとバーニィとは気まずくて会っていないし、ジンライとも別れた。

ハッタリだけの自分ではジンライを守り切れないと、マサユキが自分から別れを切り出したのだ。

『俺が必要なら、いつでも声をかけて下さいや！　それまでは、この国のギルドで腕を鈍らせないように働いてますんで』

そう言ってジンライは、マサユキからの提案を受け入れた。そして魔国連邦《テンペスト》のギルド職員となって、陰ながらマサユキのフォローに回ってくれる事になったのだ。

寂しかったが、ホッとしたのも事実である。これで仲間に嘘を吐く必要もなくなり、罪悪感が消え去ったからだ。

そうして、一人となったマサユキの前に現れたのがヴェノムだ。

ヴェノムはマサユキが弱い事を知っていた。だからこその護衛であり、見た目に似合わずマサユキの言い分にも耳を貸してくれた。

マサユキの評価が下がらぬように、協力も申し出てくれていたのだ。

これはリムルの意向にも沿っているので、マサユキとしても遠慮なく利用させてもらっていたのである。


そんな訳で二人は、今では気心の知れた友となっていたのだった。

「だからさ、緊急事態なのはわかってるよ。それなのにどうして、〝勇者〟を演じてる僕を、町のみんなから離そうとしたのかなって」

「いや、お前って弱いじゃん。本当に敵が攻めて来たら何も出来ないじゃん？」

「そうだけどさ、そうなんだけどさ！　でも、違うだろ⁉　みんなの不安そうな眼差しがさ、僕の心を抉《えぐ》るんだよね……」

行かないで欲しいと、口に出さずとも理解出来た。だからマサユキは、ラミリスからの命令に不満が募《つの》るのである。

しかし、ヴェノムからすれば話は違う。

どちらが安全かと言えば、百階層よりも七十階層だからだ。帝国軍を戦力に数えなくとも、七十階層の研究施設には〝超克者《ちょうこくしゃ》〟達が控えているからである。

今は子供達の安全を守っているので、そこまで行けばマサユキも守ってもらえるだろうと考えていた。

ヴェノムにとって大事なのは、ディアブロより与えられた使命なのだ。まさしく命を賭けて、マサユキの事を守らねばならぬのだった。

「まあな。お前がいるだけで、何故か安心しちまうんだよな。だがまあ、避難もある程度は終了してたし、百階層の守りは万全だからな」

実際、ここまで侵入するような敵が相手となると、階層守護者《ガーディアン》クラスでないと話にならない。六十階層はガドラ不在の上にシンジ達が撤退した事により無防備なので、現在では七十階層が最初の防衛線となっていた。

「それって、僕は危険になるって事だよね⁉」

その通りだなと、ヴェノムは頷く。

「そうなるが、ま、安心しろや。俺がいる。お前の事は責任を持って守ってやるさ」

「うーん、そりゃあ頼りにしてるけどさ」

そう答えるマサユキも、実のところ自分の現状を察してはいる。この状況で前線に移動させられたという事は、マサユキを狙う敵がいるのではないか、と。


そうでなければ、まるで戦力にならぬマサユキを、ラミリスが危険に晒す訳がないからだ。

マサユキも〝復活の腕輪〟を持っているので、迷宮内であれば死んでも蘇生する。だからラミリスも迷いなく、マサユキを囮《おとり》として利用するつもりなのだろう。

「そういう事だろうな。ついでに言えば、他の住民達を巻き込みたくなかったんだろうぜ。お前が弱いとバレる恐れもあったし、素直に従ってる方が正解ってもんさ」

「そうだよね。わかっちゃいるんだけどさ、僕にも事情ってもんがあるんだよ……」

七十階層にはジウとバーニィがいる。マサユキにとっては、彼等と会ってしまうかもという気まずさの方が問題なのだった。

「俺はそいつ等の事を知らねーがよ、任務だったんなら責めてやるなって。お前を殺そうとしたのだって、全部が全部、本心って訳でもないんじゃねーか。魔物と違って、人間は複雑だからな。ま、だから悪魔にとっては、人間はいいオモチャになるんだがな」

そう言って笑うヴェノムをジト目で睨み、マサユキは「そう簡単に割り切れないよ」と思った。だが、ヴェノムが言うように人の本心はわかりにくいので、ジウやバーニィを恨み切れないのも事実なのだ。

だったら、悩むだけ損であった。

七十階層に到着し、帝国軍が駐留している建築現場を目前にして、マサユキもようやく覚悟を決める。

「僕をオモチャにするのは止めてくれよ」

やれやれと頭を振って気持ちを切り替えたマサユキは、友となったヴェノムに軽口を叩くのだ。

そうと察したヴェノムはニヤリと笑う。マサユキを守るのは任務だが、ヴェノム本人もマサユキを気に入っていた。

苦労性という点では似た者同士だし、状況に流されるだけに見えても弱いながらに自分の意思を持ち続けているマサユキを、心の奥底では尊敬していたからだ。

ヴェノムも反骨精神旺盛《はんこつせいしんおうせい》だと自負しているが、それでもマサユキには及ばないと、何故だかそう思えたのだった。

だからヴェノムは、好意を込めて返事をしかけて――

「ハハハハハ！　そいつはお前次第――ムッ⁉」

突如出現した存在からマサユキを庇う。

「何者だ、テメー？」

「チッ、邪魔が入ったか。完璧なタイミングだったというのに、慣れぬ身体では反応が鈍いものよ」

その者はヴェノムを無視して、忌々《いまいま》しそうにマサユキを睨む。明らかに異質な気配を漂わせるその存在を前に、マサユキも動揺を隠せない。

それまで一切の気配がなかったのに、今では圧倒されんばかりの覇気《オーラ》が感じられたのだ。

その背には三対六枚の純白の翼がはためいており、その精悍な肉体美を強調している。その大きくはだけた純白の衣からは、鍛え上げられた筋肉が覗き見えていた。

そして何よりも強烈なのは、その者の眼光だ。獰猛な肉食獣、それも手負いで何人も近付けぬような、禍々しくも凄惨な光を宿していたのである。

「俺を無視してんじゃねーよ！」

そう叫びつつ、ヴェノムが上段回し蹴りを放った。

型通りに綺麗な蹴りは、吸い込まれるように敵の側頭部を狙い打つ――が、しかし……。

マサユキは驚愕した。

そいつは驚くべき事に、ヴェノムの蹴りを無防備で受けた。それは反応出来なかったのではなく、する必要がないと言わんばかりの態度であった。

「フンッ、生きる価値もないムシケラが。古《いにしえ》より我等の邪魔をする、邪悪な悪魔の眷属めが。この俺、〝三妖《さんよう》帥《すい》〟が一人であるコルヌ様に対して無礼であるぞ！　身のほどを知って、死ね!!」

コルヌと名乗ったその者は、ヴェノムに向けて無造作に手を翳《かざ》した。次の瞬間、圧縮された魔力弾が放たれ、回避不能な速度でヴェノムを穿ったのである。

自分で自分の事を様付けで名乗るんだ――などと、変な事に気を取られていたマサユキだったが、慌ててヴェノムへと駆け寄り介抱する。

「だ、大丈夫か？」

ヴェノムは生きていた。

ギリギリで反応し、左腕で魔力弾を逸らす事に成功したのだ。

しかしそれでも、被害は甚大だ。ヴェノムの左腕は消失し、左わき腹にも大穴が空いてしまっていた。

「……大丈夫じゃねーな。信じ難い上に認めたくもねーが、あの野郎、この俺よりも遥かに強いみてーだぜ。だが、安心しな。お前の事は必ず守るからよ」

そう言って、ヴェノムは平然と立ち上がる。

無事ではないが、戦闘不能になった訳ではないのだ。

「やれやれ、しぶといムシケラだ。ザラリオが囮となっている隙に、俺がその少年を殺さねばならぬというのに。無駄な抵抗をするとは、愚物はこれだから嫌いなのだ」

そう嘆くコルヌを見て、マサユキはふざけるなと文句を言いたい気分であった。

自分が殺されなければならぬ理由に、まったく心当たりなどなかった。それに、自分が原因でヴェノムが傷付いてしまった事に、責任を感じてしまったのだ。

「ヴェノム……」

「やっぱりな、あの野郎の目的はマサユキだったか」

「最初から気付いていたのか？」

「ラミリス様から連絡があった時点で、もしかしてとは思っていたさ。ま、安心しな。野郎に勝つのは無理でも、時間くらいは稼いでやるさ」

「だけど――」

「野郎がお前を殺さないのは、その腕輪のおかげだろうな。ここでお前を殺しちまったら、どっか違う場所で蘇生するからな。野郎はそれを警戒して、お前を迷宮から連れ出すつもりだろうぜ。だからよ、野郎はお前を巻き込むような攻撃は仕掛けてこないと見た！」

ヴェノムはそう言って不敵に嗤《わら》う。

そして、その読みは的中していた。

マサユキは復活の記録地点《セーブポイント》を〝管制室〟に設定していた。誰にも見られないようにという配慮だったのだが、この状況ではそれが心強い。

それに対してコルヌは、自分の目論見が見抜かれた事に苛立っていた。


コルヌには、これ以上の失敗を重ねられない理由があったのだ。

その理由というのは、数十年前に遡《さかのぼ》る。この世界とは別の異世界への侵略作戦において、後一歩という段階で失敗してしまった。何が起きたのか不明だが、灼熱の業火によって自身が率いる軍勢を焼き尽くされてしまったのだ。

その結果として、コルヌは〝三妖帥《さんようすい》〟でありながら部下一人持たぬ身となっていた。当時の傷は癒えたものの、その精神には拭いきれぬ憂いを抱える事になってしまったのだった。

だからコルヌは、圧倒的に優位な立場にありながらも、どこか余裕のない態度となってしまっていた。そして不幸な事に、敵対するのはそれを見逃すような者ではなかったのだ。

「認めてやろう。ここが星の管理者《ラミリス》の迷宮でなければ、我が出るまでもなかったのだ。貴様達を葬《ほうむ》るなど造作もないが、どうせなら絶望をくれてやる。我が真の力を刮目し、あの世へと旅立つがいい!!」

コルヌもまた、油断するような愚か者ではなかった。ヴェノムが一筋縄ではいかぬ相手だと見抜き、何が起きても対処出来るように全力を出す事にしたのである。

コルヌの身体に、黒と金の光沢を放つ武具が装着されていく。それはザラリオのものと同じ、〝三妖帥《さんようすい》〟にのみ与えられし至高の神話級《ゴッズ》であった。

完全武装したコルヌが相手では、ヴェノムに打てる手など残されていない。あらゆる攻撃手段が通用せず、嬲《なぶ》られるのを待つのみとなってしまったのだ。

「チィ、クソが！」

絶望的な戦力比に、ヴェノムが顔をしかめる。

逃亡を試みても無駄だろうし、自分が消されてしまえば、マサユキは連れ去られて始末されてしまうだろう。迷宮内なのでヴェノムも復活するのだが、マサユキを守れなければディアブロの粛清が待っていた。

詰んでるじゃねーかよ――と、ヴェノムは泣きたい気分で思考する。

残された手は一つ。ヴェノムの手でマサユキを殺して、安全な場所へと送還するのみ。

「かくなる上は――」

ヴェノムが決断しようとした、まさにその瞬間。

「困っているみたいだが、私達も手伝わせてもらってもいいかね？」

マサユキを守るように、二人の男が現れたのである。

「貴方は、ミニッツさん!?　それに、カリギュリオさんまで！」

小心者のマサユキは、何度か会う機会のあった二人の事を覚えていた。帝国のお偉いさんというだけで、失礼があってはならないと緊張したのも覚えている。

「マサユキ殿、私の事はミニッツと、呼び捨てにしてくれたまえ。陛下と同じ顔をした貴方から〝さん〟付けで呼ばれるのは、どうにも落ち着かなくて困るのだ」

「で、ですが……」

「フフフ、私もミニッツと同感だよ。マサユキ殿を前にすると、どうも心が高揚するのだ。陛下が御照覧して下さっているようで、いつも以上に力が湧いてくるのさ！」

ダンディーなミニッツと、左目を眼帯で隠した厳めしいカリギュリオが、マサユキを安心させるように笑みを浮かべた。

「ヴェノム君だったね、支援は任せたまえ」

ミニッツはそう言うと、コルヌに視線を向けた。すると、不可視の力場が発生し、コルヌの動きを鈍らせたのである。

それは、ミニッツから失われたはずのユニークスキル『圧制者《オゴルモノ》』の効果であった。

「ミニッツよ、力は失ったのではなかったのか？」

「失ったとも。だが、一度手に入れたものならば、二度目は簡単に手に入るだろう？」

事もなげに答えるミニッツに、カリギュリオは苦笑するしかない。

「羨ましいよ。私は万能感を失ってしまったからね。だが、空っぽの身体に魔素を溜め込むくらいは造作がないのさ」

その言葉を証明するように、カリギュリオに力が満ちていく。限界を超えた暴走状態であり、粘膜から出血も始まっている。そのままでは命にかかわるのだが、この迷宮内では関係ない。どこからか調達した回数制限のない〝復活の腕輪〟を装備しており、身体への影響など気にもしないのだ。

「貴方も大概だな」

「これくらい出来なくては、死んだ者達に顔向け出来んよ」

ヴェノムは、そんな二人の参戦に希望を見出した。しかも更に、何名かの男達がやって来て、ヴェノムに協力を申し出たのである。

一目でその男達の正体を看破したヴェノムは、迷う事なく受け入れた。

「助かるぜ。コイツを倒そうなんて考えなくていいから、足止めを頼む！」

「承知！」

「これは面白そうだ」

「ミーが来たからには、もう安心。任せて！」

その三名は、興味本位でやって来た〝超克者〟達だった。

「指示は私が出そう。それでは諸君、行動開始!!」

何故かカリギュリオが号令し、誰も異を唱えない。

総勢、五名の応援。ヴェノムを手助けする形で、コルヌを相手に攻撃を開始したのである。

「ムシケラ共めが！　調子に乗るなよ!!」

激高するコルヌだが、冷静さまで失いはしない。マサユキを逃がさぬように手加減しつつ、一人一人順番に始末しようと動き始めた。

けれど意外な事に、即席チームの連係は見事なものだった。コルヌが大規模破壊攻撃を使用出来ない点と、〝超克者〟が不死身であるという特性を活かして、最小限の被害となるようにカリギュリオが作戦を立案したからだ。

絶望的な実力差を機転と勇気で補って、ヴェノムを含めた六名が互いをフォローし合う事で、時間を稼ぐ事に成功したのである。

そして、その隙に。

「マサユキ、こっちだ」

「早くここから逃げて。研究施設に逃げ込めば、他の階層に行けるでしょ？」

マサユキに声をかけたのは、バーニィとジウだった。

「き、君達！」

「悪かったな。ちゃんと謝りたいと思ってたんだが、今はそんな場合じゃないよな。ともかく、俺についで来てくれ」

「え!?　って、ちょっと待って。ジウはどうする気なのさ？」

バーニィはどうやら、マサユキの護衛につくつもりのようだ。しかしジウはその場から動かず、何やら魔法を唱えていた。

「うん。私の事は気にしなくていい。こうしてマサユキのフリをして、アイツを惑わせておくから」

そう答えて振り向いたのは、マサユキそっくりに化けたジウだった。

「早くしろ。アイツはお前への攻撃を控えているみたいだし、ジウなら上手く立ち回れる。その隙に逃げるぞ」

どうやらそれは、ここに来るまでに考えられた作戦の内だったようだ。応援に駆け付けた者達は、ジウがマサユキに化ける瞬間を、コルヌには見えないように立ち回っていた。

迷うマサユキ。だけどそれは一瞬だった。

「わかったよ。どうせ僕がいても、足手まといにしかならないもんね」

と、渋々ながら作戦に同意したのだった。

●

〝管制室〟は混乱の極みにあった。

突如として出現した敵は、想定していた以上に厄介極まりない存在だったからだ。

「ちょっと、マサユキを狙ってきたヤツの存在値は測定出来たの？」

「出ました！　おおよそですが、百八十万――でしたが、神話級《ゴッズ》を装着した事で二百八十万まで膨れ上がりました！」

「何それ、反則じゃん!!」

アルファからの報告に、ラミリスが憤慨する。が、文句を言っても始まらないので、必死になって対策を考えるしかない。

「神話級《ゴッズ》は、主と認めた者に力を貸すと言います。アルベルト殿の場合は存在値が倍以上になっておりましたが、あれでもまだ、神話級《ゴッズ》の潜在能力を引き出せていなかったという事なのでしょうね」

ベレッタが分析するが、ラミリスも同意見だった。

神話級《ゴッズ》を装備したアルベルトは、受肉した精神生命体と同等の存在になった。その時に測定したデータでは、十八万程度だった存在値が大幅に上昇して四十万を超えていたのだ。それだけでも十分凄いと思われていたのだが、まだまだ神話級《ゴッズ》には余力が残されていたようである。その後、アルベルトは進化の眠りについたので、目覚める時が楽しみでもあった。

それにそうなると、神話級《ゴッズ》を造り出せるようになったクロベエがどれだけヤバイのかという話にもなるのだが……今はそれを検討している場合ではない。

希少で素晴らしい神話級《ゴッズ》も、敵の手にあれば脅威でしかないからだ。

「どうするのよさ⁉　トレイニーちゃんとカリスの二人がかりでも、あのザラリオとかいうヤツに押されてるじゃんよ！　それにそれに、あのコルヌとかいうヤツが相手じゃあ、ヴェノム達では相手にならないのよさ……」

ラミリスの懸念《けねん》ももっともである。

ヴェノムは悪魔公《デーモンロード》となった事で、存在値が四十万まで跳ね上がっている。しかし残る者達は、〝超克者〟のリーダー格でさえ三十万。残り二名は二十万だ。

帝国軍の残党であるミニッツとカリギュリオは、力の大半を失くしており、今では存在値が一万と少しという有様であった。戦力としては期待出来ず、寧《むし》ろ、よく参戦する気になったなと褒めてやってもいいほどなのである。

しかしこの二人、何故か生き生きとしていた。

ミニッツは不思議な事に、失われたはずのユニークスキル『圧制者《オゴルモノ》』を駆使していた。捕虜らしからぬお洒落なスーツを着こなしているのも解せないが、そっちの方が余程気になるラミリスである。

カリギュリオなど、先程から何故か存在値が膨れ上がっており、今では四十万に達している。増加速度は減ったものの、まだまだ上昇中なのが理解不能だった。とても興味深い現象である。

けれど残念ながら、今はそれを追及している場合でもなかった。気になる事が多過ぎるという不満をグッと飲み込み、ラミリスは指示を飛ばすのだ。

「ええい、どうせ死んでもアタシの力で生き返らせて見せるのよさ！　だから遠慮なく捨て駒になってもらうとして、問題なのはマサユキよね」

「──と、言いますと？」

「死んだら確かにココに飛ばされるけど、連れ去られたら終わりじゃん？　だからやっぱり、確実に避難させておく方が安全だと思うワケ」

「なるほど」

「その事ですが、バーニィ達が連れ出そうとしております」

おお、とラミリスは感心した。

自分と同じ結論を出し、指示されるまでもなく行動に移る。そんなバーニィ達を見直したのだ。

そもそも、マサユキはチキン野郎なので、間違いなく自殺など出来ないタイプである。だからいざという時になっても、自ら死んで逃げられるとは思えなかった。

その点、バーニィが付き添うのならば安心であった。

「バーニィに連絡！　逃亡先はココを目指すようにってね。それと、言われなくても理解してるだろうけど、万が一の時には上手く処理するように、って！」

「了解しました」

ラミリスの指示を受け、アルファが即座に『思念伝達』を飛ばした。暗号化処理は完璧で、時差もなくバーニィに指令が届く。

それを確認し、ラミリスはようやく一息つく。

「さて、と。これで一応、打てる手は打ったのよさ」

監視用大スクリーンは分割されて、各地の戦闘状況が映し出されている。どの場所でも苦戦しており、状況は芳しくなかった。


「アタシ達って、リムルがいないとホント駄目ね」

「時期が最悪でした。守護者達が目覚めていれば、ここまで劣勢になる事もなかったでしょう」

「そりゃあそうなんだけどさ……」

確かに、ベレッタの言う通りなのだ。戦力が揃ってさえいれば、ここまで後手に回る事もなかったのである。

だがそれでも、ラミリスとしては責任を感じてしまう。

それだけラミリスにとって、この地での暮らしはかけがえのないものなのだ。

その時、魔素の残量をモニターしていたベータが、鬼気迫る声で叫んだ。

「緊急事態発生！」

「今度は何なのよさ⁉」

「想定された事態ではありますが、ヴェルドラ様からの魔素の供給が途絶えました。このままでは後十分もせずに、都市部が地上へと放り出されます‼」

「ゲエェ――ッ‼　それってつまり、師匠が負けちゃったってコト⁉」

それは、ラミリスにとっては信じ難い現実であった。

けれど相手がヴェルグリンドでは、それも有り得ると認めるしかない。

そうなると見越して、避難も進めていたのだ。

ヴェルドラの事はリムルが何とかしてくれるハズだと、ラミリスはそう信じる事にした。ここで落ち込んでいても事態は好転しないのだから、前向きに考えて自分に出来る事をするしかないのだ。

「それで、避難状況はどうなってるワケ？」

「そちらは問題ありません。マサユキ殿が移動する前に、反対勢力の説得に成功しております」

どこにでも文句だけ一人前に言う勢力はいるもので、それは首都〝リムル〟も例外ではなかった。ここでゴネて何らかの利益を得ようとしている者や外来の商人達も含めて、総人口の一割ほどが避難せずに頑張っていたのである。

そんな者達であっても、マサユキの声を聴けば納得してしまった。

マサユキ様がそう言うのであれば――と、重い腰を上げてくれたのである。

洗脳に近いその効果に、ラミリスもビックリだった。

そちらの状況を確認していたガンマが、都市部には誰も残っていないと太鼓判を押す。ならば問題ないと、ラミリスは都市部の切り離しを実行しようとした。

「誰もいないのでは、防衛機能も働きませんね。残念ながら、都市部は甚大な被害を免れないでしょう」

「ちょ、ちょっとベレッタちゃん⁉　そんな事を言われると、アタシの決心が鈍るんですけど‼」

だが、それも仕方のない話なのだ。

ラミリス自身の魔素量《エネルギー》など高が知れている。まして今は迷宮を最大まで拡張している為、余分な構造物を抱え込む余力など残っていないのだ。

全てのエネルギーをヴェルドラに頼っていた弊害なのだが、この問題に対する解決策などラミリスには思いつかないのだった。

「それは重々理解しております。まあ、リムル様ならば、また再建すればいいと仰る事でしょう」

「だよね、そう割り切るしかないのよさ……」

自分の無力さを噛《か》み締めながら、ラミリスは都市部の放出を実行した。後はもう、流れ弾で都市部が壊滅してしまわぬように祈るだけだった。

ところが。

「緊急報告!! 地上部に新たな敵が出現しました。その数、二体。迷宮外である為に正確な測定が出来ませんが、最低でも百万を超える存在値だと推定されますっ!!」

今度の報告は、地上の監視を行っていたデルタからだった。

小さなモニターのサイズが切り替わり、全員が見られるように大きく拡大される。そこに映し出されたのは二体の天使——いや、黒い翼を持つ堕天使だった。

大柄で筋肉質な女戦士と、小柄な美少女の二人組である。

彼女達の翼もまた、三対六枚あった。

「うっそでしょ!? あの翼の枚数が同じって事は、コイツ等も熾天使《セラフィム》なのよさ……」

せわしなく飛び回っていたラミリスだが、これにはもうお手上げな気分だった。だが、気になる事を思い出し、微かな希望を求めてデルタに問う。

「デルタちゃん! どうしてアイツ等が敵だって断定するのよさ? もしかしたら——」

ないとは思うが、味方である可能性も——と思ったラミリスに、デルタが無慈悲に告げた。

「それはあの者達が、ヴェルグリンド様が空けた穴を塞ぐのを邪魔しているからです。迷宮を閉じてしまえば、我等の勝利が確定したのですが……残念でした」

疑いようもない、実に明確な回答。

「そ、そうだったのね。アリガト」

ラミリスは羽ばたくのを止めて、力なくベレッタの肩に座った。

ここにきて、四名もの超級覚醒者《ミリオンクラス》を投入してくる敵の策略に厭らしさを感じ、一晩中でも呪詛を吐き続けたい気分になるラミリスであった。

だがその時、頼もしき味方が目覚めた。

『地上はオレに任せてもらおう。リムル様の名を冠する都市を、むざむざと破壊させはせぬ』

進化を遂げて、〝守征王《バリアロード》〟ゲルドが復活したのだ。

「ゲルドちゃーーーんっ!!」

ラミリスは泣いた。

嬉し泣きだった。

「ゲルド様の存在値ですが、二百三十七万を超えています！　武具も全て合算しておりますが、これならば侵入者共にも負けはしないでしょう!!」

ゲルド所有の伝説級《レジェンド》装備は、ゲルドが進化するのと同時に神話級《ゴッズ》へと至っていた。ゲルドの妖気《オーラ》を浴びて進化したのだ。

リムルには計算外だったのだが、この場にいる誰もが予定通りだったのだろうと勘違いした。

「流石ね、リムル。このアタシの目をもってしても、この展開は見通せなかったわ」

結構な節穴アイのラミリスが、自信満々にそう言い放った。

それを平然と受け流すのがベレッタだ。

「まさしく。恐るべき深慮遠謀《しんりょえんぼう》ですね」

しかも、更なる覚醒者が現れた。

『わっちもいるでありんす。もう一人はわっちの獲物でありんすえ』

〝幻獣王《キメラロード》〟クマラだった。

「クマラ様の存在値ですが、およそ百九十万だと測定されました。専用武具もなしにこの数値は、脅威の一言です!!」

アルファからの報告で、〝管制室〟に歓声が湧く。

そしてアルファの言葉を証明するかの如く、地上でも激しい戦いが始まった。しかも驚くべき事に、ゲルドの部下達が各地点に散開し、強力無比な『結界』を張って戦闘の余波から町を守り抜いて見せたのだ。

「これで勝てるッ!!」

「ひとまずは、何とかなりそうですね」

ラミリスが勝利宣言し、ベレッタも安堵した。

だが、しかし。

気を抜くのはまだ早かったのだ。

妖魔王フェルドウェイの策は、まだ終わってはいなかった。

寧ろ、今までの全てが陽動であり、真の狙いは別にあったのである。

●

〝管制室〟に張りつめていた緊張感が、少しだけ弛緩した。

ベレッタの肩の上で勝利宣言したラミリスは、気が抜けたように大人しくなった。

ベレッタは手慣れたもので、最初から冷静な態度で、落ち着きのない主の面倒を見続けている。

そうした状況を一歩離れた位置から観察していたシンジは、他人事のように今の騒動を受け止めていた。あまりにも自分の理解を超えた戦いが繰り広げられており、許容量を超えて現実だとは思えなくなっていたのだ。

だからこそ、シンジは冷静でいられる。

ラミリスが動揺するのもわかるが、もっと落ち着いたらいいのに、と内心で考えていた。

（少しはベレッタさんを見習ったら良いのに……）

というのがシンジの本音だが、それは決して口にはしない。そんな事を言おうものなら、無用の怒りを買う上に、給料を減らされる恐れがあるからだ。

確かに、ラミリスの迷宮は凄いのだが、ラミリス自身はシンジよりも弱かった。というか、比べ物にならないレベルである。

だからラミリスがどれだけ慌てようとも、実際には何も出来ないのだ。

それに――と、シンジは先日開催された祝勝会の様子を思い出す。

想像を絶する力を秘めた魔人達。

そんな強者達が忠誠を誓う魔王リムル。

シンジとて〝異世界人〟であり、自由組合の基準では特A級に相当する凄腕だ。存在値とやらも測定したのだが、今では十二万を超えている。その上、ユニークスキル『医療師《ナオスヒト》』まで所有しており、帝国軍だったらエースコマンド扱いなのである。

自分だってそれなりの上位者だろうと自惚《うぬぼ》れていた

のだが、この場にいる者の中では突出していなかった。

何しろここでオペレーターをやっている美人姉妹達でさえも、個々の存在値が十五万を超えていたのだ。シンジが自分の強さなど気にしても仕方ないと思うのは、実に自然な成り行きなのだった。

ちなみに、マークの存在値：十三万で、シンが十二万だ。どっこいどっこいという感じであり、モニターに映っているような化け物相手には何も出来ないだろう。

それなのに、主力勢が出払った現状でさえ、何とか勝負が成立しているのだ。それだけでも凄い事だと、シンジとしては考えるのである。

今思えば、帝国が誇った『機甲軍団』を蹂躙《じゅうりん》した戦力でさえ、ここ魔国連邦《テンペスト》の総戦力の三割にも満たなかったのだ。

しかもそれは、祝勝会より以前の話である。

祝勝会にて魔王リムルが幹部達に褒美を与えた事で、上位の魔人達が進化の眠りについたのだ。その結果、超級覚醒者《ミリオンクラス》に至る者が出始めていた。

正直、シンジの理解が追い付かなかった。

先程のゲルドもそうだったが、魔物の進化とは意味不明なのだ。

(帝国から魔国連邦《テンペスト》に亡命していて本当に良かった！)

と、シンジは心の底からガドラ老師に感謝したのだった。

ふと目に留まったモニターでは、かつての上官だったミニッツ達が〝三妖帥《さんようすい》〟コルヌとやらを相手に奮闘していた。

その光景は、まるで映画のワンシーンのようだ。

(大体さ、こんな化け物相手に何が出来るっていうんだよ。というか、あんなヤツ等がいる事自体が信じ難いね)

シンジからすれば、力を失ったにもかかわらず敵に挑もうとする、ミニッツやカリギュリオの方が異常だと思えるのだ。怖くないのかなと思うのと同時に、映画みたいに強敵を前に力を取り戻していく二人を見て、帝国の上層部も捨てたもんじゃないんだなと、そんな感想を抱いてしまう。

あまりにも非現実的。

自分が主人公だとでも考えているのかと、そう疑ってしまいたくなるほどだ。

だからだろうか。

シンジは危機感を抱く事なく、もっと気になる事に思考を切り替えてしまった。

いわゆる、現実逃避。

シンジが想いを馳せるのは、皆に軽食を差し入れてくれたりするシュナについてだった。

(しっかし、相変わらずシュナさんは可憐だな～)

雇い主の事は考えても仕方ない——というか、どうでもいい。シンジの心を占めるのは、無粋な争いの事ではなく、とっても可愛いシュナについてだ。

一礼して部屋を出て行った姿を思い出せば、それだけで幸せな気持ちになれるシンジである。

凛としていて、隙がない。

見た目は儚げな美少女であるのだが、怒らせると怖いというのは有名な話であった。

シュナに憧れを持つのはシンジだけではなく、マークヤシン、それに新たに見習い助手となったルキウスやレイモンドなども、〝シュナ〟ファンクラブに参加する同志であった。

それに比べて、雇い主であるラミリスは……。

思わず溜息が出た。

「ちょっと、シンジちゃん。何か言いたい事があるなら聞くけど?」

こういう時だけ勘の鋭いラミリスである。

「いえ、何でもないデス」

顔に出てしまったかと、シンジは慌てて否定した。

師匠であるガドラ老師からは、「魔導師《ウィザード》を目指す者は、泰然自若《たいぜんじじゃく》であらねばならぬ。貴様などまだまだ甘いわ!」と、よく叱られていた。

こういう場面では、なるほどと納得してしまうのだ。

確かにシンジは感情的で、魔法使いには必須である感情操作を苦手としていた。

シンなどは無表情で感情を悟らせないのだが、魔法の適性に欠けている。逆だったら良かったのにと、ガドラから言われ続けていたのだった。

そんな訳で、シンジとしては自分の非を認めるしかないのだ。

（ま、俺に怒る余裕が出たって事で、ラミリス様にも許してもらおうかな）

などと、シンジは自分に都合良く考える。

そもそも、シュナとラミリスを比べるのが間違いだったのだ。

まるで、大人と子供。というか、それ以前の話であった。

シュナはまだ少女の気配を残しつつも、その物腰は洗練された大人そのもの。

ラミリスは何千年も生きているのだが、身体の成長に準じているのか、精神年齢は低いままだった。

見た目も心もお子様のラミリスでは、シュナに太刀打ちなど出来ないのだ。

何だかラミリスが可愛《かわいそうに》く思えて、もっと優しくしてあげようと思うシンジなのであった。

という感じで、シンジは余計な事ばかり考えていた。


だからこそ、気付けたのだ。

いつも気怠《けだる》げにしている男が、いつの間にか立ち上がっていた事に。

そして何故か、いつも真面目な上司であるベスターが、机に突っ伏して眠っている事に。

「あれ？　ディーノさん、何をやって――」

シンジがそう問いかけてしまったのは、本当に偶然だった。だがしかし、その行動こそが本日のファインプレーだったのである。

一番不真面目だったシンジが、今日一番の武勲を立てる事になったのだ。

◆

ディーノは立ち上がり、自分に与えられた役目を果たそうとした。

働くのは嫌いだし、不本意だったのだが、古い付き合いのある人物からの頼みは断れなかった。

それに何より、そうせねばならぬという強迫観念に駆られたのだ。

だがしかし、その行動は思わぬ邪魔が入ってしまう。

「あれ？　ディーノさん、何をやって――」

というシンジの声が聞こえた時、ディーノは作戦の失敗を悟っていた。

誰にも気付かれないように速やかに全てを終わらせるつもりだったのに、絶妙なタイミングで神がかった邪魔が入ってしまった。

誰にもディーノの行動は読めなかったはずなのに、まさかの失態である。

ラミリスを捕えようと伸ばした手が、ベレッタによって掴まれていた。

それは、一瞬の出来事である。

シンジが声を発していなければ、ディーノが邪魔される事はなかったのだ。

「何のつもりですか、ディーノ様？」

「驚いたな。まさか、邪魔が入るとはね。やれやれ、お前がいたから警戒して、緊張感が緩む機会を狙っていたっていうのにさ」

「……」

「勘弁してくれよ、シンジ。お前ってさ、大物になれる素質があるぜ」

そう愚痴るディーノだが、その言葉は半ば本音であった。自分の行動を見抜ける者など、この世界には数えるほどしかいないと知っているのだ。

それだけ自信があったディーノだが、今となっては虚《むな》しい限りであった。

ディーノはうんざりした様子で溜息を吐きながら、シンジをチラリと見た。そして頭を振りつつ視線を戻し、目を細めてベレッタを見る。

どうやら只事ではない状況になったようだと、シンジ達もようやく状況を把握する。しかし、だからと言って何か出来る訳ではなかった。

ディーノを取り囲むようにアルファ達が動き、ベレッタの肩からラミリスを保護している。

「……え？　え――ッ!?」

急展開に置いてけぼりになっているラミリスは、ベレッタとディーノを交互に見ながら必死に状況を理解しようとしているようだった。

シンジはベスターを介抱しつつ、ディーノから距離を取る。しかし、シンジの仲間であるマーク達は、その場から動く事なくうずくまった。

どうやら、こんな状況であるにもかかわらず、眠り込んでしまった様子。それが異常なのは、誰の目にも明らかであった。

「おい、ディーノさん！　アンタが何かしたんだろ⁉」

叫ぶシンジに、ディーノが気怠げに答える。

「まあね。というかさ、俺の力に抵抗《レジスト》してるって事は、お前のスキルもかなり優れてるんだな。見直したぜ、シンジ」

「褒められても嬉しくないね」

本当は少し嬉しかったが、シンジはそう答えていた。

ディーノは肩をすくめるのみ。

シンジを褒めはしたが、眼中にないのか視線を向ける事もしなかった。

ベレッタの肩越しにラミリスを見つめて、告げる。

「ラミリスよ、悪いんだけど俺達に協力してくれねーかな？　手荒な真似はしたくねーし、協力してくれるんなら大切に扱うって約束するよ。ほら、お互いに無駄な血を流したくないだろ？　だからさ、俺について来てくれないかな？」

と、ディーノにしては真面目な表情で語り終えた。

これに対するラミリスの反応は、言うまでもなく拒絶である。

「はあ？　アンタ、何を血迷ってんの？　そんな事言ってると、リムルが帰って来た時にボコボコにされちゃうよ？」

あくまでも他人の威を借りるラミリスだが、その言葉はあながち間違ってもいないのだ。

だからディーノは苦笑するしかない。

「だよな。やっぱ、お前はそう言うと思った。だがな、俺としてもはいそうですかって訳にはいかねーんだ。不本意なんだけどさ、俺ってば〝監視者〟なのよね」

「〝監視者〟――って、もしかしてヴェルダナーヴァ様の腹心だった〝始原の七天使〟のコト？」

「御名答。実は俺も、かつては〝始原〟の一柱《ヒトリ》だったんだ。筆頭だったフェルドウェイ達が異界に去った後、地上の監視任務に当たっていたのさ」

「うっそでしょ!?」

「いや、これがマジなんだって」

ラミリスとしては、今になって知る驚愕の事実というヤツである。

自分同様に魔王のお荷物だと思われたディーノが、まさかの重要人物。それも、創造神であるヴェルダナーヴァが自ら名付けた存在だったとは、ラミリスは思いもしなかったのだ。

ちなみに、ラミリスの名付け親もヴェルダナーヴァなのだが、本人は転生を繰り返し過ぎたせいで、綺麗さっぱり忘れ去っていた。完全体になれば思い出すのだが、それが何時《いつ》になるかはわからなかった。

「アタシはてっきり、〝始原〟は全員が異界に去ったものだとばかり思っていたのよさ」

「そんな訳ねーだろ。地上の平定が終わって世界が平和になった後、ヴェルダナーヴァ様が異界の安定を求めたのはお前も知っているかと思う」

「え？　ま、まあね」

ラミリスの挙動が少しオカシクなったが、ディーノは敢えてそれを見逃した。突っ込むのが面倒だったし、説明するのはもっと嫌だったからだ。

なので、ラミリスも知っているものとして話を続ける。

「で、その任務に当たったのが、フェルドウェイと他三名の〝始原〟達だな。残ったのは俺を含めた三名で、ヴェルダナーヴァ様の手足となって働いていたんだ」

「アンタも？」

「疑うのはもっともだが、当時は俺も真面目だったのさ。だが、事件が起きた。で、色々あって俺は堕落し、熾天使《セラフィム》から堕天族《フォールン》になったって訳。俺以外の同僚も同じようなもんでね、今ではまともな〝始原〟は一柱《ヒトリ》も残っちゃいねーのさ」

「ちょっとアンタ、一番肝心な部分の説明を省いたでしょ！　その色々あってってトコロが、一番大事で一番気になるんですけど!?」

ラミリスが我慢出来ずにツッコミを入れたが、ディーノは面倒そうに溜息を吐いた。

「うるせーな、説明すんのもしんどいんだよ。俺にとっちゃあ、その点は重要じゃねえ。そこは想像で補ってもらうとして、交渉に入りたい」

想像で補うなど無茶を言うな——というのが、その場で聞いていた者達の感想であった。だが、ディーノの無精ぶりは有名であり、これ以上の説明を求めても無駄であると、誰もが諦める。そしてそのまま、ディーノからの要求を聞く事にしたのだ。

「それで、交渉って何なのよさ？」

代表してラミリスが問うた。

「さっき言った通りさ。ラミリスが俺達に協力してくれるなら、この迷宮内にいる者達には手出ししないと誓う。断るって言うなら、これはしゃーない。邪魔する者は皆殺しにしてでも、お前を攫《さら》って行くしかねーんだわ」

「そんな真似されて、アタシが協力するワケないじゃん」

「ま、そうだろうな。だけど、それでも問題ないんだってさ。協力してもらうのが最善だが、最悪の場合でも、迷宮を封じられればそれでいいそうだ」

「それって、アンタの望みじゃないよね？　誰かに命令されてんの？」

「うーん、それを教えてもいいもんか……」

「って言うか、アンタに命令出来るのなんて、ギィくらいのもんだと思ってたのに」

「まあね。でもさ、それもオカシイと俺は思うんだよね。俺とギィってば同じ立場同士なんだしさ、どうして俺が命令を聞く必要が——」

「それはどうでもいいのよさ！」

「いや、大事だろ……」

ディーノがぼやくのを無視して、ラミリスは考える。

「ギィじゃないとしたら、そうか！　〝始原〟筆頭のフェルドウェイね!!　異界から戻ってきて、フラフラしてたアンタに接触したんでしょ。アンタはそれに逆らえなかった、ってトコかしら？」

恐るべきは、ラミリスの〝迷〟推理であった。

いつもいつも間違いだらけの推論を述べながら、何故か結果的には正解へと辿り着く。そして今回も、見事なまでに的中したのである。

「驚いたな、正解だよ……」

フェルドウェイが手駒の大半を投入し、完璧を期して実行に移されたこの作戦には、二つの目的があった。

一つは、マサユキの暗殺。

そしてもう一つが、迷宮の破壊である。

迷宮を攻略するとなると大変で、計画に狂いが生じる恐れがあった。それを未然に防ぐ意味でも、ラミリスを確保しておくのが重要だとフェルドウェイは考えたのだ。

あらゆる不確定要素を排除したいというのがフェルドウェイの意思であり、その為に今回の作戦が立案されている。ディーノもまた、それに沿って動いているのだった。

「ふーん。アンタってば不良だから、フェルドウェイと袂を分かったってワケね？　アイツは優等生だから、アンタとは馬が合わなそうだし」

「ちょ、俺は不良じゃねーよ！　ちょっとばかりサボりたがりなだけでな。まあ、アイツの命令がうっとうしかったのは事実だから、いなくなってくれてせいせいしてたんだが……」

接点がなくなっていただけで、関係は残っていたのだとディーノは説明した。

「なるほどね。って事は、今回の襲撃者達は〝始原〟ってコト⁉　ヤバイじゃん‼　アンタ、フェルドウェイの命令なんて無視して、アタシ達に寝返りなさいよ‼」

とんでもない事を平然と述べるラミリスに、ディーノは微笑ましい思いである。だが、それに頷く事は出来ないのだ。

「悲しいけど、俺にも事情があるのさ」

ディーノ自身も不思議であったが、何故かフェルドウェイには逆らえなかったのだ。だからディーノは、ラミリスからの提案をキッパリと断った。

「アンタ……どうやら、本気みたいね。いい度胸じゃない、相手してあげる。アタシだって〝八星魔王《オクタグラム》〟の一柱《ヒトリ》なのよさ。リムルが戻るまで、ここを守り抜く覚悟なんだからね‼」

と、ラミリスが決意表明する。

「そうかよ。俺の方は、本当は働きたくないんだ。何もしなくても飯が食える世界が理想なんだが、ま、しゃーない。残念ながら手抜きは出来ないが、なーに、命までは取らないさ。精々頑張って、俺を追い払ってみせなよ」

ディーノも普段通りの気楽で気怠げな表情に戻り、手を振りながら答えた。

こうなるともう、交渉は成立しない。

会話の時間は終わり、戦いが始まる——

＊

「やっておしまいなさい、ベレッタさん！」

何に影響されたのか、ラミリスがそう叫ぶ。

当たり前だが、ラミリス自身が戦う事はないのだ。

ディーノは予想通りだったので茶化しもせず、お手並み拝見とばかりにベレッタと対峙した。

〝管制室〟が戦場へと転じる。

かなり広いスペースだが、机や椅子といった障害物も多い。戦闘に適した環境ではないので、ラミリスとしては場所を移したいと考えている。

しかしディーノからすれば、許容出来ない話であった。ラミリスに逃げられる可能性が高いからだ。

だから仕方なく、対峙する二人を尻目にアルファ達が、てんてこ舞いで重要な機材を回収していく。

そんな周囲を気にもせず、ディーノとベレッタの戦闘が開始された。

ディーノは何処《どこ》から取り出したのか、身の丈ほどもある大剣を構えている。

その名は〝崩牙《ホウガ》〟——肉厚幅広の片刃剣で、その重量を叩きつけるだけで敵を潰せそうな、殺傷力の高そうな剣であった。

普段着に胸当てとローブという軽装のディーノには似合わぬ重厚な武器だが、とても自然で様になっていた。

「あの剣の性能は？」

「存在値に換算して、百万ッ——です」

絶句しつつも報告するアルファ。

「何それ、神話級《ゴッズ》ってコト!? ディーノのくせに、反則じゃんよ!!」

ラミリスが意味不明な文句を叫ぶが、ディーノは聞き流すだけだ。

ディーノが〝崩牙《ホウガ》〟を上段に構え直した。

対するベレッタは、素手。

だがしかし、その肉体の元になっているのは、リムルが作製した魔鋼の人形だった。今ではベレッタの魔力とよく馴染んだ結果、生体魔鋼《アダマンタイト》へと変質していた。

形状はリムルが作製した時のままだが、その強度は比べるべくもない。しかもベレッタの妖気を帯びているのだから、並みの武器など通用しない。

伝説級《レジェンド》以上の全身凶器、迷宮内で最硬度の存在。それがベレッタなのである。

だが、それでも――

ディーノが無造作に大剣を振り下ろす。

ベレッタは迷いなく半身となり、それを避けた。

武器を持たないだけでは不利とはならないのだが、今回は分が悪かったと言えよう。

ベレッタの存在値は四十万強であり、ディーノとほぼ互角――だったのだが、神話級《ゴッズ》で武装しているとなると、まともに勝負が成立しないのだ。

徒手空拳のベレッタは、ディーノの剣撃を正面から受けずに回避に専念する。刃を受けたならば、その瞬間にベレッタは破壊されてしまうからだ。

しかも最悪な事に――

「ディーノ様の存在値ですが、四十万から二百万に膨れ上がりました! 合計して三百万、圧倒的です……」

絶望したようにアルファが告げる。

だが、ベレッタは動じない。

ラミリスも驚きもせず、当然よねという態度だ。

「どうやったか知らないけど、存在値の測定器を誤魔化してたのね。まだまだ改良の余地があるってコトみたいね。それはそれとして、アルファちゃん。ディーノなんて、様付けしなくていいからね!」

「おいおい、そこはそのままでいいだろ。俺だって魔王なんだよ?」

「うるさいわ！　ベレッタさん、遠慮はいらないから、さっさと真の力を解放して！　そして、そこの愚か者に天誅を食らわせてあげなさい!!」

「ワレにそのような力などありませんが、命令とあらば全力を尽くしましょう」

ベレッタは相変わらず苦労人だった。

存在値は目安でしかないとはいえ、それでも七倍以上の差があるのは厳しい。無茶を言うものだと本音では思いつつ、それでも主の期待に応えようとディーノを観察する。

「お前も大変だな」

「敵である貴方には言われたくありませんが、否定はしませんよ」

そう答えつつベレッタは、回避に専念してディーノを翻弄した。防御力など、攻撃が当たらなければ必要ないのだ。

要は、考え方ひとつである。

ベレッタは全身が凶器だった。素手は不利とならず、逆に様々な攻撃手段と成りえた。それに対してディーノは軽装であり、警戒すべきは大剣のみ。当たれば大打撃となるという点では、条件は同じなのだ。

であるからこそ、勝機はある。ベレッタはそう考えて、ずっと機会を窺っていた。

〝聖魔人形《カオスドール》〟であるベレッタにとって、属性変化はお手の物。ユニークスキル『天邪鬼《ウラガエルモノ》』で次々と属性を切り替えながら、ディーノの弱点を探っていく。自らが有利となるように、計算された動きでディーノに相対していたのだ。

やられる側であるディーノはたまったものではない。

「チッ、そう言えばお前は、黒の眷属だったな。厭らしい戦い方をさせれば右に出る者がいないと聞くが、なるほど納得だよ」

「お褒めに与り恐悦至極」

「褒めてねーんだよ！」

会話すらも武器として、ベレッタは自身の不利を覆そうとしていた。

余裕などない。

ベレッタは焦りこそしないものの、辛うじて現状を維持している状況なのだった。

●

一方、ディーノはというと。

現状を正しく認識した上で、有利な状況ではないと悟っていた。

不意打ちに失敗したのが痛かった。

あれによって無用な戦闘になり、計画が狂ってしまったのだ。

ベレッタとディーノの能力差は果てしなく大きいが、技量《レベル》にはそれほど隔《へだ》たりがある訳ではない。だがしかし、ベレッタに限界が近いのは明白である。

ここはラミリスの迷宮内であり、ベレッタは死んでも復活可能だ。残存エネルギーが枯渇する心配もなく、過剰な力で自らダメージを受ける事もない。あらゆる制約を無視して常に全力を出せるからこそ、ディーノに対抗出来ているだけなのだ。

環境効果によって守られているが、それにも限度があった。決定的な戦力差を覆すには、ベレッタでは力不足だったのだ。

（だけど、大したもんだよ。流石は黒の眷属と言うべきか、ここまで粘るとは思わなかった）

と、ディーノはベレッタの評価を上方修正していた。

ここに残っていたのがカリスやトレイニーだったならば、もっとアッサリと勝負は終わっていただろう。

あの両名も決して弱くないのだが、天使は精霊に対して圧倒的な優位性を秘めているからだ。

それに、戦闘経験の蓄積が違い過ぎた。ベレッタは黒の眷属に相応《ふさわ》しく、相応の――それこそディーノに匹敵するほどの技量《レベル》を有していたのである。

自身が一撃でも喰らえば即死という状況下にありながら、冷静にディーノの攻撃を見極めている胆力。決して勝利を諦めないだけではなく、この状況を楽しんでいる節さえあった。

ディーノがワザと隙を見せても、ベレッタは反応しない。それだけでも称賛に値するのだが、たまにある反撃で傷を負う事自体が、ディーノにとっては驚きだったのだ。

堕天族《フォールン》にとって聖属性は苦手ではあるが、それが決定的な弱点という訳ではないのである。それなのに、ベレッタからの攻撃はダメージを伴うものだった。

聖と魔、両方の属性を融合した一撃となっており、ディーノの『防御結界』でも防げぬ性質となっていたのである。

事実上、この攻撃に対する防御は不可能だとディーノは判断する。霊子攻撃と同様、意思の力で上回らない限り、必ずダメージを受ける事になるだろう、と。

元熾天使《セラフィム》にしてこの世の理を知るディーノに対し、たかがユニークレベルでダメージを通せるという事自体が驚異的なのだ。

ベレッタの驚くべき戦闘センスをこそ、褒めるべきであった。

ただし、ディーノもベレッタの動きに慣れてくる。

大剣を振り回すと隙が大きくなるのだが、そんなのはディーノにとって承知の上なのだ。ベレッタが自分の隙を突いて攻撃を重ねているが、それだって意外ではあったが許容内だった。

ディーノの攻撃がかすりもしないから、一見するとベレッタが押しているように見える。だがしかし、〝崩牙《ホウガ》〟ならば生体魔鋼《アダマンタイト》の身体であろうが簡単に斬り裂けるのだ。

たった一撃で逆転可能なのだから、ディーノからすれば問題ナシであった。

ベレッタも現状をよく理解しているのか、時間稼ぎに徹していた。攻撃の蓄積ではディーノを倒せぬと判断したらしく、より守りが徹底されている。

（ま、それが正解だよな。ベレッタにとっちゃあ、ラミリスを守り抜けば勝利なんだからな）

ディーノも馬鹿ではないので、そんなベレッタの内心を見抜いていた。

ラミリスさえいれば、迷宮内にいる者達が死ぬ事はない。逆に言えば、ラミリスが殺された時点で即終了である。攫われた場合も迷宮が無事だという保証がないので、ベレッタが時間稼ぎを優先するのは当然なのだった。

このままでは、ベレッタの思い通りである。

だが、そうはならない。

ベレッタにとっては残念ながら、ディーノには奥の手が残っているからだ。

ディーノがベレッタの時間稼ぎに付き合っていたのは、ここでベレッタを無力化するのに必要だったからだ。殺しても復活する相手と戦うのは、非常に面倒なのである。

ベレッタが復活する前にラミリスを確保出来ればいいが、どうせ他の者達まで邪魔に入るのは間違いない。

全員を殺すつもりで攻撃してしまえば、ラミリスまで巻き込んでしまう事になる。

ラミリスを殺すつもりがないというディーノの言葉は本心であり、それが足枷《あしかせ》となって面倒な事態になっているのだった。

(面倒だぜ、本当。ベレッタを無力化するだけでも、これだけ手間がかかるなんてな。倒しちまうだけなら簡単なんだが、ま、準備も終わったからどうでもいいか)


「ベレッタ、お前はよくやったよ。眠れ、〝怠惰なる眠り《フォールンヒュプノ》〟──ッ!!」

ディーノの権能が発動する。

ユニークスキル『怠惰者《スロウス》』による、非殺傷性の広範囲無力化攻撃だ。

あらゆる生命体は目覚めぬ眠りに誘われ、術者が解除するまで起きられない。意思の力で抵抗しても無意味。トップレベルに強力な大罪系の権能なのだが、〝怠惰〟という名に相応しく、発動するまでに時間がかかるのが難点だった。

ただし、これに抗える者は究極能力《アルティメットスキル》保有者のみ。ユニークレベルでは最強と言っても過言ではない、恐るべき攻撃なのだった。

ディーノは極力穏やかな手段で、ベレッタ達を無力化させたかった。

この〝管制室〟にいてラミリスを守ろうとしていたシンジ達やアルファ姉妹の事も、本心から傷付けたくはなかったのだ。

最初に眠らせたベスターなども、心から尊敬する上司だと思っている。シンジ達も同僚として、仲間意識が芽生えていたのだ。

だから本当は、裏切るような真似はしたくなかった。けれど、フェルドウェイからの命令は絶対で、どうしても逆らえなかったのだ。

「本当、やれやれだぜ。悪く思うなよ。ここだけは見逃してもらえるように、フェルドウェイに頼んでみるからさ」

崩れ落ちるベレッタを確認し、ディーノは呟く。眠りこけるラミリスを一瞥し、これで任務完了とばかりにその手を伸ばそうとして――

「させませんよ」

という冷たい声に、その動きを止める事になる。

「マジかよ……」

そう言いつつディーノが振り向いた先に、その女は立っていた。

その繊毛は、黄金と白銀色に輝いていた。

要所要所を守る外骨格は、漆黒で艶やかな生体魔鋼《アダマンタイト》だ。

モルフォ蝶のような青く輝く翅は、二対四枚。額の複眼と同色で、神秘的な魅力があった。

その女の正体は、進化の眠りから目覚めたアピトである。進化前に比べて各部位の色味に変化が見られたが、形状はほぼ元のままだった。

ただし、心なしかその人外の美貌に磨きがかかっている。雰囲気にも貫禄があり、〝蟲女王《インセクトクイーン》〟として更なる高みへと至った模様だ。

「――アピトか……丁度良かった。ワレの〝聖魔核〟を破壊してくれ」

悪魔族《デーモン》には睡眠が必要ない為、ベレッタは辛うじて〝怠惰なる眠り《フォールンヒュプノ》〟に抗えていた。低位活動状態《スリープモード》へと堕とされながらも、死力を尽くしてアピトに依頼したのである。

「ベレッタ様――」

「動けないようだが、まだ意識があったのかよ!?」

ディーノは驚いたせいで、一瞬だけ反応が遅れてしまう。その結果、アピトの行動を見逃してしまった。

その頼みに理由を問い返しもせず、アピトは自身の毒針を飛ばして、ベレッタの〝聖魔核〟を破壊せしめたのだ。

強固な生体魔鋼《アダマンタイト》をも易々と貫いたのは、アピトが誇る再生可能な振動毒針剣《オシリスレイピア》だ。アピトは自身の体内で振動毒針剣《オシリスレイピア》を生成し、何本でも創り出す事が出来るのである。

それでも、進化がなければベレッタを殺せなかっただろう。

ベレッタが嗤《わら》う。

「ふ、ふふふ、見事です。これでワレは死亡し、無傷で復活するでしょう。しばしの間ですが、ここは任せますよ、アピト」

ベレッタは〝迷宮十傑〟筆頭を引退しているが、ラミリスの副官という立場に変わりはない。〝十傑〟への命令権は有しているのだ。

「承知しました。残念ながらワタクシでは勝てそうにありませんので、お早い帰還を期待しますわ」

その言葉とは裏腹に、アピトの声には自分達の勝利を確信する響きがあった。ディーノもそれを感じ取ったのか、忌々《いまいま》しそうに呟く。

「嘘だろ……その的確な判断、付け入る隙もねーのかよ」

ディーノが抱いた感想は正しかった。

アピトに後を託して、ベレッタが光の粒子となり消えていく。

その直後、アピトが音速を超えて飛翔した。

〝管制室〟での戦いは、より激しさを増す事になる。

＊

本当に嫌になる。

それが、ディーノの偽らざる感想であった。

アピトもディーノの敵ではない。しかし、迷宮内では殺せないのだ。

さっさと始末してラミリスを確保しようとしても、アピトはそのスピードを活かして邪魔をしてくる。ディーノとまともに組み合わず、ヒットアンドアウェイに徹しているのだ。

進化したアピトは、速度特化型ともいえる戦闘スタイルになっていた。自分の特性をよく理解しており、無駄がない。存在値は七十万そこそこだろうが、スピードだけならディーノと互角なのだった。

それに、ようやく殺せたと思っても、その頃には既にベレッタが復帰している。一分もかかっていないはずなのだが、『転移』してくるのでどうにもならないのだ。

遥かに格上であるディーノが相手でも、稼ぐ時間は十秒も必要ないのだから、アピトだけで時間稼ぎが行えているのだった。

こうなるともう、ディーノに打てる手は少ない。

一番確実なのは、ベレッタとアピトを同時に眠らせる方法だ。

ディーノは心を落ち着かせて、もう一度　ユニークスキル『怠惰者《スロウス》』を発動させようと試みる。

相手が二人だろうが、発動まで時間がかかる――それが、『怠惰者《スロウス》』クオリティ。

だからディーノは慌てるのを止めて、戦闘中らしからぬ穏やかな心で仲間達の状況を確認する事にしたのである。

先ず目を引いたのは、怪獣大決戦に勝利したヴェルグリンドと戦うリムルの姿であった。

(アイツ、どうやって脱出しやがったんだ!?　っていうか、ヴェルグリンドを相手に互角に戦っているだと!!)

正直、驚愕であった。

フェルドウェイの話では、魔王リムルと配下の幹部勢は、ヴェルグリンドの異界に封じられているとの事だったのだ。

リムルは仲間達との〝魂の回廊〟を通じて自分の位置座標を割り出し、簡単に脱出したのだが、そうとは知らぬディーノからすれば困惑しきりである。が、それよりも驚きなのは、リムルの強さだった。

あの無敵とも思えるようなヴェルグリンドを相手に、押しているようにも見えるのだ。

ディーノの心に焦りが生じた。

(早く作戦を進めなきゃヤバイかもな)

そう思いつつ、ディーノは他の者達の様子にも目を向ける。

フェルドウェイの作戦の要は、第一がラミリスの確保である。ディーノが迷宮内にいたのはギィに命令されたからであり、偶然以外の何物でもなかったのだが、それがフェルドウェイの目に留まったのが不運だった。

ディーノとしては不本意ながらも、一番警備が厳重な〝管制室〟に入れるのが自分しかいないので、この割り振りは仕方ないと諦めていた。

フェルドウェイ達の侵入経路については、大胆な作戦が立案されていた。

ヴェルグリンドを煽り、ヴェルドラを呼び出す為に迷宮を破壊させたのだ。

ディーノとしてはビックリだったが、これは難なく成功した。そして、フェルドウェイ自らが先頭に立ち、侵入作戦が決行された。

フェルドウェイと共に侵入したのは、〝三妖帥《さんようすい》〟が二名と、ザラリオが引き連れて来た五名の将軍達。全員で八名である。

二名も最高幹部を投入するという、凄まじいまでの大盤振る舞いであった。

残る最高幹部である〝三妖帥《さんようすい》〟のオベーラだけが、異界の奥地にある〝妖異宮《よういきゅう》〟の守りに残っているのだろう。その作戦を聞いたディーノは、思い切った真似をするものだと驚きを隠せずにいたのだった。

地上に残った〝始原〟の同僚だが、声をかけられたのはディーノだけではなかった。人間の国に潜入して暮らしていた残る二名も、今作戦に呼び出されている。

ディーノの部下という立ち位置なのだが、フェルドウェイによって勝手に使われてしまっていた。

その役割は、破壊された迷宮の状態維持だ。

万が一、ディーノが失敗した場合に備えての布石である。

ラミリスの迷宮だが、ラミリスがその気になれば牢獄へと変化する。ここから脱出するのは骨が折れるので、そうならないようにフェルドウェイが手を打った訳だ。

ディーノとしては一番気がかりな相手だったので、真っ先に確認したのがこの二名が映るモニターだった。

（うっそだろ、おい⁉　あの二人、ピコとガラシャを相手に互角に戦ってやがる……）

ピコとは小柄な美少女の方で、ガラシャが大柄な女戦士だ。

ヴェルドラがヴェルグリンドに敗北した事で、迷宮に隔離されていた都市部が地上へと戻された。そこを防衛すべく名乗り出たのがゲルドだが、ピコやガラシャの相手になるとは思ってもみなかったディーノであった。

（〝守征王《バリアロード》〟ゲルドに、〝幻獣王《キメラロード》〟クマラか。というか、クマラって幻獣族《クリプテッド》だよな？　もしかして、滅界竜《めっかいりゅう》イヴァラージェの血筋なんじゃぁ――って、いや、まさかな……）

思わず閃いた嫌な想像を、慌てて打ち消すディーノだった。

そして、『流石は〝聖魔十二守護王《せいまじゅうにしゅごおう》〟だぜ』などと思いつつ、他の戦場に視線を移したのである。

そこで戦っていたのは、〝三妖帥《さんようすい》〟ザラリオだ。

（おお、ザラリオのヤツ、相変わらず強いな。全然本気を出していないようだが、あのカリスやトレイニーを相手に余裕を見せてやがる）

懐かしい元同僚は、相変わらずの強さだった。

当時から底知れぬ不気味さを感じていたが、数千年で更に磨きがかかっている様子。コイツは大丈夫そうだと、次のモニターにいく。

（コルヌか。聞いた話じゃあ、数十年前の大侵攻で大敗したらしいが、だからか？　かなり焦っているようだ）

ディーノが見立てた通り、コルヌは焦っていた。

無理もない。

先の大敗で自分の軍団を全て失い、快癒《かいゆ》するまで数十年かかるほどの大怪我を負った。もしも今回失敗するようなら、フェルドウェイに粛清されてしまうだろうからだ。

しかも、そのフェルドウェイは現在、コルヌの側に隠れ潜んでいるはずであった。プレッシャーを半端なく感じて、普段通りの実力を出せずにいるのだろうとディーノは考える。

（運がないヤツ。だがまあ、マサユキだって本当は弱いし、立ち塞がっているヤツ等も大した事はなさそうだ。ヴェノムが黒の眷属だってのが気になるが、ベレッタとは比べ物にならないくらいの新参者みたいだし、大丈夫かな）

コルヌとはそこまで仲が良くなかったので、ディーノはあまり心配していなかった。

コルヌが失敗しても、フェルドウェイが対処するだろう。つまり、作戦は順調そのものと判断して良さそうだった。

そうして安心感を得たせいか、ディーノの怠惰な心が雑念を呼ぶ。

（うーん、だけど不思議だぜ。どうして俺が、作戦の成否を心配しなきゃならねーんだ？　解せぬ）

それは、実に重要な疑念であった。

どうしてもディーノは、今作戦に違和感が拭えなかったのだ。その理由がわからず、心のどこかに不快な気分が残っていたのだが、もう少しで原因に辿り着けそうな気配があった。

だが、残念な事に――

『何を遊んでいるのだ？　ディーノよ、私もそろそろ動くから、君もさっさと目的を果たせ』

穏やかな時間は終わりを告げてしまった。

（ちぇっ、働きたくないよ、ホント）

ディーノは、ベレッタやアピトに恨みなどないし、むしろ好ましく思っている。

だから余計に、今回の命令には嫌気がさしていた。

けれど――命令には逆らえない。

しゃーないなと思いつつ、ディーノは本気を出す事を決意する。

●

ディーノに再度命令したフェルドウェイだが、自身は隠れ潜んだままコルヌの戦いぶりを観察していた。

コルヌは自信過剰なきらいはあるが、頼もしき部下である。ヴェルダナーヴァより名を授かった同志でもあり、フェルドウェイとしても重宝していたつもりだ。

だがコルヌは、前回の侵攻作戦において、全軍の三分の一を失うという大失態を演じた。取るに足らない異世界の一つを相手に、戦力的には圧倒的優位だったにもかかわらず、だ。

これは、フェルドウェイが失望するのに十分な理由だった。

それは本人も重々承知しているようで、今作戦ではいつものように敵で遊ぶような真似をせず、必死になっている様子である。

それはそれで、フェルドウェイとしては面白くない。圧倒的強者であらねばならぬ〝三妖帥《さんようすい》〟が、弱者共に翻弄されるなどあってはならぬのである。

今もコルヌは、一撃で殺せそうな相手を見逃してしまっていた。

マサユキが偽者とすり替わった事に気付かず、敵の策にまんまと嵌《はま》っている。

呆れるのを通り越して殺意まで芽生えそうになり、フェルドウェイは自制心を働かせてどうにかこうにか我慢した。そして、コルヌを放置してマサユキの始末に動いたのである。

一方、マサユキはというと。

逃げる足は重い。

自分一人だけ逃げるというのが、どうしても納得いかないのだ。

勿論、怖いものは怖いのだが、それよりも仲間を見捨てる方がもっと怖い。もしも彼等に何かあれば、一生自分を許せなくなりそうだった。

マサユキは立ち止まり、後ろを振り返る。

遠くで奮戦する仲間達が見えた。

ミニッツが敵の動きを封じ、吸血鬼達が不死性を活かして囮になり、隙を見てカリギュリオとヴェノムが攻撃を仕掛ける。

特筆すべきはジウの立ち回りであり、上手く場所取りをしてコルヌの大規模破壊攻撃を阻止していた。

即席チームなのに、なかなかの連係である。

しかし、誰か一人でも欠けたら、このチームは壊滅してしまうだろう。

「おい、マサユキ――」

「バーニィ、俺、やっぱり戻るよ。俺さあ、自分の正体がバレるのが嫌で、本音を語る機会がなかったけどさ、本当はもっと、みんなと仲良くしたいと思っていたんだよね。俺、臆病者だけどさ、卑怯者にはなりたくないかな、ってね」

マサユキが本音を語る。するとその瞬間、マサユキの脳内に〝世界の言葉〟が鳴り響いた。

《英雄的〝逃げない勇気〟を確認しました。これにより三つの条件が満たされ、ユニークスキル『英雄覇道《エラバレシモノ》』の隠された権能が解放されます。発動させますか？

YES／NO》

えっ？　っと思うマサユキ。

また何かやらかしたかと焦ったが、そうではないと悟り安堵する。隠された権能とかには興味がなかったが、どうせ今更なので、マサユキはとりあえず承認しておく事にした。

《確認しました。『英雄覇道《エラバレシモノ》』に新たな権能を追加……成功しました。これより『英魂道導《ハシャノヨルベ》』が常に発動します》

難しい説明がマサユキの脳内に木霊《こだま》する。

その懐かしい感覚に浸りつつ、マサユキは自分の権能を理解していく。

相手を威圧する『英雄覇気』に、超幸運となる『英雄補正』、仲間に勇気を与える『英雄魅了』と、イマイチ効果が不明だが、ともかく良い結果となる『英雄行動』――それらが、マサユキが現有する権能だった。

これに追加された『英魂道導《ハシャノヨルベ》』だが、どうやら英雄達の旗印となるような権能らしい。

（えっと、死者の魂を導く？　僕が器になる？　何だそれ？　僕の仲間達が死ぬのが前提なら、そんなスキルはいらなかったよね……）

またも役立たずのスキルだったかと、マサユキはやっぱりねと思った。元からそんなに期待していなかったので、失望もない。

今より悪くならなければ、それで十分だった。

「マサユキ、お前……」

「だからさバーニィ、みんなの所に戻ろうか」

マサユキは話を戻した。

隠された権能の事など忘却の彼方であった。

「わかった。お前がそう言うんなら、俺は付き合うだけさ」

バーニィが諦めたように頭をかく。

そして二人は苦笑し合い、皆のところに戻ろうとして——そこから事態は、急展開を迎えるのだ。

＊

フェルドウェイが動いた。

バーニィなど眼中にないが、マサユキを連れ去るのに邪魔だった。

油断しきっているバーニィなど一撃で屠《ほふ》れる。いや、油断していようがしていなかろうが、関係ない。フェルドウェイにとっては、バーニィなど塵芥《ちりあくた》でしかないのだ。

風一つ乱さず、気配すらも悟らせず、フェルドウェイが抜き放った剣がバーニィの首を刎ねようとした。

しかし、鳴り響くのは澄んだ音色である。

それは、剣と剣がぶつかった音。

「私の邪魔をッ⁉ 何者だ？」

驚きは一瞬で消え、フェルドウェイが誰何《すいか》した。

それに答えるのは、〝仮面〟の少女。

「私はクロノア。〝勇者〟をやっているわ」

しばしの沈黙。そして、フェルドウェイが笑いだす。

「ここで勇者と出会えるとはね。ならば名乗ろう。我が名はフェルドウェイ。妖魔王フェルドウェイである！」

その名乗りを聞いても、クロノアは平然としたものだ。クロエの意識とも完全同調を果たしており、今の彼女は冷徹な戦闘マシーンそのものなのである。

「妖魔王？ ふーん、貴方が魔族の親玉だったのね。私の前での悪事は見過ごせないから出て来たけど、丁度いいから人類の脅威を取り去っておくわ」

「フフフ、豪気なものよな。痴《し》れ者め、身のほどを教えてやろう」

　そう言い終わると同時、真っ赤な軍服を着たフェルドウェイが動き、白を基調とした〝聖霊武装〟姿のクロノアも消える。

　赤と白の光の交差が、マサユキ達の眼前で煌めいた。二人して同時に視界から消え去った訳だが、音だけは連続して鳴り響いている。

　衝撃波どころか、そよ風ひとつ立たない。

　想像を絶する領域での戦いが繰り広げられていた。

　以前にも助けてくれた仮面の少女が、今回もマサユキの危機を救ってくれたのだ。そう理解したものの、今のマサユキではクロノアと名乗った少女の手助けすら出来そうもなかった。

「えっと、僕達はどうすれば……」

「こんなの、俺達にどうこう出来るレベルじゃないからな。気にしても負けだ。俺達は俺達で、自分に出来る事をすればいい。だから、さっさとみんなを助けに行こうぜ！」

　耳元で音が鳴り響いただけに、バーニィは自分が狙われたのだと察している。それにまったく反応出来なかった事からも、敵のレベルが次元が違うのだと悟っていた。

　弱体化したからという訳ではなく、どうあっても戦いが成立しないほどに隔絶しているのだ、と。

　だったら、右往左往しても意味がないので、割り切って行動するのが正解である――と、バーニィは軍人時代に叩きこまれた考え方を発揮したのだった。

「わかった。あのクロノアって人がどこの誰なのかは知らないけど、ここは任せよう！」

　マサユキも状況に流されるのを得意としている。だから素直に、この場を離れる事にしたのだった。

　そうして、マサユキとバーニィはお構いなしに、クロノアとフェルドウェイは剣を交えていく。だが、それは短い時間の話となる。

　時間にして数秒の内に、数え切れぬほどの攻防があった。そのまま永劫に勝負は付かないかと思われたのだが、ここでフェルドウェイが気付いてしまう。

「ハハハハハハハ!!　なんだ、そこにあったのか。やはりヴェルダナーヴァ様も、私の勝利を望んでおられるのですね!!」

「何、突然？」

「フッ、貴様には関係ない。いや、これから仲間となるのだから、話してやっても構わないのだがな」

「……？」

「我が意に従え――〝『希望之王《サリエル》』〟――ッ!!」

それは、絶対的な命令だった。

天使系の究極能力《アルティメットスキル》は、ミカエルの〝天使長の支配《アルティメットドミニオン》〟に逆らえないのである。

「な……にを、した――？」

「ほう？　まだ自我が残っているとは。流石は最強の〝勇者〟と名高いクロノアだ。ですが、抵抗は無駄です。時間の問題で、貴女も私の支配下に落ちるでしょう」

フェルドウェイは、自らの幸運に歓喜していた。

長い歴史の中で、帝国にまでその武勇が轟《とどろ》いていた〝勇者〟クロノア。そんな彼女に『希望之王《サリエル》』が芽生えた事こそ、神の祝福であると思えたのである。

フェルドウェイの思惑通り、クロノアが跪《ひざまず》いた。

「私は、サリエル。御命令を、ミカエル様――」

クロノアの仮面が外れ、その素顔、その美貌が晒された。そして、ほんのりと桜色に色付く可憐な唇から洩れ出たのが、今の言葉である。

フェルドウェイは勝利を確信した。してしまった。

故にフェルドウェイは、ここで大きな判断ミスをする。

〝三妖帥《さんようすい》〟コルヌという自分の腹心の一人と、本体ではないとはいえ自分と互角の最強勇者。この二人さえいれば目的を果たすのは容易だと、そう考えてしまったのだ。

だからフェルドウェイは――

「宜しい。貴様はコルヌに協力して、先程の少年を殺しなさい。私は地上に用事があるので、後は任せますよ」

という言葉を残し、迷宮を後にしてしまったのである。

根拠のない自信が湧き出てきて、何とかなりそうだと考えてしまうのである。

ミニッツやカリギュリオも同じ気持ちなのか、先ほどまでよりも顔色が良くなっていた。

「クックック、こんな時に何だが、私は楽しいよ」

「またも同感だな。本当に、陛下と戦場を共にしているかのような高揚感だとも」

笑い合う帝国軍人達。

関係ないはずの吸血鬼達まで、戦意が高まっている様子だった。

一方、コルヌは混乱していた。

今まさに攻撃しようとした先に、もう一人マサユキが現れたからだ。

位置を把握し損ねたのかと思って確認すると、そこにはやはりマサユキがいる。つまり、どちらかが偽者という事。言うまでもなく、変装したジウと本物のマサユキであった。

「俺を舐めやがって!!　ムシケラ共の分際で、チマチマと姑息な真似をするものよな!!」

＊

駆け戻って来たマサユキとバーニィを見て、ヴェノムは天を仰ぎたい気分になった。

文句がある訳ではない。

マサユキが逃げた方向で恐るべき気配が膨れ上がったのを感じ取っており、任務に失敗したかと絶望しかけていたからだ。

「よく無事だったな、安心したぜ！」

「ははは、まだ敵が残っているから、そのセリフは気が早過ぎるけどね」

「まあな」

ヴェノムもそれは認めるところだ。

コルヌは強い。迷宮内という圧倒的に有利な立場なのに、勝てるかどうかどころか、生き延びられるかさえわからなかった。

しかしそれでも、マサユキの顔を見たら、何故だか安心してしまったのだ。

激高するもコルヌでは、どちらが本物か見抜く術を持ち合わせていなかった。感覚では強さが同程度であり、どちらも取るに足らぬ存在である。

だからこそ厄介で、コルヌが本気を出してしまえば、両者共巻き込んで殺してしまうだろう。

そうなると、どこに逃げられるかわからない。故にコルヌは、今まで以上に神経戦を繰り広げなければならぬと覚悟した。

が、そこに救いの手が現れる。

「コルヌ殿ですね？　私の名はサリエル。ミカエル様に従う者です」

視認出来ぬほどの超高速で飛来した見慣れぬ少女が、協力を申し出てくれたのだ。

その言葉を疑うコルヌではない。サリエルを名乗る少女からは、その言葉の通りミカエルの気配が漂っていたからだ。

「助かるぞ。それではお前は右のマサユキを狙え。殺さず、生け捕りにするのだ」

コルヌが二択で指示したのが、幸か不幸か本物だった。

「承知」

サリエルが頷く。そして、マサユキに視線を向けた。

それを感じ取り、マサユキが焦る――

目が合った。

（えっと、サリエル？　あの少女ってクロノアって名乗っていたようだけど、何だか知らないけど、この短時間で寝返っちゃったわけ!?　というか――）

マサユキは混乱し、そして絶望した――のだが、クロノアの美貌が凄まじ過ぎて、恐怖などまるで感じなかった。というか、感じる余裕がなかった。

（なんだ、この子!?　むっちゃ可愛いっ!!）

不謹慎ながら、今が戦闘中である事さえも忘れ去るほどの衝撃だったのだ。

一言で表現するなら、そう！

超絶美少女というのが適切であった。

どこかの金髪魔王と、同じ結論に辿り着くマサユキである。

最初から仮面なんて外しててよとか、本当にくだらない事で不満を持つほどだった。

だが、しかし！

そんな下らない思考の先に、希望が隠れ潜んでいたのだ。

サリエルの手が剣に向かい、マサユキは死を覚悟した。だからという訳ではないが、走馬燈《そうまとう》の如く考えが湧き出てくる。

（洒落にならないくらいの美少女だな、ホント。この子こそ、僕が今まで見た中で一番——）

そこまで考えたマサユキは、何故か悪寒を感じた。それ以上考えるのはヤバイと、生存本能が全力で叫んでいる。

だからマサユキは、自分の直感を信じる事にしたのだ。

（——じゃないね。二番。そう、二番目に可愛い感じかな。一番はやっぱり——）

思い出すのは、元の世界で最後に会った、蒼色の髪の美女である。

（そうそう、あの人だよね！　優しそうなお姉さんでさ、色気だって最高で——）

死を前にして、マサユキの妄想は止まらない。

しかし、それで正解だった。

《英雄的〝真実の愛〟を確認しました。これにより隠された四つ目の条件まで満たされ、ユニークスキル『英雄覇道《エラバレシモノ》』が究極能力《アルティメットスキル》『英雄之王《シンナルエイユウ》』へと進化します》

は？　と、マサユキは呆れる。

それは愛というより、むしろ煩悩であった。それなのにどうして美化されるんだと、恥ずかし過ぎて文句を言いたい気分になる。

それ以前に、だ。

（どうして僕が何もしていないのに、究極能力《アルティメットスキル》まで獲得するんだよッ!!）

マサユキは心の中で絶叫した。

ちょっと強引過ぎるだろ——と、〝世界の言葉〟を問い詰めたいほどである。

だが、文句を言っても結果は変わらない。それに、使い道のわからぬような究極能力《アルティメットスキル》を得たところで、目の前のサリエルとやらに勝てる気がしなかった。

（せっかくの力だけど、今更って感じだな。ま、僕なりに頑張ったって事で、最後くらいは恰好良く決めたいね）

そう考えたマサユキは、吹っ切れた笑みを浮かべたのである。

その効果は絶大だった。

「陛下を守れェ――――ッ‼」

今までは邪魔になるからと遠巻きにしていた将兵達が、自らの命すらも顧みずに特攻を仕掛け始めたのだ。

遠く離れた者達への影響でもそれなのだから、近くにいた者達の変化はもっと劇的だ。

「漲《みなぎ》るぞ。負ける気がしないとは、まさにこの事だな」

そう叫びつつ、カリギュリオがコルヌへと斬り付ける。今まで防御に徹していたカリギュリオの捨て身の攻撃に、一瞬だけとはいえコルヌが怯んだ。

ミニッツも負けてはいない。

「聞け、皇国の将兵達よ！　我らが武勇を、皇帝陛下に御照覧頂くのだ‼」

そう叫んで将兵を鼓舞しつつ、自分はサリエルから目線を外さず『圧制者《オゴルモノ》』で圧力をかけていく。本来ならユニークスキルなど、究極能力《アルティメットスキル》には通用しない。しかし今回、その攻撃は僅かながらもサリエルを退かせる事に成功した。

吸血鬼達も大活躍だ。

「不思議ね。ミーは今、心地良い万能感に浸っているよ！」

無茶をして下半身を吹き飛ばされながらも嗤《わら》う者。

「ソイヤッ‼　俺の全力を込めたエナジー砲を食らいやがれィ――――ッ‼」

後先考えず、死んで復活を繰り返す者。

「ヒャハハハハ！　楽《たの》ちぃ‼」

再生力だけを特化させて、将兵を流れ弾から守る者。

苛烈さを通り越して、今まで以上の猛攻を開始している。

それらが何故可能となったのか？

それは勿論、マサユキの権能のお陰であった。

ユニークレベルだった今までと違い、究極能力《アルティメットスキル》となった『英雄之王《シンナルエイユウ》』では、最低ランクではあるが究極に対抗出来る加護が付与されるようになったのだ。

それに耐えられる者となると、存在値が十万は必要となるのだが、それに満たない者も幸運の加護を得ている。マサユキの信奉者であるならば、その庇護下に入れるのだった。

まさに、バランスブレイカー。

戦場に一人いるだけで、戦局などどうとでもひっくり返せるような、とんでもない権能であった。

マサユキがクロエ・オベールの素顔を見なければ、これに覚醒する事はなかったのだ。そう考えれば、フェルドウェイのミスがどれだけ重大だったか理解出来るだろう。

ともかく、戦場は一時的に膠着《こうちゃく》状態になった。かろうじて保たれた均衡が、十数分続いたのである。

無論、そのままではコルヌとサリエルのコンビを倒すなど不可能だった。

けれど、もう既に勝敗は決していたのだ。

マサユキが究極能力《アルティメットスキル》『英雄之王《シンナルエイユウ》』を獲得した時点で、道は繋がったのである。

そして今、戦士達が時間を稼いだ事で、その時が訪れる。

この〝世界〟から、ヴェルグリンドが消失した。

と同時に、運命の歯車が動き出す——

＊

《確認しました。個体名：ヴェルグリンドとの〝魂の回廊〟が、時空を超越して確立されました》

ん？

とマサユキが思った時、その者が出現する。

膨大なエネルギーの塊だと最初は思った。

だが、違う。

それは、人の姿をしていた。

今となっては懐かしい、とても美しい女性の姿を。

鮮烈なまでの輝く蒼髪を照らす真紅の覇気《カーディナルオーラ》を纏《まと》って、

〝灼熱竜〟ヴェルグリンドが今、この場に顕現したのである。

全ての存在を平伏させる覇気が、その視線には込められていた。

時間さえも凍り付いたかの如く、誰も動けない。

コルヌも突然の事態に困惑し、ヴェルグリンドを凝視していた。

サリエルも同様で、コルヌからの指示を待つ構えだ。このあたりが、生まれたての自我を持つ者の限界だった。

その場にいた帝国の将兵達は、誰もが瞬時に理解した。

その人物こそが、帝国を長きにわたり守護し続けてきた最強の存在なのだと。

現在、ヴェルドラと交戦中だとの情報が流れていたが、どうやらそれは間違いだったようだ。

何故ならば、ヴェルグリンドがマサユキに抱きついたからである。

誰の目から見ても、それは愛する者に対して行う態度であった。

「捜したわ、ルドラ。ずっとずっと、会いたかったのよ――」

そう告げるなり抱きついたヴェルグリンドは、潤む瞳をマサユキに向ける。そして、優しくその頬に両手を添えて、熱い接吻《くちづけ》を――

驚いたのはマサユキだ。

(えっ、柔らかい。じゃなくて、甘い？　じゃなくってェ――――ッ‼)

頭が煮え立ち、冷静な判断力など一瞬にして失われている。

恐るべき美女が自分に抱きついた。そこまではいいとして、問題なのはその後だ。

(ファ、ファーストキス‼)

カジュアルにシャツとジーンズという大人なコーディネートは、ヴェルグリンドの美貌とあわさって、とてもクールな雰囲気である。

そんな美人のお姉さんとキスしているのだから、嬉

しくないと言えば嘘になった。

が、大事な点を忘れてはならない。

その美女は、マサユキの事をルドラと呼んだのだ。

（ヤバイ、人違いだよね、これ……）

今更、お相手を間違ってますよ、などとは言い出せない雰囲気であった。

というか、その美女とはいまだにキスが続いている。

そろそろ呼吸困難になりそうなマサユキであった。

お、落ち着け、こういう時こそ冷静に——と、マサユキはもう一度状況を確認する。

場所は戦場。

敵のド真ん前。

麗しい美女とキスをしている。

しかも、その美女と密着しているせいで、その豊満な胸の感触を意識しない訳にはいかないのだ。

天にも昇るような心地良さ——なのだが、今は断じてこの状況を楽しめないのだった。

何やってんだ、僕——と、マサユキはますます混乱しそうになってしまう。


一つ理解したのは、人違いだとバレた瞬間、マサユキの人生が終わってしまうという事だった。

これだけの衆目の前で致してしまったからには、言い逃れなど不可能である。

マサユキの幸運をもってしても、事態が好転するのは期待出来なかった。

天にも昇りそうなほどの幸運を味わいながら、約束された不幸が待ち受ける状況。

マサユキは考えるのを止めた。

どうせ死ぬ間際だったのだから、最後にキスを体験出来た事を感謝しよう。そういう結論に辿り着き、開き直ったのだった。

意識朦朧《いしきもうろう》となり、夢見心地となるマサユキ。

割り切ってしまえば、後は状況を楽しむだけだ。

そしてその態度が、見る者の誤解を加速させていく。

「流石は陛下、手慣れたものだ」

「不敬だが、私も同感だね。御二方の様子を拝見させて頂くに、余人の入る余地がない確かな愛情と、揺るぎない絆が感じられるとも」

「フフッ、あのヴェルグリンド様が、まるで恋する少女ではないか。フフフ、そうか、帝国の守護竜は、陛下の事を愛しておられたのだな」

「うむ！　これで帝国は安泰であるぞ!!」

誰一人として、マサユキに悪感情を抱いている者などいなかった。それどころか、マサユキこそが本物のルドラだと疑ってもいないのだ。

大誤解だと叫びたいマサユキだが、その口はヴェルグリンドによって塞がれたままである。

（そもそも僕、結婚どころか彼女がいた事さえないいんですけど？）

この世の不条理を嘆くマサユキ。

そんな彼を救ったのは、誰あろう、敵であるはずのコルヌだった。

「ふざけるなよ、ヴェルグリンド！　何故だ、貴様はミカエル様の支配下にあるはずだろうが!!　それがどうして、この俺の邪魔をする!?」

コルヌからすれば、ヴェルグリンドなど既に攻略済みの手駒の一人でしかない。そんな彼女が邪魔するかのように出現した事に、コルヌの不満と怒りが爆発したのだった。

「あら、無粋ね。私達の邪魔をするなんて、お馬鹿さんにもほどがあるわよ」

ようやくマサユキから離れたヴェルグリンドが、不機嫌そうにコルヌを睨んだ。

その視線に怯むも、コルヌも止まれない。

「黙れ！　遊んでいないで、さっさと俺に協力しろ。お前が抱いているそいつを、そのまま連れ出して絞め殺してしまえ!!」

その言葉は禁句であった。

その発言でヴェルグリンドの逆鱗に触れるなど、コルヌは思いもしなかったのだ。

「今、この人の事を殺せと言ったのかしら？」

戦場から物音が消えた。

ただコルヌのみが事態を飲み込めず、自らの怒りのままに叫ぶ。

「何度も言わせるなよ、ヴェルグリンド。貴様の方が強くとも、この場での上位権限は俺にあるのだ。貴様はただ、この俺の命令に従っていればいいのだ！」

コルヌは最後まで、現状を認識する事はなかった。

ヴェルグリンドが以前と異なる存在になっているなどと、気付く余裕はなかったのだ。

「お前が死ね」

それは、無慈悲な一撃であった。

再誕したヴェルグリンドは、以前の比ではないほどに強い。その洗練された魔力操作で、コルヌのみを綺麗さっぱり焼き尽くしてしまったのである。

反撃どころか、反論する余地すら残さず、コルヌはこの世から消え去った。

更に恐るべき事に、その攻撃は時空さえも超えて届く。それこそが、ヴェルグリンドが新たに獲得した権能『次元跳躍』を駆使した『時空連続攻撃』の真骨頂。異界にあったコルヌの本体は、危機感を抱く事さえ許されずに消滅したのだった。

「せっかくこの前は見逃してあげたというのに、本当にお馬鹿さんだったわね。私としてはフェルドウェイへの恨みを忘れかけていたけど、やっぱり放置すべきではなさそうだわ」

ヴェルグリンドはそう吐き捨てると、今度はサリエルへと目を向けた。

「あ、この人は本当はクロノアといって、僕を助けてくれた——」

「大丈夫よ、何もしないわ。する必要がないもの。ミカエルの支配を受けて究極能力《アルティメットスキル》『希望之王《サリエル》』に自我が生じたみたいだけど、その子、自らの意思で抵抗しているわ。動きを止めているのがその証拠ね。それでも心配なら、後でリムルに見せなさいな。そうすれば、適切に処置してくれると思うわよ。まあ、その必要もないでしょうけど」

ヴェルグリンドはそう言って、サリエル——クロノアから目を逸らす。そんなヴェルグリンドのまったく警戒していない様子を見て、マサユキもようやく安堵したのだった。

＊

こうして、この場での戦闘は終息した。

マサユキのように安堵する者が多い中、緊張で動きがぎこちなくなる者もいる。

覚悟を決めて動いたのは、マサユキの隣に立っていたバーニィだった。

ヴェルグリンドの正体を知る者達だ。

ヴェルグリンドから一番近い位置に立っていたという事もあり、前に飛び出して膝をつく。そして、平伏せんばかりの勢いで口上を述べた。

「元帥閣下、私は〝ひとけた数字《ダブルオーナンバー》〟序列七位、バーニィであります！　元帥閣下におかれましてはご機嫌麗しく――」

「挨拶はいいわ。それで、何が言いたいのかしら？」

「ハッ！　私は、団長の命令に背き、こちらの少年であるマサユキの抹殺任務を放棄しました。その罪は万死に値すると理解しておりますが、処罰を受ける前になにとぞ、元帥閣下にお聞きして頂きたい事が御座います」

またもその場が静まりかえった。

バーニィの発言を聞いていた将兵達が、ヴェルグリンドが帝国軍部の最高指導者である〝元帥〟だったのだと気付いたからだ。

困惑する者も多いが、納得した者はもっと多かった。

理解がすすむにつれて、彼等にも現実が見えてくる。

敗北者である自分達は、ヴェルグリンドから見たら処罰対象なのだと。

逆らっても無駄だ。

この迷宮すらも破壊するような絶対者を前にしては、沙汰を待つしかないのである。

自然と彼等は整列し、裁きが下るのを待つ態勢となっていく……。

そんな空気の中で、会話が続く。

「なあに？」

「我等の、帝国に捧げる忠誠心は不変です。皇帝陛下の御意志がどこにあろうとも、その命には絶対服従であると心得ております。ですからどうか、将兵達については帰国の許可を賜《たまわ》りたく!!　私を含めた幹部勢は、その責を負う事に不満など御座いません。ですが――」

「もういいわ」

奏上を遮られた事で、バーニィは絶望した。

やはり自分達の運命は覆せないのかと、バーニィは自身の無力さに泣きたくなった。

そんなバーニィを見て、ヴェルグリンドがクスリと笑う。

「あらあら、勘違いしちゃったかしら？　お馬鹿さんたちにしては頑張ってくれた事、私も感謝しているのよ。私の愛するルドラを守り抜いたこと、褒めてあげましょう」

全将兵が、その場に一斉に跪いて頭を垂れた。

「で、では⁉」

「そもそも私は、貴方達に何かしようなんて考えていなかったわよ。私にとって大事なのはルドラだけだけど、ルドラが貴方達の事を大事に思っているのだから、私も貴方達の事を守ってあげるわ。今も昔も、これからもずっとね」

ヴェルグリンドの言葉は福音となる。

大きな歓声が湧いた。

感涙にむせび泣く者もいる。

カリギュリオやミニッツも例外ではなく、心の底からヴェルグリンドの言葉に納得し、感動した様子である。

果ては、『帝国万歳！　皇帝陛下万歳‼』と、大きな盛り上がりを見せる始末。マサユキからすれば、『何言ってんだ、この人達』という気分であった。

（さっきから聞いていれば、本気で僕の事を皇帝ルドラと勘違いしちゃってるよね。だいたい、バーニィ達も指摘しろっての。バレたらヤバイの、俺なんだからな。キスもしちゃったし……間違いなく殺されるよね……）

マサユキの名前はルドラではないのに、何故か誰も疑問を口にしない。こうなるともう、自分がオカシイのかなとか、そんなふうに思えてしまうのだ。

正直に言えば、キスされたのは最高に嬉しかった。だがしかし、巻き込まれるのは本意ではないと、マサユキは心から思うのである。

「浮かない顔をしてるけど、どうかしたの？　まだ何か気になる事があるのなら、私に言ってごらんなさいな」

一人だけ置いてけぼりだったマサユキは、隣に戻ったヴェルグリンドから話しかけられて動揺した。

「え？　い、いや、僕には気になる事なんて……」

と、しどろもどろに答えてしまう。

そんなマサユキのぎこちない態度を見て、ヴェルグリンドは表情を曇らせた。そして、恐る恐る問いかける。

「もしかして、私の事を覚えていないの？」

どう答えるのが正解なのか、マサユキは試されていると感じた。

ここで間違えたら大変な事になる。

勘弁してくれよと思いつつ、マサユキは必死に思考を巡らせる。

覚えているかどうかというと、覚えている。元の世界で最後に見た美女は、間違いなく彼女だった。

では、名前を知っているかというと……。

（さっきのアイツ、ヴェルグリンドって呼んでたな。ヴェルグリンドといえば確か、ヴェルドラさんのお姉さん。滅茶苦茶強いと噂になってた人だな。それに確か、帝国の守護者だとか何とか……）

マサユキは必死になった甲斐もあり、どんどんと情報を思い出していく。帝国の軍人達の反応からも自分の推測が正しいだろうと判断し、マサユキは賭けに出た。

「ヴェルグリンド――さん、ですよね？」

その答えを聞いたヴェルグリンドが、嬉しそうに破顔した。

「ええ、ええ！　覚えてくれていたのね、ルドラ!!」

ここでも幸運は、マサユキを見放さなかった。

ただ名前を呼んだだけで、ヴェルグリンドが歓喜したのだ。

しかも、それだけではない。

「ああ、貴方が浮かない顔をしている理由がわかったわ。貴方に会えて嬉しかったから忘れていたけど、今の貴方は〝マサユキ〟という名前だったわね」

「――ッ!!」

事態が勝手に好転し、マサユキが懸念《けねん》していた別人問題までも解決してしまったのだ。

（え、えええええっ!?　この人、僕が本城正幸《マサユキ・ホンジョウ》だって、ちゃんと知ってたのかよ!!）

絶対的、安堵。

生まれて初めて味わうような、心の底からの安堵であった。

気が抜け過ぎてオシッコまで洩れそうになり、マサユキは慌てて気を引き締めた。

「そう、そうなんです。実は僕、ルドラじゃなくてマサユキって名前でして。それでちょっと困惑しちゃってたかな、って」

ハハハと愛想笑いしつつ、油断なくヴェルグリンドの反応を窺うマサユキである。

それに、ヴェルグリンドだけではなく、帝国の将兵達も問題だった。

（先ほどの話の流れでは、どう考えても僕の事を皇帝ルドラだと信じていたよね。それなのにここで別人でしたじゃあ、この人達だって混乱しちゃうだろ。皇帝偽証罪とか言われても困るし、僕は関係ないと証言しとかなきゃな！）

そんな罪があるのかどうか知らないが、そこはハッキリさせておきたいマサユキなのだ。

そこでマサユキは、自分の考えを伝える事にした。

ところが、ヴェルグリンドは意に介さない。

「何も問題ないわ。だって帝国なんて、単にルドラの所有物というだけの価値しかないもの。ルドラの趣味みたいなもので、ギィとの勝負に必要だったから大切にしていただけだし、貴方が不要だと言うのなら、綺麗さっぱり焦土《しょうど》にしてしまいましょうか？」

まさしく、神の如き超越者の発言であった。

顔を青褪めさせる帝国の将兵達。

全員の視線がマサユキに刺さる。

（止めてよ、止めてくれよぉ!!　僕のせいにするんじゃねーよ！）

わかったからそんな目で見ないでくれと、マサユキは負う必要のない責任を感じて口を開く。

「いや、帝国は大事だよ！　リムルさんだって、将来的には仲良くしたいと考えているみたいだし。戦争が終わったらちゃんと国交を結んでさ、友好的にね」

ともかく、帝国を焦土にするのは絶対にダメだと、マサユキは必死に力説したのである。

そんなマサユキを、帝国の将兵達は神を見るような目で崇めている。

ヴェルグリンドならば、やると言ったら本当にやる。それも、片手間程度に終わらせるはずだ。

マサユキが反対しなかったら、帝国の滅亡が確定していたのである。誰もがそれを理解出来たからこそ、マサユキへの感謝は多大なるものであった。

「そう？　貴方がそう言うなら、私は今まで通り協力するだけよ」

そう言って、ヴェルグリンドは微笑む。

胸を撫でおろす帝国将兵達。

そんな中、カリギュリオが場を代表して疑問を口にした。

「――話がまとまったところで恐縮なのですが、一つだけ、どうしても確認しておきたき儀が御座います」

その表情は重苦しく、本人としても言いたくないというのが丸わかりである。

「何かしら？」

まだあるのと言いたげに、ヴェルグリンドが問う。

「ハッ！　それは、現皇帝であらせられる、ルドラ様についてです。ルドラ陛下は、どうなるので御座いましょうか？」

それを聞いて、ヴェルグリンドも納得した。

「ああ、そうだったわね。アナタ達では、〝魂〟の本質を見抜けないのよね。今のルドラは抜け殻よ。本物のルドラの〝魂〟が集まったのが、私が愛するマサユキなの」

「え、僕？」

「そうよ。記憶がなくても、貴方が〝ルドラ〟だったのは間違いないわ。だから私は貴方を愛しているし、貴方から愛されるように努力するわよ」

「う、うん」

美人のお姉さんからここまで言われて、奮わない男がいるだろうか？

いや、いない！

マサユキだって同じである。

今は惚れられているとしても、今後もそれが続くとは限らない。この幸運を繋ぎとめる為にも、もっと頑張ろうと心に誓うのだ。

もっとも、何をすればいいのかは、今後の課題なのだった。

覚悟を決めたマサユキだが、それとは別に問題が発生していた。

「それでは、マサユキ様を真なる皇帝であるとして、我等で盛り立てていかねばなりませんな！」

「え？」

「そうだな。だが、厄介だぞ。血筋という面では、完全に別人だ。皇帝の隠し子だったと言っても通用しないだろうし、誤魔化すのは無理がある」

「ちょっと？」

「関係あるまい。軍部はカリギュリオ殿が押さえるとして、私が貴族共に根回しをしよう。なあに、反論など許さんよ。失敗すれば帝国が滅ぶのだから、悠長な事は言っておれんさ」

カリギュリオが方針を立てると、バーニィが問題を提起した。それに解決策を提示したのがミニッツだ。この場にいた将兵達とて、その計画を全力で支持する所存であった。

こうして、マサユキが関与する余地もなく、話がどんどんと進んでいく……。

「せいぜい頑張りなさいな。ねえ、マサユキ」

（あのう……僕に拒否権って、ないんですかね？）

ないんだろうなと、マサユキは諦める。

マサユキの数奇に満ちた人生は、まだまだ始まったばかりなのだった。

●

本気を出そうと決意したディーノ。

楽に勝てる相手に苦戦するという、かなり悩ましい状況だったが、それももう終わる。

「余所見するとは、余裕ですね」

そう声が聞こえ、ベレッタの鋭い拳が頬を掠めた。

「本当、舐められたものね。上の空でワタクシ達を相手にするなんて」

アピトの振動毒針剣《オシリスレイピア》も飛んでくる。

刺されたら間違いなく痛い――と、ディーノもかなり必死に避けるのだ。

（俺って、コイツ等と比べると圧倒的に格上だと思っていたんだけど、思いあがってたのかな？　二人同時に相手してるとは言え、こんなに苦戦するとは思わなかったぜ）

永きに渡るサボり癖のせいで弱くなったのだろうかと、ディーノは少しだけ自信をなくしていた。

そんなふざけた思考をするあたり、ディーノにはまだ余裕があると言えるのだが、本人に自覚はない。

アピトはヒナタとの特訓の成果で、未来予測に近い直観力を身に付けている。ディーノとの実力差は明白なのだが、それでも油断は出来ない相手なのだ。

ベレッタが壁役になり、アピトが後方から攻撃を仕掛ける。壁役のベレッタも攻撃に参加してくるので、二人の攻撃はディーノに届き得るのだった。

それに加えて厄介なのが、ベレッタの魔法だ。

ディーノには大概の魔法は通じないのだが、ベレッタの魔法は支援系を主としていた。つまり、ディーノへの直接攻撃ではなく、自分達のスペック強化に用いていたのだ。

ディーノを弱体化させるような魔法なら無効化も出来たのだが、ベレッタやアピトの速度や筋力、耐久力などを上昇させる魔法には、干渉する手段がなかった。

魔法の発動を邪魔すればいいのだが、ベレッタは魔法を得意とする悪魔だけあって、気付けば発動させているのである。

しかもベレッタには、『怠惰者《スロウス》』の『睡眠』が通用しない。そのせいもあって、ディーノは苦戦していたのだった。

だが、今ようやく。

待ち望んでいた充填《じゅうてん》も溜まり、反撃の時が来た。

「うるせーよ！　二人がかりでか弱い俺をイジメてる癖に、偉そうに言うな！　忍耐強い俺だからこそ、お前達に付き合ってやってたんだぞ。感謝しやがれ！

そして、これを喰らって休んでな!!」

そう言い終わった時には、〝怠惰なる眠り《フォールンヒュプノ》〟の発動が完了していた。姑息なディーノらしく、正々堂々という概念からはほど遠いのだ。

「ふう、やっと終わったか」

崩れ落ちるアピトを見て、ディーノは勝利を確信した。一応確認の為に、ベレッタへと目を向けて――迫りくる拳を、慌てて回避する。

「うおッ、俺の眠りに抵抗しやがったのか⁉」

「当然です。一度引っかかっただけでも不覚なのに、二度も眠る訳がないでしょう」

ただでさえ状態異常に抵抗のある悪魔族《デーモン》だからこそ、ベレッタは対抗手段を編み出せた。自身のユニークスキル『天邪鬼《ウラガエルモノ》』によって、眠気を反転させたのだった。

「マジかよ……」

「さて、アピトには悪いが、一度死んで復活してもらいましょうか」

ディーノを前にして悠然とするベレッタ。


必勝の論理を愚直に守る様子に、ディーノは呆れる以前に感心した。

（俺を相手にして、ここまで互角の状況を維持するとはね。これはもう、俺が悪いんじゃなくて、ベレッタ達が凄いんだろうな。だったらもう、使うしかないってもんだ――）

ディーノには、とっておきの奥の手があった。

忌々しい思い出が甦るので、使いたくはなかったのだが、今はそんな事を言っている場合ではない。

「認めてやる。だからさ、俺を本気にさせた事を誇りに思うがいいぜ」

ディーノはそう叫ぶなり、自ら封じていた権能を発動させる。

究極能力《アルティメットスキル》『至天之王《アスタルテ》』――ヴェルダナーヴァより与えられし、究極の力を。

《確認しました。究極能力《アルティメットスキル》『至天之王《アスタルテ》』の『創造』にて、ユニークスキル『怠惰者《スロウス》』を進化させます……成功しました》

ディーノの『怠惰者《スロウス》』は、普段動いていなければいないほどに、力を増すという特殊な性質があった。わかりやすく言うならば、エネルギーの貯金が出来るのだ。

ディーノはそれを利用して、ユニークスキル『怠惰者《スロウス》』を究極能力《アルティメットスキル》『怠惰之王《ベルフェゴール》』へと進化させたのである。

それこそがディーノの奥の手。

究極能力《アルティメットスキル》『至天之王《アスタルテ》』による『創造進化《エボリューション》』なのだ。

究極能力《アルティメットスキル》『至天之王《アスタルテ》』の権能を用いるならば、自分の能力《スキル》に限定されるものの、望む形の効果が得られるように進化させられるのである。

無論、それだけが全てではないのだが、ディーノは究極能力《アルティメットスキル》『至天之王《アスタルテ》』を温存しておきたかった。迷宮内には常に監視の目があり、物事が記録され続けていたからだ。

ディーノは〝監視者〟としての習性で、自分の全てを曝《さら》け出す事に抵抗があったのである。

それに——

(リムルの野郎は、深謀遠慮を張り巡らせる恐るべき知略の持ち主だからな。クレイマンを始末した時だって、証拠とか言って記録映像を持ち出してたし。俺の力だって、見られちまうと対策を立てられてしまいそうだからな)

魔王リムルは油断ならない相手なのだ。用心しても し過ぎるという事はないと、ディーノは骨身に染みているのだった。

だからディーノは、見せてもいい力としての『怠惰之王《ベルフェゴール》』を生み出したのだ。

その力が今、ベレッタを狙う。

「眠れ！　〝滅びへの誘惑《フォールンカタストロフィー》〟——ッ!!」

法則が書き換えられて、プラスの因子がマイナスへと逆行を開始する。その誘惑は、生者も死者も関係なく、活動状態から停止状態へと導くのだ。

ただし、そこに強制力は存在せず、術の対象者が自主的に滅びへの道を歩む事になる。

催眠術の一種とも言えるのだが、次元が異なる効果を及ぼした。

進化した『怠惰之王《ベルフェゴール》』の眠りからは、醒める事がない。精神のみならず、肉体をも破壊するからだ。

もっとも、今回は誘導の先が〝滅び〟であったのだが、もっとレベルを下げて睡眠などの状態異常に留める事も可能である。実に汎用性のある能力《スキル》なのだった。

この権能は、音を干渉波の伝達に利用していないので、物理的な『結界』等によっては防げない。防御手段が少ないのが、特筆すべき点なのだ。

知恵有る者、感情を有する者への絶対支配──それが、『怠惰之王《ベルフェゴール》』という権能なのだった。

＊

七つの大罪の一つである〝怠惰〟に相応しく、恐るべき究極進化を遂げたものだ──と、ディーノは我ながらに感心した。

ベレッタが暫《しばら》く動りないように、念入りに破壊しようとした。そこで〝滅び〟を選択した訳だが、想定していた以上の威力が発揮されたのだ。

ベレッタは塵となって消えたので、復活までに時間がかかるだろう。腕輪も一緒に消滅してしまっているが、そこはラミリスの権能、何とかなっているだろうとディーノは気にしない。

だいたい、手加減していたら任務に失敗してしまうところだったのだ。

死んでも悪く思うなよと、ディーノは無責任に考えるのである。

（しかしよ、ベレッタでさえ、魔王リムルの配下達と比べると、中堅どころなんだよな……）

ディーノがぼやきたくなるのも当然の話だ。

ベレッタのように厄介な相手でさえ、究極能力《アルティメットスキル》を獲得していない格下の存在なのだ。しかも、魔王そのものではなく、単なる配下なのである。

その事実に戦慄しつつ、ディーノは考える。

もしも上位陣が残っていたら、と。

果たして自分は勝てただろうかと悩みつつ、ディーノはラミリスへと目を向けた。

よく眠っているラミリスを確認し、その身体に触れた。

——触れた、ハズだった。

ラミリスが、光の粒子に変わる。そして蝶の姿を象《かたど》り、ディーノの周囲を飛び回り始めた。

まるで、ディーノを嘲笑するように。

（——オイオイ。まさか、幻覚……だと⁉）

信じたくないし、信じられない。

だが、そうでなければこの状況は説明出来ない。

やはり、この戦いも監視されていたのだ。

（用心していて良かったが、それでも——）

敵に対して、切り札を一つ見せてしまった事になる。

それに——

次の相手は確実に、もっと厄介な——

コツン、コツン——と、何者かがやって来る足音が響いた。


悠然と歩み寄るその者へ、美しい光の蝶が舞うように飛んで行き、その腕に触れる。

その蝶は光の粒子へと戻り、そして再びその姿を変えて……無邪気に眠るラミリスは、何も知らずに幸せそうだ。

その者の前腕部を寝床としたラミリスを、いつの間にか復活したベレッタが恭《うやうや》しく預かる。

「ベレッタ殿、ラミリス様を頼む」

静かに告げる男。

「ああ、任せるがいい。援護は必要ですか？」

「必要ない。オレ一人で、十分だ」

最初から、ラミリスの護衛は完璧だったのだ。

最も安全な迷宮の最奥にて、幾重もの罠を張り巡らせて。

とある者からの指示により、忍び寄る敵の能力を丸裸にすべく、小出しに戦うようにしていただけのこと。

それに何より、この迷宮には最強の守護者がいた。

ヴェルドラが迷宮を出る前に、愛弟子にして頼れるその者に、ラミリスの護衛を託していたのだ。

知らぬはラミリスばかりなり、である。


そして、今――

その者が動き出した。

ディーノの前に立つその者の名は、〝幽幻王《ミストロード》〟ゼギオンという。

この迷宮の、絶対強者であった。

＊

能力を進化させるべく繭《まゆ》となっていたゼギオンだが、その意識は常に覚醒していた。

ヴェルドラからの呼びかけに応じて、迷宮内の状況は完璧に把握していたのである。

その圧倒的な『絶対防御』の加護により、ラミリスの安全を担保して。

ディーノもそれを悟った。

(本当、冗談は止めて欲しいよな……)


それが、ディーノの偽らざる心境である。

倒したと思った端から、新手が現れる。しかも、その目的は自分の手の内を曝け出させる事にあったらしい。

(やっぱりな！　リムルの野郎は陰険だから、こういう手段を好むに違いないっ!!)

こうなった以上、作戦は失敗だ。

ラミリスを確保するどころか、ディーノ自身の脱出すらも困難な状況になったと言える。

(そもそも、一体いつ、ラミリスを避難させてたんだ？　俺はずっとこの部屋にいたし、しゃべってるラミリスを見ていた。蝶に変化した時点では、とっくに逃がしてたハズだよな？)

もしもそうではないのだとしたら、ゼギオンはディーノにも見破れぬ方法でラミリスを逃がした事になる。

(――でも、そうなると……俺は最初から、幻覚と会話していたって事になるのか？)

それはそれで問題だ。

これは異常な事だった。

ディーノは究極能力《アルティメットスキル》保有者であり、まして催眠系を得意としているのだ。それにもかかわらず幻覚に嵌《はま》るなどと、それは有り得ないだろうと思われた。

しかし、絶対にないとは言い切れない。

もしもゼギオンが究極能力《アルティメットスキル》を保有しており、なお且《か》つ精神攻撃を得意としていたのなら……ディーノを騙し通せるほどの『幻覚』を扱える可能性が残されていた。

ディーノとて、ゼギオンの強さは知っている。

ただでさえ強力な蟲型魔獣《インセクト》であり、しかも〝魔王種〟である人型の魔人。魔王リムルの寵愛《ちょうあい》を受けて、異常なまでの戦闘能力を身に付けている。

ヴェルドラを師と仰ぐゼギオンの格闘技量《レベル》は〝原初〟達すら凌ぐほどだと聞いていた。

迷宮の絶対王者と目される存在、それがゼギオンなのである。

迷宮内に帝国軍が侵攻した時も、その圧倒的なまでの強さで侵入者を排除していた。その際、ディーノもその戦いぶりを観察していたのだが、物理的な格闘戦闘においては無敵かと思えたほどだ。

だが、ここで大事なのは、あくまでも物理的な戦い方しかしていない点である。精神攻撃など一切行っていなかったし、ましてや、究極能力《アルティメットスキル》どころかユニークスキルすら使用していないように見受けられた。

（――いや、空間歪曲防御領域《ディストーションフィールド》だけは、究極に届き得る凄さだったが……）

それでもそれは物理的な権能であり、精神攻撃を得意とするディーノからすれば、まだ対処可能なレベルだと考えていたのだった。

こうなると、思い当たるのは先日の祝勝会だ。

あの日、魔王リムルは褒美の名目で、ゼギオンにも何らかの力を授けていた。進化の儀式とか称して、武勲を立てた配下達を覚醒させていたのだ。

事実、ガビルなどは大きく力を増していたし、他にも進化の眠りに入った者達がいる。

それはまさしく魔王への進化《ハーベストフェスティバル》に酷似した現象であり、ゼギオンが新たな能力《スキル》を獲得していたとしても不思議ではないのだ。

（だけどさ、おかしくない？　どうして配下達まで、主であるリムルと同じ領域に進化出来るんだよ⁉　覚醒した魔王の配下が魔王種レベルなのは理解出来るけどさ、部下まで覚醒魔王レベルになるなんて、反則過ぎじゃねーかよ‼）

　これは、永き時を生きるディーノでさえも、予想も付かない現象であった。あのギィでさえ、そんな真似は不可能だったのだ。

（——いや、言い出したらキリがねーな。そもそも、〝原初〟を部下にしてるって時点で、頭オカシイもんな。そんなヤツだから、何があっても不思議じゃねーか）

　と、ディーノは内心でリムルの事をボロクソにけなした。

　最強の悪魔である彼女達ならば、ディーノを足止め出来ただろう。存在値の優劣など、〝原初〟が相手では当てにならないのだ。

　そんな存在を手下に加えたリムルは、ディーノから見ても異常なのである。出来るだけかかわらないのが吉だと、ディーノは考えていたのだった。

　それなのに——

　目の前のゼギオンは、そんな〝原初〟達に匹敵する。

　明らかに、異質。

　超級覚醒者《ミリオンクラス》どころか、その覇気《オーラ》は果てしなき力を感じさせた。

　数字を超越した権能——究極の力を持つ者のみが発する気配である。

　ディーノと同様——つまりは、究極能力《アルティメットスキル》を獲得している可能性を示唆していた。

（だから働くのなんて嫌だったんだよ……）

　ハズレくじを引いたとディーノは嘆く。

　諦めにも似た思いで溜息を吐きつつ、この場における最善手を模索するが、良いアイデアなど簡単に浮かぶものではない。

　そして、時間も待ってはくれないのだ。

＊

長考していたディーノの前まで、ゼギオンが悠然と歩を進めた。

「何か、言い残す事はあるか？」

問うゼギオン。

「俺の手の内を暴く為に、今まで隠れて見てやがったのか？　ふざけるなよ、汚いぞ！」

自分の行いは棚に上げて、ディーノは取り敢えず文句を言った。

単なる八つ当たりだが、それで相手が怒ってくれたら儲けものである。

「笑止。それが戦いだ」

当たり前だが、ゼギオンは平然たるものだ。

ディーノも「知ってるよ！」と受け流し、言葉での遣り取りが終わる。

両者の間に緊張が走った。

ディーノはゼギオンの強さを知っている。それはディーノに取って有利な点であったのだが、ゼギオンにもディーノの手の内がバレてしまった。

こうなると、真っ向勝負するしかないのだが……。

ゼギオンは、近接戦闘に特化している。しかも、未確認ながらも究極能力《アルティメットスキル》を保有している可能性が高い。

対するディーノは、精神攻撃に特化していた。否、奥の手を使えばその限りではないのだが、この迷宮内で手の内を晒すのは避けたいディーノである。

（まあ、とっくに色々とバレちまってるんだけど、これ以上は流石にな……）

それに、逃げるだけなら大丈夫だろうと、ディーノは甘く考えていたのだ。

「来ないのか？」

ゼギオンの言葉は重い。

問われただけで身体が硬直しそうになったが、ディーノはそれを気力で跳ね返した。

「はんっ！　俺を舐めるなよ。これでも八星魔王《オクタグラム》の一柱《ヒトリ》でね、永い時を生きているんだ。お前のようなヒヨッコに負けてられねーんだよ！」

そのまま大剣を上段に構え、ゼギオンに向けて振り下ろす。

「喰らえ、そして滅びるがいい！〝堕天の一撃《フォールンストライク》〟――ッ!!」

小手先の技の応酬もなく、一撃必殺。怠惰なディーノらしく、無駄を嫌った大技である。

もっとも、この〝堕天の一撃《フォールンストライク》〟という技の威力は本物だった。

ディーノは、ユニークスキル『怠惰者《スロウス》』の能力を剣技にも応用して、変幻自在の〝幻影流〟を編み出していた。相手の認識を阻害する事で、戦いを自分の思い通りに進められるのだ。

そして今では、ユニークスキル『怠惰者《スロウス》』が究極能力《アルティメットスキル》『怠惰之王《ベルフェゴール》』へと進化している。その効果は比較にもならないので、〝幻影流〟もより精度と威力を増した事になる。

面倒臭がりなディーノだが、戦闘センスはピカイチなのだ。

しかし、それでも……。


ディーノは、ゼギオンと近接戦闘を行うのは不安だと判断した。もしも自分の権能が通用しなかった場合、〝幻影流〟が成り立たないからである。

ならば、出し惜しみしている場合ではない――と、ディーノは奥義を繰り出したのだ。

それこそが、〝堕天の一撃《フォールンストライク》〟――〝幻影流〟の中でも数少ない正統派な剣技で、ディーノの全力の意思が込められている。

込めた意思は、相手の無力化。

掠るだけでも対象から生きる気力を奪い、負の感情を刺激する波動を秘めている。幻影や幻覚のように無視出来るものではなく、心の弱い者では抗う事など不可能なのだ。

この攻撃に耐えられるのは、究極能力《アルティメットスキル》を獲得するような強い精神力を持つ者のみ。

それでも、無傷という訳にはいかない。ディーノが込めた怠惰の意思は、物理的な破壊作用までもたらすからだ。

回避に成功したとしても、負の波動は全方位に放たれている。それを浴びるだけで気力が萎えるので、戦闘能力の低下は免れないだろう。

その隙を狙って、返す刀でトドメを刺せばいい。

二重三重に敵を追い詰めるこの技こそ、ディーノが自信を持って放つ最強の一撃だったのだ。

この場を乗り切る為には、手加減せずにゼギオンを仕留めるのが最善である。出し惜しみしているディーノだが、楽をする為に手は抜かない主義なのだった。

（ギィですら、直撃を喰らえば無事では済まないだろうぜ。さて、お前は耐えられるかな？）

必殺を確信して、ディーノはニヤリと笑った。

今までの怠惰な自分を見ていたら、これほどの大技が飛び出すなど想定外だろう、と。そんなふうに考えて、全ては計画通りだったのだ、とディーノは自画自賛する。

ゼギオンは動かない。

反応出来ないのではなく、余裕を持って対処しているだけだった。

ゼギオンはディーノの剣の軌道を確かめ、自らに直撃する寸前で受け止めて見せたのである。

上段から振り下ろされた神話級《ゴッズ》の大剣〝崩牙《ホウガ》〟は、地上に存在するあらゆる物質を砕くほどの威力を秘めている。そんな一撃を、究極の金属《ヒヒイロカネ》へと変化した自身の左手外骨格にて平然と受け止めていた。

「馬鹿め！　俺の剣を避けもせず、まともに受け止めるとはな！　この勝負、俺の勝ちだっ！」

ディーノが叫んだ。

常日頃から行っていた怠惰な演技が、今この時、ようやく実を結んだのだ、と。

実のところ、それは演技でも何でもないのだが、本人はそう考えて満足したのである。

今のディーノが放てる最速攻撃だったが、案の定、ゼギオンには受け止められた。大剣は速度が犠牲になりがちなので、これは仕方ない。

けれどその代わり、威力は絶大なのだ。

他愛ない攻撃だとでも言うように、片手で受け止めたゼギオン。その姿は称賛に値する。

しかし今、ゼギオンの左腕には凄まじい衝撃が加わった事だろう。

（砕かれはしなかったようだが、しばらくは使い物にならなるまい。小揺るぎもせずに立ってやがるが、やせ我慢だな）

と、憎らしいほどに平然としているゼギオンを見て、ディーノは考えた。

だが、勝負はディーノの勝ちである。

ゼギオンの空間歪曲防御領域《ディストーションフィールド》は素晴らしいが、それで防げるのは物理的攻撃のみ。ディーノが究極まで高めた〝堕天の一撃《フォールンストライク》〟は、あらゆる物理的障壁を貫いてゼギオンへ到達するのだ。

（剣による攻撃だと思わせて油断させ、実際には精神系の致死攻撃を行う。俺の作戦勝ちだな）

ゼギオンは確かに強い。

だからこそディーノを下に見て、自らの優位性を誇示するだろうと予測した。ゼギオンが得意とする近接戦闘という土俵だからこそ、敢えて攻撃を回避しないハズだと読みきったのだ。

「ふん。いい加減にして欲しいぜ、まったく。どうせ腕輪の効果で復活するだろうし、さっさとラミリスを回収しねーとな」

そう吐き捨てたディーノは、ベレッタへと向かおうとした。

が、そこで足を止める。

おかしいぞ、と感じたのだ。

まず第一に、ベレッタがディーノを警戒していない。

度重なる戦闘に加え、奥の手を使ってしまった事で、ディーノの残りの魔素量《エネルギー》は少なくなっている。それでもベレッタに負ける事はないのだが、ベレッタの視線には勝者の余裕が感じられた。

その仮面の下の素顔は見えないが、何とも不気味な感じがしたのである。

「お前、俺に勝てる気か？」

「フフフ、御冗談を。勝てる勝てない以前に、貴方の相手はワレではない」

そう告げられた瞬間、ディーノは強烈な悪寒を感じた。

慌ててゼギオンを振り向くディーノ。すると確かに、動きを止めているゼギオンには、不自然な点が見受けられたのである。

神話級《ゴッズ》の一撃で砕けなかったという事は、ゼギオンの左腕も神話級《ゴッズ》に相当する強度であるという事。であるならば、精神生命体に匹敵するほどの意思強度があっても不思議ではなく、先程からの懸念だったった究極能力《アルティメットスキル》の有無についても、あると考えるのが正解だろうと思えたのだ。

「まさかッ⁉」

「問うが、貴様の攻撃は遅効性なのか？　この、痛痒《つうよう》も感じぬ微風《そよかぜ》のような一撃だけで、本気でオレを倒せると思ったのか？」

クソッたれとディーノは思った。

やはり間違いなく、ゼギオンは究極能力《アルティメットスキル》保有者だったのだ。

それがどのような権能なのかは不明だが、ディーノの精神攻撃を無効化する程度には凄まじいものだと理解した。

「貴様は、オレが究極能力《アルティメットスキル》を保有しているのではないかと疑っていたな？　であれば、そのような温い手段ではなく、もっと幾重にも攻撃を仕掛けるべきであったな。貴様の怠惰な性格こそが、今回の敗因だと知るがいい」

勝った気になってんじゃねーぞ——と叫びかけたディーノに向けて、ゼギオンが左手を突き出した。その握り締めた手を開くと、そこから五条の閃光が放たれる。

ゼギオンの次元等活切断波動《ディメンションレイ》だ。

「痛《い》ってえっ……」

咄嗟に回避行動を取ったディーノは、かろうじて致命傷を避ける事に成功した。しかし、右腕の肘から先が切断されてしまう。

痛みで泣きたいディーノだが、それどころではなかった。

このままでは本当に危険だ——と、本能が警告を発していたのである。

「やっぱり手前《てめえ》、究極能力《アルティメットスキル》を持ってやがったのか。まさか、この俺の〝死への催眠誘導《フォールンタナトス》〟まで無効化するとは、な。まさかお前には、精神攻撃が通用しないってのか？」

〝死への催眠誘導《フォールンタナトス》〟というのは、ディーノが〝堕天の一撃《フォールンストライク》〟に込めていた精神系致死攻撃の事だ。心が通じているだけで効果があるので、仮に対象が『分身体』などであったとしても、離れた場所にいる本体にまで影響が及ぶ。

　逃げ場のない必殺の権能だったのだ。

　それなのに、ゼギオンは平然としていた。ディーノがそれに納得がいかないのも当然なのだ。

　ディーノが勝利する為には、否、この場から逃げ出す為にも、この謎を解明しておく必要があった。答えが返ってくるはずがないと理解しつつも、ゼギオンに向けて問いかけてしまうほどに。

「それに答える義理など、オレにはない」

　当たり前だが、ゼギオンは無情だ。

　しかし続けて、冷たい声が答えを告げる。

「——だが、哀れな貴様に答えてやろう。夢幻にして、幽玄。最初から貴様は、オレの手の平の上にあったのだ。〝幻想世界〟の王たる〝幽幻王《ミストロード》〟の称号を戴くこのオレに、精神攻撃など通じぬと知れ！」

　それは、慈悲を与える強者の態度だった。

　それを聞いたディーノだが、そこから導かれる事実に思い当たり驚愕する。

　自分の能力が無効化されたという事は、相手の能力の方が強いという事。つまりは、ゼギオンが今の自分と同等——いや、それ以上の存在《モノ》に進化したのだと気付いたのだ。

（嘘だろ、コイツ⁉　こんなに近接格闘が強いのに、まさか精神系の方が得意なのかよ‼　しかもコイツ、〝幻想世界〟の王だと？　つまりは、〝独自世界〟を構築するレベルだってのか？　冗談じゃねーぞ、どこまで強くなりやがったんだ！　準備もナシに勝てる相手じゃねーっての‼）

　ディーノのスキルは最強の大罪系だった。それが究極能力《アルティメットスキル》へと進化した訳だが、ゼギオンはそれを完封して見せたのだ。

　進化したてというのは言い訳にならない。何故ならゼギオンも、つい最近までは究極能力《アルティメットスキル》など保有していなかったはずだからだ。

ディーノとて、決して弱い訳ではない。

しかし今回は、相手が悪かった。

いや、悪過ぎたのだ……。

今回のラミリス誘拐作戦だが、根本から間違っていた。ゼギオンという存在が進化を終えた時点で、失敗が約束されていたのである。

ディーノはそう悟り、天を仰いだ。

その時、一つのモニターに映る人影を見て絶句する。

（あっ、ヴェルグリンド――）

その蒼髪の美女は、見間違いようもなくヴェルグリンドだった。

ヴェルドラを降《くだ》し、迷宮外で魔王リムルと戦っていたはずなのに、何故かマサユキ達の側にいる。

更に気になるのは、コルヌの姿が見えない事だ。

（まさか、まさかまさかッ!?）

嫌な予感というのはよく当たる。

ディーノはそれを、経験則から理解していた。


（ちょっと待てって!?　じょ、情報量が多過ぎて、理解が追い付かない。つまりアレか？　ヴェルグリンドはフェルドウェイの支配下にあったはずだが、嘘だった？　それとも、支配から逃れたのか？　どっちにしろ、コルヌはヴェルグリンドに始末されたってコトかな？　って、いやいやいや、作戦失敗とかいうレベルじゃねーだろ、これ!?）

ディーノは『思考加速』をフル回転させて、現状理解に努めた。その結果、自分がどれだけ頑張っても作戦の立て直しは不可能、との結論に至る。

元から逃亡する気満々ではあったのだが、この時点で頑張る気力を失ったのだ。

ディーノにしては、よくもった方であった。

「祈るがいい。罪の深淵に触れし者よ、己の罪業を悔いて死ね！　幻想次元波動嵐《ディメンションストーム》!!」

最初から、この場はゼギオンの支配空間であった。

それはつまり、一つの事実を指し示す。

ディーノではどうあっても、この領域からの離脱は不可能だったのだ。

ディーノが温存していた権能まで使用していたら、もしかしたら、光明が見えた可能性はある。だがしかし、それは賭けるのが馬鹿らしいほどの勝率だったので、ディーノとしては諦めた事に悔いなどない。

むしろ、一つだけ可能性があるとすれば——

虹色の嵐がディーノを飲み込み、その存在は〝虚無〟へと掻き消された。

それはまさしく、超常の高エネルギー嵐である。

ディーノは為す術もなく、肉片すらも残さずにこの世から消滅——するハズだった。

「ほう、祈りが通じたか。悪運だけは褒めてやろう」

ゼギオンが呟く。

どこかで何かが壊れる小さな音が響き、ディーノの存在が再生された気配がした。

ゼギオンは、正しく状況を把握している。

その声は落ち着いており、ゼギオンにとっては全てが予想の範囲内なのだった。

＊

迷宮の外で、ディーノは目覚めた。

「ふう、賭けに勝ったか」

安堵の溜息を漏らすディーノ。

装備もそのままで、損害もゼロである。

「いや、これはアレだな。ラミリスの恩情で、見逃されたかな？」

そう呟いて、ディーノは壊れた腕輪を見た。

迷宮内の売店で購入した、安物の腕輪——そう、〝復活の腕輪〟である。

ディーノは記録地点《セーブポイント》を利用していなかったので、復活地点は迷宮地上部のままである。こういう事もあろうかと、脱出経路の一つとしてそのままにしてあったのだ。

「まあ、俺には回数制限ナシの本物の腕輪をくれなかったから、警戒はしていたんだろうけどさ。こいつの機能を消失させる事も出来ただろうに、甘いヤツだぜ」

しんみりと独り言《ご》ちるディーノである。

攫いに行くターゲットであるラミリスが生み出したアイテムを、保険として隠し持つ。そんな節操のない事を平気で出来るのが、ディーノがディーノたる所以《ゆえん》なのだった。

ラミリスが大量に作製した商品だったので、一回だけしか使用出来ない粗悪品であった。それに自身の命運を賭けた訳だが、どうやら天はディーノに味方したらしい。

（堕ちてもまだ、俺は天使って事だな）

などと勝手な事を思いつつ、ディーノは周囲を見回した。ゲルド達と戦っているであろう同僚と合流し、さっさと撤退するつもりなのである。

ザラリオにも『思念伝達』を行い、作戦失敗と伝えるのも忘れない。

迷宮が閉じないように、ディーノの同僚が脱出路を確保していた。ザラリオが出て来るまで、彼女達も逃げ出せないのだ。

作戦が失敗した以上、長居は禁物なのである。

（――それにしても、アイツ、強過ぎるだろ！）

本当に嫌になる――と、ディーノはゼギオンを思い出して愚痴る。

フェルドウェイは激怒するだろうが、生き残れたのが幸運だったのだ。

（というか、フェルドウェイの作戦が失敗したのなんて、初めてかも知れねーな。いや、コルヌがやらかしたらしいが……そのコルヌもどうなったか不明だし、やっぱり魔王リムルと敵対するんじゃなかったぜ……）

最初から乗り気ではなかったディーノは、どうして作戦に同意してしまったのか、自分でも不思議であった。

ディーノはこの先の事を思い、憂鬱な気分になった。というか、ゼギオンがあれほどの化け物になってしまっているのならば、正攻法による迷宮攻略など絶望的である。

ゼギオンだけでなく、上位の幹部勢は全員が化け物揃いなのだ。

リムル達がどうなったのかも不明だが、ロクな事にはなっていないだろうと予想がついた。

（だから俺は嫌だったんだよ!!）

ディーノは迷宮で、安穏と暮らしたかったのだ。

それなのに、こんな事になってしまった。

自業自得だから仕方ないとはいえ、憂鬱にもなろうというものだった。

（フェルドウェイが何を考えてるのか知らねーが、諦めないんだろうな。だが、アレは無理だぞ……）

恐らくは、先ほどまでが最大のチャンスだったのだ。

それはもう完全に失われており、次はないとディーノは理解したのである。

そして、問題はもう一つあった。

（あーあ、こうして敵対しちゃった以上、もう戻れないだろうな）

迷宮での日々は、怠惰なディーノにとっても快適で過ごしやすいものだった。

仕事なのに、ベスターの手伝いは面白かった。ガビルとも仲良くなり、色々と手伝ってもらったりした。それに、研究者達が何か発見するたびに、ディーノも嬉しく思ったものだ。

退屈しない毎日を過ごす内に、ディーノはベスター達に仲間意識を抱いていたのだった。

ついでにもう一つ。

忘れかけていた事だが、ディーノはギィから命令されてここにいる。つまり、迷宮内の出来事を報告せよと、諜報任務を与えられていたのだ。

ギィも自分には期待していなかったと思っているディーノだが、それでも少しだけ重苦しい気分になってしまう。

（アイツ、怒ると面倒なんだよな……）

正直に言って、面倒だった。

思い悩む事すら面倒になりながら、ディーノは仲間達の下へと急ぎ向かったのである。

＊

ディーノが仲間達のところまで辿り着いた時、戦況は膠着状態に陥っていた。

〝守征王《バリアロード》〟ゲルドと、大柄なガラシャが組み合っている。

驚くべき事に、その力は互角。ディーノからすれば、我が目を疑う光景だった。

（ガラと互角って事は、俺より力は上か。進化したてでコレとか、マジふざけんなって感じだな）

ゲルドの身体は血で染まっていたが、それが本人のものなのか返り血なのかはわからない。何故ならば、何処にも怪我をしている様子がないからである。

魔力を帯びた攻撃によるダメージだと、回復薬の効果では怪我を癒せない。ガラシャの攻撃も当然、破壊の意思が込められた魔力を帯びたものとなる。

そんな攻撃を受けたはずのゲルドが無傷という事は、恐るべき防御力があるのか、あるいは超常の回復能力の為せる業なのか。

そんな事を考えていたディーノの目前で、ガラシャが片手剣《ロングソード》を一閃させた。その一撃はゲルドの楯鱗《スケイルシールド》の盾を斬り裂き、腕を裂く。

ゲルドは動じない。壊れた盾を捨て、『胃袋』から新たな盾を取り出して構えた。

ディーノは見た。

ゲルドの腕に、傷など残っていない事を。

（ああ、『超速再生』ね。それも、ガラシャの攻撃すら癒すほどの熟練度ってか……）

答えがわかったのに、まるで嬉しくないディーノだった。

「もう！　なんてしぶといんだよ！　アタイの攻撃で顔色一つ変えないとか、アンタおかしいよ？」

「む、そうか？　自分ではよくわからんが、見事な攻撃だったと褒めた方がよかったのか？」

「嫌味かい！　チッ、一撃で絶命させないと、直ぐに傷が塞がっちまう。アタイの方こそ、アンタの頑丈さを褒めてやるさ」

そんな受け答えをして、ゲルドとガラシャは激しい攻防を再開した。

両者共に自分の怪我などお構いなく、全力で相手の隙を狙い穿つ。

ゲルドの肉切包丁《ミートクラッシャー》がガラシャの円形盾《サークルシールド》で弾かれ、激しい火花を散らした。

それだけで、衝撃波が地上を駆け抜ける。ディーノは唖然となり、声をかける機会を逸《いっ》してしまう。

常に裏方で、いぶし銀のような存在だったゲルド。帝国戦でも目立った戦績がなく、ディーノとしては軽く考えていた相手だった。

だが、それはとんでもない間違いだった。

（わかったぞ！　この国のヤツ等は、とにかくオカシイんだ!!）

ようやく真理を得たと、ディーノは強引に納得する事にしたのである。

そんなディーノの頭上でも、激しい空中戦が展開されていた。

「ええい、ちょこまかと鬱陶しいでありんすね！」

「それはこっちのセリフ。翼もない癖に空を飛ぶなんて、生意気だよ！」

「フッ、重力を操作すれば容易い事でありんすえ。それよりも、追い駆けっこは飽きんした。そろそろ終わりにしんしょうか」

「だから、それはこっちのセリフなの！」

妖艶なクマラと、幼女のようなピコ。何故かお似合いに見える二人だが、戦闘の内容はかなり激しい。

地上を埋め尽くすほどのピコが放った『黒雷天破《ブラックサンダー》』が、地表を黒焦げにしていく。しかし何故か、クマラの周囲には届かない。

クマラからすれば当然だ。クマラのペットにして尾獣の一体である雷虎《ライコ》は、雷撃を得意としているのだ。防御にも卓越しているのが当たり前なのだった。

今度はこちらの番だとばかりに、クマラが動く。流れるように八本の尾を駆使し、九尾連斬《きゅうびれんざん》を仕掛けた。が、これはピコの鎗さばきによって防がれる。

戦場に甲高い音が鳴り響いた。

それはまさしく互角の戦いであり、ディーノとしてはクマラの戦闘能力も上方修正して記憶するしかないのだった。

（〝聖魔十二守護王《せいまじゅうにしゅごおう》〟だったか、恐ろしいヤツ等だぜ）

素直に認めるディーノである。

誰がどうこうではなく、全員が脅威。そう考えておいて間違いないと、ディーノは思った。

元熾天使《セラフィム》であるピコやガラシャは、覚醒した〝真なる魔王〟にも匹敵するのだ。彼女達は長らく戦闘から遠のいていたから、単純に強さを比べられるものではないのだが、決して弱くはないのである。

魔国連邦《テンペスト》の幹部勢が出払った今ならば、ディーノと彼女達二人だけでも十分に、迷宮を制覇出来ると思っていた。それなのにフェルドウェイは、〝三妖帥《さんようすい》〟を二名も投入し、自らも出陣するという念の入れようだったのだ。

絶対的なまでの必勝の態勢だったのに、結果は御覧の有様である。

ディーノはこの現実を前に、眩暈《めまい》がしそうになった。ピコとガラシャは久々の戦いだからか、冷静さを失いつつあるようだ。

無理もない、とディーノは思った。

堕ちたとはいえ、最高位の熾天使《セラフィム》だったのだ。

輝ける〝始原の七天使〟――そんな彼女達が苦戦しているのだから、プライドもズタズタだろう。

ディーノも他人事ではないのだが、自分の事については棚上げ済みだった。

「お前等、撤退だ。撤退するぞ！」

ディーノは叫んだ。

それに反応する二人は、不満そうではある。

「これからがいいとこなんだぜ？　ここからアタイが本気を出そうって時に、野暮な事を言うなよ」

「うるさい！　お前が戦いに参加してる時点で、この作戦はとっくに瓦解《がかい》してんだよ！」

ピコやガラシャの役割は、後方支援なのである。戦いのブランクがあるからと、今作戦では大事を取っていた。

そんな彼女達が戦闘に巻き込まれているのだから、敵の戦力が想定以上だったという事になる。ここでの戦術的勝利など、戦略上ではまったく意味がないのだった。

「って、まさか、作戦は失敗？」

「あ？　ああ、失敗したよ。失敗してなきゃ、逃げたりしねーよ！」

「え、だって、作戦立てたのってフェイだよね？　あのクッソ用心深くて完璧主義者のフェイが、敵の戦力を見誤ったたってわけ？」

「そうなるな」

「馬鹿な。ザラリオやコルヌもいて、どうして作戦が失敗するんだ？」

「負けたからだよ。ザラリオには撤退しろと伝えたが、コルヌの野郎は多分殺された。目的は何一つ達成されてないが、これ以上の戦闘は無意味なの！」

「嘘だろ……？」

「マジで有り得ないんですけど……」

ピコとガラシャが絶句する。

対照的に、ゲルドとクマラは誇らしげだ。

「おいおい、それは貴様も負けたという事か？」

「あ？　だからさ、そんな事をイチイチ聞くなよ！　察しろよ、気付かないフリをする優しさはねーのか？」

絞りだすようにガラシャが問うと、ディーノはまるで気にする事もなく飄々《ひょうひょう》と答えた。作戦が失敗した事ではなく、ディーノのまるで反省も見せない態度に、唖然となるガラシャである。

ともかく、ディーノの言葉を疑う理由などない。

とっくに頭も冷えており、ピコとガラシャは撤退を受け入れる。

「チッ、これで勝ったと思うなよ！」

「思わぬさ。貴殿はオレとの戦いの最中も、迷宮維持に力を割いていただろう？　次は万全の状態で戦ってみたいものだな」

「フフ、アハハハハ！　わかってんじゃねーかよ、アンタ。気に入ったぜ。それじゃあ、またな！」

ガラシャとゲルドは互いを認め合い、和やかに別れの挨拶を交わした。

一方、ピコとクマラは……。

「ピコと言いんしたか？　命拾いしたでありんすね」

「はあ？　私は本気じゃなかったし？　命拾いしたのはアンタの方だね！」

睨みあい、プイッと顔を背け合う。

まるで正反対の空気になりつつも、戦闘終了の合意に至る。

こうしてディーノ達は、その場からの撤退に成功したのだった。

●

ザラリオは常に冷静だ。

今回の作戦で与えられた役割は陽動であり、それを完璧に遂行していた。

連れて来た配下達は、迷宮内の抵抗勢力と互角の戦いを演じている。これは言葉通りの意味であり、演技ではない。

驚くべき事だが、敵の情報を上方修正する必要がありそうだ。ザラリオは戦場を把握して、そう結論付けていた。

何よりも特筆すべきは、目の前の二人である。

カリスとトレイニー。そう名乗っていたが、記憶しておく必要があるとザラリオは考える。それでも、自分が本気を出すまでもないというのが、ザラリオの出した結論だったのだ。

（取るに足らない小物しか残っていないと聞いていたが、どうしてなかなか。私への迎撃で迷宮内の戦力は尽きたのかと思えば、ゼギオンという強者も残っているのか。その者が目覚める前に、コルヌとディーノが任務を完了させればいいのだがな）

少しだけ心配ではあったが、フェルドウェイが立てた作戦に間違いなどない。そう信じる事にして、ザラリオは戦いを楽しんでいた。

「やれやれ、手を抜いている相手に翻弄されるとは、後でヴェルドラ様から笑われそうです」

「その心配は無用でしょう。ヴェルドラならば、ヴェルグリンドに敗北し、我等の手に落ちましたので」

「笑えない冗談ですね」

「冗談などではありません。君も気付いたのだろう？少し焦りが見えます」

「……」

カリスという魔人は素晴らしい強さだった。

数多《あまた》の次元を滅ぼしたザラリオから見ても、希《まれ》にみる逸材だと言えた。

トレイニーという精霊王を宿した魔人もなかなかのものだったが、カリスほどではない。こちらは高威力の魔法が脅威なのだが、ザラリオには通じないので問題にならなかったのだ。

カリスもまた同様に、そのエネルギーを巧みに操作し、熱エネルギーを収束させる事で高威力の熱線を撃ち出してくる。しかしそれは、ザラリオが誇る空間歪曲防御領域《ディストーションフィールド》によって無効化出来た。

警戒すべきは、その的確で冷静な判断力なのだ。

トレイニーと違ってカリスは、ザラリオを相手に値踏みするような戦い方を仕掛けてくる。一手一手の効果を確かめるような、慎重な戦いぶりだった。

そうした相手は舐めてかかれないと、ザラリオは経験から知っていたのだ。

しかしそれも、もう終わろうとしている。カリスに焦りが生じた事で、その慎重さが失われようとしていたからだ。

これ以上の戦いは楽しめそうになかった。


潮時かなと、ザラリオは思う。

「名残惜しいですが、そろそろ終わりにしましょうか。君達二人は実に勇敢で、非常に強い戦士だった。だが、悲しいかな私の敵ではなかったという事です」

実力差は明白。

エネルギーの総量も、ザラリオが遥かに上。

そして決定的なのが、相性の問題だ。

天使は精霊に対する優位性がある。堕ちたとはいえ元熾天使《セラフィム》であるザラリオに対し、精霊の力を根源としているカリスとトレイニーでは、どうしようもなく決定打に欠けたのだった。

「悔しいけれど、ドリスも限界みたいですね。私が精霊王を宿せるのも、残り数十秒でしょう。カリス殿、何か策は残っていますか？」

「残念ながら。ですが、諦めの悪さだけは、リムル様とヴェルドラ様から徹底的にしごかれていますのでご安心を」

打つ手なしの絶望的状況であるにもかかわらず、戦いはこれからだとカリスが嗤う。それを見て、トレイニーも微笑んだ。

「付き合いますわよ。ラミリス様の迷宮内で、不埒者《ふらちもの》共の好きにはさせませんもの！」

ダメージは多いが、気力は十分。その心は折れる気配もなく、そう悟ったザラリオをウンザリさせる。

「やれやれ、この状況がわからぬほどの愚か者には見えないですが、最後までみっともなく生にしがみつくつもりでしょうか？　どうせ生き返れると考えているのなら、それは大きな勘違いですよ？」

ザラリオの計算ではもう間もなく、ディーノがラミリスを迷宮外へと連れ出す頃合いであった。

ラミリスの迷宮における〝不死性〟は、ラミリスが迷宮内にいるからこそ成立している。もっと厳密に言えば、ラミリスが迷宮から出ただけならば大丈夫だが、迷宮から出て意識を失った時点で、全ての記録が初期化《リセット》されてしまうのである。

つまりは、ディーノの任務が達成された時点で、ラミリスの従者達は〝不死〟ではなくなるのだ。ザラリオはそれを知っていたからこそ、殺さぬように手加減しつつ、カリスやトレイニーにダメージを蓄積させていたのだった。

「君達の戦いぶりを称賛し、望むならば苦痛のないように、誇り高き死を与えてやれますが？」

それが、ザラリオなりの強者に対する慈悲であった。

だが無論、カリス達の返答は拒絶である。

「フフフ、もう勝った気でいるとは、愚かな」

「同感ね。戦いとは、最後まで何が起きるかわからないもの。勝利を諦めなければ負けにはならないのに、そんな事も知らないのかしら？」

その負けず嫌いな発言は、ザラリオを苛立たせるに十分であった。苛立ったからといって冷静さを失うような事はないが、煽られて面白くないのも事実なのだ。

「不快だな。せっかくの慈悲だったのですが」

「慈悲、ですか。そんな余裕を見せて敗北する者の、なんと多い事か。知っていますか、そういうのを〝フラグ〟というのですよ」

カリスは思い出す。ヴェルドラと議論した、〝してはいけない発言リスト〟を。絶対にダメなのがいくつかあるが、〝勝利寸前での余裕見せ〟は論外なのだ。

殺《や》ると決めたら、有無を言わさずに実行に移さなければならないのである。そうしなければ、相手に付け込む隙を与えてしまうのだ。

「馬鹿な、この状況では奇跡など――」

「起きますわよ。だって、リムル様は何度も奇跡を起こしておりますもの。そうした事例に配下の皆様も慣れ切っておりますので、真似する方が多いのですわ。今も、ほら！」

そもそもこの迷宮内においては、時間稼ぎをしているだけで状況が好転する場合が多い。

それは今回も例外ではなく――

「その通り。我が神の友にして協力者であるラミリス様を狙うというのなら、この〝冥霊王《ゲヘナロード》〟アダルマンが相手です！」

また一人、戦士の目覚めを許してしまったのだ。

一人増えたから何だというのか――と、ザラリオは思った。

それよりも気になるのは、ディーノからの連絡が遅れている事である。

（遅い。ディーノのサボり癖は知っているが、さっさとしないから私の面倒が増えるではないか）

思い通りにならない展開も合わさって、ザラリオの不満は溜まっていた。

そして更に、ザラリオの正面に騎士風の男が立つ。

「たった一人を相手に大勢で挑むのは気が咎めますが、今の私は聖堂騎士《パラディン》ではない。名誉よりも実利が大事なので、御容赦願いたい」

そう告げたのはアルベルトだ。

リムルより賜った神話級《ゴッズ》の武具一式を装備し、アダルマンの覚醒に伴い祝福《ギフト》まで得た事で、〝冥霊聖騎士《ゲヘナ・パラディン》〟へと進化していた。

輝ける武具の正式な主として、アルベルトはザラリオに剣を向けるのだ。

「まだこんな男が……」

ザラリオの目から見ても、アルベルトの覇気は凄まじいものであった。その仕草には剣豪の風格がにじみ出ており、その手にある神話級《ゴッズ》の刃なら、ザラリオを傷付ける可能性を秘めていた。無視出来ぬ存在だと、一目で見抜いたのである。

「私もいますわ」

その声の主は、進化の眠りから目覚め冥霊竜王《ゲヘナ・ドラゴン》へと至った、〝冥獄竜王《めいごくりゅうおう》〟ウェンティであった。

どこで覚えたのか、ウェンティは優雅に一礼してみせる。

ザラリオは能面のような表情となり、自身の不利を理解した。

この面子が相手でも、勝てるか勝てないかで言えば、勝てるだろう。しかし、それだけでは意味がないのだ。ディーノがラミリスを何とかしない限り、ザラリオに勝利はないのである。

（ここで本気を出しても、手の内を晒すだけ損というものか。しかしそれでは、この者共の相手をするのは厳しいな）

ザラリオはそう判断する。

カリスとトレイニーだけなら、手加減しつつも対処出来た。しかし、覚醒魔王級の強者が三名も追加されてしまうと、流石のザラリオでも分が悪い。

だが、ここでザラリオが陽動を務めなければ、フェルドウェイの作戦が失敗してしまう。作戦遂行率百パーセントを誇るザラリオからすれば、そんな事態は認められなかった。

（仕方ない。どうせ皆殺しにするのだし、私の本気を見せてあげようか）

と、ザラリオが覚悟を決めようとした時。

「そうそう、貴方にとっても興味深いであろう話を、私が教えて差し上げましょう。私の守護領域は七十階層なのですがね、どうしてそこにいた侵入者を無視したと思います？」

「何？」

「答えを焦らしても仕方ないので、簡潔にお話ししますとも。それはね、私が出る幕がなかったからです」

「……何が言いたいのだ？」

聖者のローブを身に纏う骸骨――アダルマンが、邪

悪な笑みを浮かべて嗤う。それを不快に思いつつ、ザラリオが問い返した。

（待てよ？　出る幕がない、だと？　つまり、侵攻中のはずのコルヌに何かあったという事か？）

　答えを聞くまでもなく、ザラリオは真実に辿り着く。

　もっとも、アダルマンの狙いはザラリオの動揺を誘う事なので、その口からも真実が告げられるのだ。

「愚かな侵入者は、ヴェルグリンド様によって排除されました。だから私は安心して、こちらに出向いたという訳です」

「……」

　その言葉を疑うほど、ザラリオは愚かではなかった。

　コルヌの敗北は確定したものとして、ザラリオは最重要目的の成否について探りを入れる事にした。

「フフフ、なるほど。ヴェルグリンドが相手では、コルヌでは歯が立つまい。色々とおかしな事態になっているようだが、それも措《お》いておくとしましょう。それで、なけなしの戦力の全てを私に差し向けた訳ですか？」

　ヴェルグリンドがこちらに来ない理由だが、マサユキが原因だろうと推測出来た。やはりマサユキは、ルドラの〝魂〟を継承する者だったのだろう、と。

　帝国情報局が得た情報を精査したフェルドウェイが、万が一の可能性を排除する為にマサユキ抹殺を指示していた。しかしそれは真実であり、ヴェルグリンドがそれを察してしまったのだ。

（コルヌも不運なヤツよ。当初の予定通り私と役割を交代しなければ、こんな結果にはならなかったものを。だが、ヴェルグリンドは無視して構わない。ミカエル様さえいれば、あの者の支配は簡単だからな。今は、それよりも——）

　重要なのは、ディーノの動向なのだ。

「余裕だな。なるほど、お前はヴェルグリンド様の相手が出来るほど強かった、という事か。認めたくはないが、我等は相当舐められていたようだな」

「それはそれは、私達が全員で挑んでも負けてしまう可能性が高そうです」

　カリスも目端が利くが、アダルマンも知恵が回る。

二人はザラリオの態度から、底知れぬ実力を隠し持っているのだろうと悟ったのだ。だがそれでも、有利なのはアダルマン達だった。

その根拠をアダルマンが語る。

「その問いの目的は察しております。貴方、本当の目的はラミリス様なのでしょう？　我等は常に、最優先してラミリス様の安全を確保するように命令されているのですよ」

目覚めた時点でアダルマンは、真っ先にラミリスの安全を確認していた。

当然である。ラミリスさえ無事ならば、他はどうとでもなるからだ。

それに何より、それこそがリムルからの至上命令なのである。

アダルマン達は階層守護者《ガーディアン》であり、その目的は迷宮の守護。つまりは、ラミリスの安全を守る事なのだった。

「それで、ラミリス様は御無事なんでしょうね？」

「勿論ですよ、トレイニー殿。ゼギオン殿が向かったので、何人《なんぴと》であろうともラミリス様には手出し出来ないでしょう」

「そうでしたか、それならば安心ですわね」

トレイニーが微笑んだ。他の者達も同様で、各々が安堵の表情を浮かべている。

これで安心して、ザラリオに集中出来るというものなのだ。

そして、当のザラリオは。

またも出たゼギオンの名に、ディーノの失敗を予感していた。

(ゼギオンとは確か、空間歪曲防御領域《ディストーションフィールド》を操れる者だったな。ディーノが本気を出せば……いや、あの男には期待出来そうもない。この任務にも乗り気ではなかったようだし、今頃はとっくに……)

ザラリオはかなり正確に、現状を察したのだった。

そのタイミングで、ディーノから『思念伝達』が届く。

『おい、ザラリオ、聞こえてるよな。作戦は失敗だ。ヴェルグリンドの参戦で、コルヌがしくじったらしい。

俺の方も厄介な野郎が出て来たから、今から撤退する。迷宮が閉じる前に、お前も逃げ出せよ。じゃーな！』

ザラリオが思わずフフッと笑ってしまうほど、それは一方的な内容だった。

ディーノらしいと思いつつ、ザラリオも撤退を決める。ここでの勝利が無意味な以上、無駄な行為は避けるべきだからだ。

「私はね、こんな屈辱を味わったのは初めてなのだ。吹けば飛ぶような有象無象を相手に、撤退せねばならぬとはね。次はないぞ。それだけは覚えておくがいい」

淡々と負け惜しみを告げてから、ザラリオは配下を連れてその場から『転移』したのである。

残された者達には勝利の余韻はなく、迷宮を守り抜いたという安堵感で満たされていたのだった。

＊

迷宮から脅威が去った。

ゼギオンは、自らの権能である『幻想世界』を解除した。そしてベレッタに視線を向けると、丁度ラミリスを長椅子へと寝かせ終えたところであった。

「ディーノ殿には逃げられましたか？」

「そのようだな」

「フフッ、御謙遜を。ディーノ殿はラミリス様の慈悲によって、見逃されただけでしょうに」

ベレッタの言う通りであった。

ディーノが〝復活の腕輪〟を着けている事にゼギオンは気付いていた。

気付いた上で、敢えて見逃したのである。

それは一つの実験であった。

――〝ラミリスに対し敵対意志を持つ者に対しても、ラミリスの加護が発動するのかどうか〟――

結果は御覧の通り。

ディーノが賭けに勝ち、生き延びた。

ゼギオンにとっては、どちらに転んでも同じこと。この実験結果を得るのはついでであり、ラミリスを守り抜いた時点で勝利条件は満たされているのだ。

「ラミリス様がそう願うのならば、オレに否はない」

ベレッタも頷く。

敵の迎撃に成功したのなら、無益な殺生は不要なのだ。

もっとも、寛大なる主の慈悲の心に気付かぬようなら、次はないのだが。

ゼギオンは、ディーノの反応次第では追撃するつもりであった。逃げる気配がなければ潰すつもりだったのだが、どうやらその必要はなさそうである。

逃げたディーノは仲間を説得し、撤退を主張していた。仲間二人もそれを受け入れ、この地より去って行ったのである。

「それで、ザラリオとやらは?」

「アダルマン殿が向かった。もう気配も消えたから、諦めて逃亡したようだな」

現時点でアダルマン達も復活して参戦したので、残る敵も撤退を決めた様子である。

「それは重畳《ちょうじょう》」

「うむ。ラミリス様がいなければ、敗北したのは我等であっただろう」

「確かに。仮に勝利したとしても、犠牲者が出ていたでしょう。それはワレ等にとって、敗北に等しい」

「その通りだ」

ゼギオンとベレッタは頷き合う。

もっと厳重になるように警戒態勢を見直そうと、二人は同時に思案するのだった。

それはともかく。

これにて、迷宮の安全は確保された。

ゼギオンはラミリスの無事をもう一度確認すると、自分の支配領域へと戻るのだった。

第二章

個人面談

Regarding Reincarnated to Slime

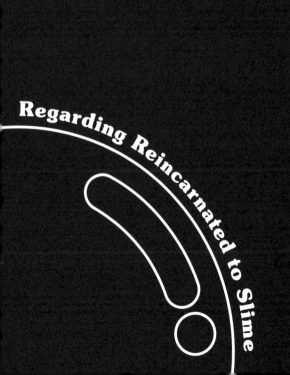

とまあ、アタシもピンチだったのよさ——と、俺はラミリス達からの報告を聞き終えた。

思っていた以上の大事件だった。

「それで、クロエは問題ありません。今は念の為、医務室にて安静にしております」

「それは大丈夫なのか？　子供の姿に戻るなり、意識も戻っていますよ」


シュナからそう教えられて、俺は安堵した。

最初から犠牲者はゼロと報告を受けていたのだが、それでも直接自分で確かめるまでは安心出来ない。今日はもう寝ているだろうし、明日にでもお見舞いに行くとしよう。

それにしても……。

今回の敵は厄介だな。

侵入者と見せかけた陽動が、ラミリスから護衛を引きはがす。

その機を狙った、ディーノの裏切りである。

ディーノの力はベレッタを上回っていた。ベレッタとアピトの二人でもディーノを止められず、もう少しでラミリスに手をかけられる寸前だったらしい。

まあ結局は、ゼギオンが間に合ったお陰でラミリスも無事にすんだのだが、一歩間違えば大惨事になっていた。

ゼギオンの目覚めが遅れていたらと思うとゾッとする。本当に間に合って良かったと、俺は胸をなでおろしたのだった。

それにしても、ヴェルグリンドさんが戻って来ていたというのは驚きだった。

今はマサユキや帝国の指揮官達と、今後の方針を相談中との事。後ほど会って話す必要があるが、向こうとしても考えをまとめておきたいのだろう。

　というか、ヴェルグリンドさんが守ったという事は、やっぱりマサユキがそうだったんだね。色々と腑に落ちたけど、疑問も増えた感じである。

　とまあ、それはおいおい考えるとして。

　俺は説明してくれた者達を、順に見回した。

「ラミリス、本当に無事で良かったな！」

「まったくなのよさ。まあ？　ディーノもアタシをどうこうしようとはしてなかったみたいだけど、アタシが迷宮から出たら色々とヤバイわけ。まあ？　アタシが本気を出せば、あんなヤツ、けちょんけちょんだったんだけどね！」

　ラミリスは相変わらずだった。

　ぷりぷりお怒りだけど、安全になった途端に威勢がいいのはご愛嬌である。

　俺が戻った時はまだ幸せそうに寝ていたのだが、その際も寝言で「むにゃむにゃ……ディーノめ、アタシの四十八の必殺技を、全部試してやるんだから……」などとほざいていた。

　夢の中では強気だなと思ったものだが、本人が目の前にいないところでも強気だね。

「ラミリス様の四十八の必殺技が火を噴かなかった事、ディーノも感謝すべきですわ!!」

　ラミリスの面倒を見ていたトレイニーさんが、すかさずヨイショした。

「まあね、やっぱりね！」

と、ラミリスも嬉しそうに頷いている。

　そういう事をするから、ラミリスが調子に乗るのだ。ほどほどにしてねと、俺は内心で思ったのだった。

「申し訳御座いません、リムル様。私の監督不行き届きです。まさか、ディーノ君が裏切るとは……」

　そう項垂《うなだ》れるのはベスターだ。

　何より早く俺に謝罪する為に、この場に顔を出していたようである。責任感が強いベスターらしく、今回の件でかなりへこんでいる様子。

　だから俺は、ベスターに安心するよう笑いかけた。

「いやいや、気にし過ぎだって。だってディーノって、最初から怪しかったじゃん」

俺がそう言うと、ラミリスとトレイニー、それにベレッタまでもが頷いている。

「あの男も魔王だからね。アタシは最初っから疑っていたのよさ」

「ここまで大胆な事をするとは思いませんでしたが、何が起きても対処出来るよう、常に監視の目は向けておりましたわ」

「一応、思っていた以上の真面目な仕事ぶりでしたので、ワレは逆に驚いたほどです」

もっと信じてあげようよと思うほど、散々な評価だった。

だが、それは仕方のない話なのだ。

そもそもディーノって、ギィに言われてやって来たのだ。ディーノ本人でさえ、自分はスパイだというのを隠す素振りもなかった。警戒するのは当然だったのだ。

だが、俺が思うに——

「そう嘆かなくてもいいさ、ベスターさん。ディーノだって、本心から俺達を裏切った訳じゃないと思うよ」

それが俺の本音だった。

ディーノの裏切りは予想通りだったが、最初から自分を監視させるように仕向けていたフシがある。

多分ディーノは、いつかこうなると思っていたのではあるまいか。俺にはそう思えてならないのだ。

「アイツ、不器用だもんね。それならせめて、アタシにくらい相談してくれても良かったのに……」

「ま、せっかく仲良くなったんだから、そう信じてあげたいじゃないか。それに、ディーノにも何か事情があったのかも知れないしさ」

俺がそう言うと、ベスターも納得したようだ。

「そうですね、彼を信じる事にしましょう。私だって道を誤っていたが、ガゼル王やリムル様のお陰で本道に戻れました。誰かが寄り添ってくれたなら、それだけで心強いものですから」

迷いが吹っ切れたのか、ベスターは少し表情が緩んでいた。

良かったなと思いつつ、俺もディーノを信じたいと願うのだ。

確信が持てるまで大きな声では言えないが、もう一つ思い当たる事があった。

それは、ディーノが天使系の究極能力《アルティメットスキル》を保有していた可能性である。

戦闘中にユニークスキルが究極能力《アルティメットスキル》へと進化したとの事だが、そんな都合のいい話などそうそうない。あるとすれば、それを可能とする手段を持ち合わせていた場合であろう。

《まったくです。戦闘中に進化するなど、普通はあり得ません》

俺に同意するのは、シエルさん。

心の友にして、相棒。俺が一番頼りにしている存在である。

ヴェルグリンドとの戦いで高揚していた俺は、その時のテンションのままに智慧之王《ラファエル》さんに名付けを行った。

その結果として、〝シエル〟という知性体——神智核《マナス》が誕生したのだ。

ただ思考するだけの存在——などという生易しいものではない。〝クロノア〟もそうだったが、主とは別の演算装置としての役割も果たすのである。

俺の〝魂〟の中に存在する、もう一つの心核《ココロ》とでも考えよう。

自我があるのは間違いなくて、今までよりも反応が人間らしいのだ。

だからだろうか？

シエルさんがそう言った途端、急に説得力がなくなった気がする。

シエルさんだってやらかしまくってるのに、何を今更という感じだよね。

だいたいさ、そんな事を言っているシエルさんだって、進化せずに智慧之王《ラファエル》のままだったらヤバかったんじゃないの？

今思えば、ルドラ——というかミカエルかな？

——と対峙した時から調子が悪そうだったけど、あれは〝天使長の支配《アルティメットドミニオン》〟の影響を受けていたからだろうし。

《……》

都合が悪いと黙るクセはそのままだな。

つまりは、シエルになっていなければ敗北していた可能性が高いという事だ。

今更ながら、紙一重だったのだとわかってゾッとした。

《仮定の話なので、無意味な考察ですね》

オイオイ、負けず嫌いなのは俺以上だな。

強引に結論を出して、話を打ち切りやがった。

でもまあ、俺達が例外なのは確かだ。

ディーノに話を戻すけど、やっぱり何らかの力を隠し持っていたと考えるのが妥当だろう。

《恐らくは、偽装のつもりだったのでしょう。ですが、その不自然さから他の権能も所有していると確信が持てます》

ふむふむ。

シエルさんがそう言うのなら、間違いなさそうだ。

ディーノも天使系の究極能力《アルティメットスキル》を保有していたせいで、ミカエルの〝天使長の支配《アルティメットドミニオン》〟によって操られてしまったのだろう。

俺とディーノは〝魂の回廊〟で繋がっていないから、直ぐに解除してやる事は出来ないが、本人と対決する事があれば可能性はある。

まあ、ディーノ本人の意思で裏切った可能性も残っているので、油断は禁物なのだが、問答無用で敵視するのは止めておく事にしたのだった。

と、それで終われば良かったのだが、落ち込んでいる者がもう一名。

「申し訳御座いません、リムル様。ラミリス様を危険に晒してしまいました……」

ベレッタが俺の前まで出て跪《ひざまず》き、頭を垂れて謝罪した。

「ちょっと、ベレッタちゃん！　アンタはよくやってくれたのよさ！」

ラミリスの言う通りだと俺も思う。

格上のディーノ相手に、ベレッタの働きは見事だった。落ち度どころかむしろ、時間を稼いでくれた事を褒めたい所存である。

ベレッタの性格からして、自分が敗北した事に責任を感じているのではないかと心配していたのだが、案の定であった。

ベスターもそうだが、真面目過ぎるのも考え物なのだ。

「いや、訓練通り時間稼ぎに成功したんだし、素晴らしい働きだよ！」

「しかし、ワレはラミリス様より、迷宮統括者《ダンジョンマスター》という守りの要の役職を預かっております。そしてリムル様からは、ラミリス様の守護を任ぜられておりました。それなのに、この体たらく……」

ベレッタが俺の言葉に納得せず、なおも言い募《つの》る。

余程悔しかったのだろうけど、ベレッタの行動は適切だった。ディーノを相手に、勝てるか勝てないか見極めた上で、ちゃんと自分の役割を全うしたのだから。

ここで判断を誤って、勝てもしないのに無謀な突撃をしたりしていれば、ラミリスは今頃連れ去られていたに違いない。そうなると、どんな被害が出ていたのか想像もしたくなかった。

「だからな、ベレッタ。お前はもっと自分を誇ってもいいんだぞ」

俺が素晴らしい働きだったと褒めた事で、ベレッタもようやく落ち着いたのだった。

結果的に見れば、敵の戦略を挫《くじ》いた。

つまりベレッタ達は、十分な戦果を上げているのである。

「そういう事であれば……」

落ち着きはしたが、まだ納得がいかない様子。

「まだ悩んでいるのか。よし、それじゃあ後で相談に乗ってやるから、俺の部屋まで来るように」

「――――ッ!!　ハハッ、ありがとうございます！」

ラミリスが無事だったのだから、何も問題はないのである。それなのにベレッタときたら、気にし過ぎというものだった。

ともかく、ベレッタとは後でゆっくり話し合う事にしたので、その場はそれで収まったのだ。

＊

ラミリスやベスターからの報告が終わったので、次はゲルドやアダルマンと向き合った。

「ゲルド、よく町を守ってくれた！　感謝するよ」

「勿体なきお言葉なれど、オレとてこの町を愛しているのです。自分達の仕事の成果を、そう簡単に壊されてなるものですか。オレの仲間達も同じ気持ちです。今後もより精進し、リムル様に心配をかけぬよう努力する所存です！」

「頼もしいが、無理はしないようにな」

ゲルドは今でも働き過ぎな感じである。

これ以上努力されると、他の者がサボッているように見えかねない。ゲルドの部下達も心休まらないだろうし、上司にも適度な息抜きが必要なのだ。

ゲルドに無茶をしないように釘を刺してから、今回の報告を受けた。

敵はどうやら、ディーノと親しかったらしい。

女性が二人で、ピコとガラシャという名前だったのだと。

そしてその正体なのだが——ラミリスからも確認したが、〝始原の七天使〟とかいうヴェルダナーヴァの部下だったようだ。

元は熾天使《セラフィム》という最上位にして最強の天使で、この世界の安定に努めた存在なのだと。

ディーノもどうやらその内の一柱《ヒトリ》だったらしいのだが、五十階層や七十階層に出現した敵とは別勢力なのではないかと推測された。

「その〝始原〟達だけど、異界に封じた手の付けられないような強大な魔物を監視して異界を管理するって役目があったハズなの。でもでも、ディーノの話しぶりだと、三名が地上に残ってたみたいなのよさ」

その三名というのが、ピコとガラシャにディーノなのだろう。

熾天使《セラフィム》から堕天族《フォールン》となって、地上で暮らしてたみたいだね。

その目的は監視任務だったらしいが、誰かから命令されてたのか本人の意思なのか、それすらも不明。ともかく、得られた情報の断片から、その思惑を推測するしかなさそうだ。

「強さは相当でした。オレも進化していなければ、抗うのは不可能だったでしょう」

ゲルドがそう言うのだから、相当ヤバイな。

ピコの方はクマラが相手したらしいが、こちらも白熱した戦いだったとの事。それなのに、敵方は迷宮への干渉も行っていたというのだから、本気ではなかったのだと推測された。

「なるほど、厄介だな」

「はい」

出来れば敵対したくなかったが、今更だな。

ディーノが操られている可能性に賭けて、対策を考えるとしよう。

で、もう一方の勢力だが。

「それで、ザラリオというのは？」

アダルマンからの報告を聞く。

「恐るべき強敵でした。私が出向くまで、カリス殿とトレイニー殿が相手をしておったのですが、まるで相手にならなかったとの事です」

こちらの方がヤバかった。

迷宮内での戦闘記録《アーカイブ》も参照したのだが、どう見ても堕天族《フォールン》とは別種族だ。

〝三妖帥《さんようすい》〟と名乗ったそうだし、妖魔王の配下だという。

つまり、あの偉そうな妖魔王フェルドウェイが、かつては〝始原の七天使〟の筆頭だったのだ。

一緒に異界に出向いた三名の〝始原〟が、今ではフェルドウェイの配下として、〝三妖帥《さんようすい》〟を名乗っている訳だな。

異界に出向いている内に、ヴェルダナーヴァがいなくなり、ヤツ等はこちらに戻れなくなっていたのだ。

そしていつしか変質し、妖魔族《ファントム》になったのだろう。

完全に理解した。

やはりディーノ達とは別口で、昔のよしみとかそんなので、今回は協力する流れになったに違いない。

というのが、俺の希望的観測も含めた推論だった。

《私も同感です》

おお、心強い。

シエルさんの同意があるのだから、ほぼ間違いないな。

「ともかく、妖魔王とその一味は敵だ。今後はそのつもりで、皆も警戒してくれ！」

俺はそう告げてから、今度は俺が知り得る限りの事を皆に伝えた。

主に、ミカエルと妖魔王フェルドウェイについて。

特に大事なのがミカエルの権能についてだったので、そこも隠さずに話している。

「じゃ、じゃあ！　ディーノのヤツももしかして⁉　だからリムルってば、アイツの事を信じてやろうとか言ったのね？」

気付いたか。

俺としては、確信が持てるまでは指摘しないつもりだったのだが。

「ぬか喜びにならなきゃいいが、操られてる可能性はある。だからさラミリス、もしもそうだった場合は、アイツの事を許してやろうぜ」

「うん、そうだね。そうだといいね！」

ラミリスはそう言って、嬉しそうに笑った。さっきまでより元気になったみたいだし、これで良かったのだと思う事にしておこう。

後は、ディーノが本当に操られている事を願うばかりであった。

＊

そんなこんなで情報交換をしつつ、宴は盛り上がっていく。

リグルドは皆の無事を喜び、号泣し。リグルはミョルマイルから予算をもぎ取り、宴の肴が尽きぬように手配してくれている。

当のミョルマイルも参戦し、隠し芸を披露してくれていた。

よく出来た部下達で、俺も嬉しい。

大きな報告を終えた事で、多少は気も緩むというもの。俺達は大いに楽しんでいた。

「〝三妖帥《さんようすい》〟だか何だか知りませんが、俺が蹴散らしてやりますよ！」

頼もしいな、ベニマル。

いや実際、出陣前と比べても見違えるようだが、何があったんだろうね。

「グワハハハハ！　我輩もおりますれば、次の戦も勝利間違いなしでありますぞ！」

ガビルも豪語しているが、その資格は十分にある。

今回の戦は大活躍だったみたいだし、ベニマルと同じく、何故か力が増しているからだ。

「ヒュー！　ガビル様、恰好良い!!」

「然り」

「アンタ、ますます男を上げたな。オレも一生付いていくぜ」

等々、ガビルの部下達も大はしゃぎだ。

「兄上、調子に乗るのもほどほどに。今回、死にかけていたではありませんか！　貴方達も、ここぞとばかりに無駄に褒めちぎるから、兄上が調子に乗るのです!!」

ソーカはお怒りだが、今日くらいは許してあげて欲しい。とは言え、心配させたガビルも悪いので、俺が口を挟むのは止めておいた。

これは断じて逃げではない。

それだけはハッキリしているのだ。

それよりも問題なのは、俺の隣で威張り散らしているオッサンだ。

「クアハハハ！　カリスよ、コテンパンに負けたらしいな。修行が足らぬぞ、修行が！」

「面目次第も御座いません」

「クアハハハ！　言い訳無用！　男らしく、潔く負けを認めるがいい！」

認めてたじゃん。

というかヴェルドラだって、ヴェルグリンドに負けてたじゃん。

他人の事を笑えないよね？

「お前も負けてただろ？」

「はあっ!? な、何を言っておるのだリムルよ！ わ、我は負けてないし。調子が悪かっただけだし！」

言い訳までしてんじゃん。

カリスに説教かましてたけど、自分は全然ダメじゃん。

「し、師匠はほら、相手が卑怯にも横やりを入れてきたりしてさ、仕方ない感じだったからね！ ノーカンなのよさ!!」

「そ、そうだとも。とても良い事を言ったぞ、ラミリスよ！ そう、我は負けてないのだ！」

ヴェルグリンドさんが近くにいる事、忘れてないよね？ と、指摘してやろうかと思ったほどの、醜い言い訳っぷりだった。


そもそも、ヴェルドラが負けなければ、俺は心配しなくても済んだんだよ。それなのに……。

「カリス君。ヴェルドラが嫌になっても、見捨てないであげてね」

「ははは、御安心を。私の主君は、今ではヴェルドラ様のみ。今後はもっと認めてもらえるように、精進する所存です」

真面目だ。

ヴェルドラには勿体ないくらいの、ゲルドを彷彿《ほうふつ》とさせるような真面目君だった。

カリスがヴェルドラの従者になってくれて良かったと、俺はそう思ったのである。

という具合に、宴は続く。

酒も振る舞われた。

油断し過ぎかとも思ったのは俺だけで、幹部ならば酒の中和くらい何でもないそうだ。

それなら飲む意味がない気もするが、それはそれ。酔った気分が楽しめるので、話も弾むらしい。

それについては俺も同感なので、細かい事を言う気はないのだ。

「ささ、リムル様、どうぞお注ぎします！」

「待ちなさいディアブロ、次は私の番でしょう！」

俺の後ろでディアブロとシオンがいがみ合っているが、この二人は仲がいいのか悪いのか、サッパリ理解不能である。

変なところで競い合うんだよな……。

「まあまあ、つまんない事で喧嘩しないで、お前達も飲めって」

「クフフフフ。それでは遠慮なく」

「私は騙されませんよ！　飲んでしまうと寝てしまうので、今日はリムル様のお世話を優先致します！」

ディアブロはワイン派か。

俺はワインの味なんてわからないけど、確かにディアブロには似合ってるな。

そして、シオン。

寝るというよりも、酒癖が超悪い。

飲んだら意識を失くしてしまい、他人に絡んだり暴れたりするので、シュナの監視の目が厳しいのだ。本人が覚えていないだけに、余計に質《たち》が悪いのである。

だから俺が勧めたのはブドウジュースだったりするのだが、本人が自制するというのなら黙っておこう。

と、よく見るとこの二人も強くなってるな。

気が付けば、幹部連中は全員、何かしらの成長を遂げている。覚醒しただけではなく、その後に何かあったような……。

《私を疑うのは止めて下さい》

あ、ゴメン。

そうか、そうだよな。

他人の進化を手伝うのは、流石《さすが》のシエルさんでも無理だよね。

《ちょっと手を貸しただけです》

貸したんかい!!

これは詳しく問い詰めたいが、今は宴の最中だ。

今出来る事だが明日でも出来るので、この瞬間を全力で楽しもう。

そう考えた俺は、明日の自分に問題を全て丸投げして、宴の時間を心から楽しんだのだった。

＊

翌日、幹部達は全員お休みにした。

事務方のリグルド達には悪いが、都市機能の状態確認と、住民への説明をお願いしてある。

迷宮から地上に戻された都市部だが、配管関係などに不具合が起きていないか確かめる必要があった。

そうした安全確認が終わり次第、避難していた住民に帰宅許可を出す手筈である。大きな戦の後だから、事務方にもゆっくり休んでもらいたいとは思うのだが、皆の暮らしも大事なのだ。

こうして考えると、政治家ってまさに国民の奴隷だよね、と思えてならない。

平時は平時で問題が多いし、緊急事態が発生すれば休日どころではなくなる。テスタロッサ達が行政を手伝ってくれるようになり、多少は楽になったのだが、まだまだ人材確保に励まねばなるまい。

俺？

俺は素人なので、資料を読んで許可を出すのがお仕事だ。

ちょっとでも無理筋だと思えば却下するか、要再考として担当部署に戻す感じだね。

当然だが、詳しい説明をシエルさんが行ってくれるから成り立っているようなもの。俺だけだったら、とっくに破綻《はたん》していただろう。

ともかく、宴会の翌日ではあったが、俺も頑張って書類の確認作業をしなければならない。リグルド達が忙しく駆け回っているので、安穏としているよりも気が休まるというものだった。

だが、その前に。

俺は仕事に取りかかる前に、クロエの御見舞いに行く事にした。

医務室に入るなり、クロエと目が合った。

「リムル先生——さん！」

「ふふ、無理して大人ぶった言い方をしなくてもいいぞ。俺からすれば、クロエはクロエだし」

「もう！　見た目はこんなだけど、私はとっくに大人です。むしろ、リムルさんよりも年上なんだから」

そう言われてもねえ。

やっぱり、見た目って大事だから。

俺だって、見ず知らずの他人から見たら美少女に見えるらしいし、それがコンプレックスになっていたりするし。

何にせよ、迂闊な発言は地雷を踏みかねないと、心しておくのが大事なのである。

顔を真っ赤にしてプリプリしているクロエに、無事で良かったと心から告げる。すると、枕で顔を隠してしまった。

「もう！　そういうの反則だよ、リムルさん！」

えっと？

これはどういう意味に解釈すれば……。

《不明です。難解過ぎる質問ですね》

シエルさんにもわからないのなら、俺ではお手上げだ。

だから取り敢えず、「まあまあ」と言って宥めたのだった。

クロエが落ち着くのを待ってから、事情を聞く。

戦いで何が起きたのか、その結末を。

「私自身は何ともないんだけど、クロノアと話せなくなっちゃったの。究極能力《アルティメットスキル》『希望之王《サリエル》』が暴走しそうになって、それを抑え込んでくれているのよ」

やはり、ミカエルの支配が影響していた。

俺の大切な者に手を出すとか、完全に喧嘩を売られた気分である。元から敵認定はしていたが、容赦する必要はなさそうだ。

「どんな具合なんだ？」

「うーん、どうだろう？　今の私じゃ『時空之王《ヨグ・ソトース》』を完全に扱えないし、クロノアとは会話出来ないから、状況が全くわからないの」

どうやら、思った以上に深刻な事態だった。

クロエの戦力は最初から当てにはしていなかったが、それでもどこかで自分の身は自分で守れるだろうとの甘えがあった。

自分の認識に嫌気がさすが、こうなった以上、何よりもクロエの安全が優先される。

《今の私なら〝情報子〟への干渉権限を有しているので、〝神智核《マナス》〟であるクロノアにも影響を及ぼせます。クロエの精神世界に侵入して『能力改変《オルタレーション》』を行えば、ミカエルの影響を取り除けるでしょう》

なるほど、シエルさんなら干渉出来るのだ。

「クロエ、俺がお前のスキルに干渉したら、状況を改善出来ると思うんだが――」

「リムルさん、それはダメ。あの時、クロノアが最後にね、『これ以上あの人に頼ったら、私達は自立出来なくなるわよ。あの人の隣に並ぶ為にも、私達は自力で、この状況を脱さなきゃならないわ』って言ってたのよ。私も同感だから、リムル先生に助けてもらう訳にはいかないのよ」

俺を真っ直ぐに見つめてそう告げるクロエは、幼い容貌でありながらもキリッとしていた。大人になった時の美貌を思い出させるその表情は、俺をドキッとさせるのに十分だった。

いや、俺はロリコンじゃないけどね。

単に、クロエが超絶――あ、駄目だ。

どこかの金髪魔王と同じ発想になりそう。

それは負けだと思うので、俺は慌てて思考を切り替えた。

「わかった。だが、何かあれば言ってくれよ。俺はいつだって相談に乗るから」

そう言って、クロエの頭を撫でる。

クロエは嬉しそうに笑い、小さく「うん」と頷いたのだった。

＊

クロエの御見舞いから戻るなり、ベスターが緊急の案件だと面会を求めてきた。

「用件は何かな？」

「お疲れのところ時間を割いて下さり、ありがとうございます。用件ですが、ガゼル王より連絡が入りました」

「あっ！」

眼鏡をクイッとして、ベスターが告げる。

「はい。お察しの通り、説明せよ、との事です」

やっぱり。

あれだけの大戦だったのに、後片付けも放置して帰って来てしまった。

そりゃあ、怒られますわ。

我が国の領土内だけの問題ならいざ知らず、ドワーフ王国もガッツリ巻き込んじゃってたしな……。

「うん。怒ってた？」

「かなり、不機嫌そうでしたな」

ベスターも汗を拭いている。

そりゃそうだ。

昨晩、一緒になって飲んでたもんな。

少し考えれば、ベスターにも責任があるとわかる。

あの騒ぎでそこまで気が回らなかったのだろうし、責めるのは酷なんだが、ベスターからしたら俺に忠告すべきだったと反省しているのだろう。

まあ、一番悪いのは俺なんだけど。

「後日説明する、と返事しておいてくれ」

「言い訳を考えねばなりませんな」

流石はベスターだ。

その頭の切れ具合、頼もしい限りであった。

どちらにせよ、当方の状況を整理しないと説明どころではない。説明会をいつ行うのか、日程の調整をするのが先決だ。

なので、ガゼル王への対応は、ベスターに一任である。当方の意見を取りまとめた後に、もう一度相談する事にしたのだった。

そして、昼休憩。

難しい問題は記憶の外に投げ捨てて。

好物の唐揚げと、餡かけ焼きそばというメニューに大満足した後、ふと思い出した。

そう言えばシエルさんが、裏で何やらやっていたな、と。

昨晩シエルさんは、幹部達に『ちょっと手を貸した』と言っていた。それがどの程度で、どのような内容なのか、俺としても把握しておく必要があると思うのだ。

だって、シエルさんの『ちょっと』は、全然ちょっとじゃない可能性が高いのである。

《ふう、疑われるのはとても心外ですが……》

と、供述を始めるシエルさん。

俺が睨んだ通り、やはり盛大にやらかしていた事が判明するのである。

まず、最大のやらかしから述べると、それは俺のスキルを勝手に改造していた事だ。

その権能とは、究極能力《アルティメットスキル》『豊穣之王《シュブ・ニグラト》』という。

そう、確かに報告は受けていた。

事後報告だったが、ヴェルグリンドの『能力改変《オルタレーション》』が終わった後で、ヴェルグリンドの『救恤之王《ラグエル》』に統合したのは『誓約之王《ウリエル》』の残滓《ざんし》で、その本質は『豊穣之王《シュブ・ニグラト》』に受け継いだとか言っていた。

あの時の俺は、ヴェルグリンドを優先するあまり、その説明を聞き流していたのだ。

書類に目を通しながら、究極能力《アルティメットスキル》『豊穣之王《シュブ・ニグラト》』についての詳細を聞く。

この権能はまさしく、俺と配下の魔物達の絆の結晶の如くであった。


能力創造…『食物連鎖』や『解析』によって得た情報から、新たな能力《スキル》を創り出す。

能力複製…得た能力の複製《コピー》を作製する。

能力贈与…複製《コピー》した能力《スキル》を、適応する対象者に贈与《ギフト》する。解除も可能とのこと。

能力保存…獲得した能力《スキル》を情報《データ》化し、瞬時に再現する。

とまあ、こんな感じ。

〝魂〟の容量は限られていて、覚えられるスキルの上限には限りがあるらしい。だから〝魂〟ではなく肉体に付随するスキルもあったりするのだが、そうした種類は意思の力が弱いのだそうだ。

俺の場合は究極能力《アルティメットスキル》を四つも保有していたし、さぞや容量が圧迫されていたのだろう。

《いいえ、四つではなく、五つになっておりました》

あ、そうだった。

ヴェルドラと同じ存在となるようにヴェルグリンドを取り込み、解析したんだった。その結果、俺は新たな権能である究極能力《アルティメットスキル》『灼熱之王《ヴェルグリンド》』を獲得していたのだ。

そう考えると確かに、容量オーバーどころの話ではない。シエルさんがヴェルグリンドに『誓約之王《ウリエル》』を譲ったのも、俺が限界だったからか。

《その通りです！　私は止むを得ず、能力の最適化を行わせてもらっただけなのです‼》

ビックリするほど、胡散臭い。

シエルさんは――というか、ユニークスキル『大賢者《だいけんじゃ》』時代からその傾向があったように思うのだが、スキルを集めるのが趣味だったよね？

容量がいっぱいだけど、捨てるのは嫌だ。そんな想いから、無理やり進化したんじゃないの？

《……それはそれとして、説明を続けます》

話を逸らしやがった！

シエルさんになって人間らしさが増しただけでなく、ポンコツ具合まで増した気がする。

いや、大丈夫、大丈夫だろう……。

大丈夫であってくれ——と祈りつつ、俺はシエルさんを信じる事にした。

シエルさんが言うには、無駄に容量を食っていた大量のスキルを解体して情報化し、スッキリと纏《まと》めてしまった。それを司るように創造したのが、この『豊穣之王《シュブ・ニグラト》』なのだそうだ。

そしてこの権能があれば、俺と〝魂の回廊〟で繋がっている魔物達にも影響を及ぼす事が可能であり、具体的に言えば権能を付与可能なのである。

これが如何《いか》にふざけた能力《スキル》なのか、理解して頂けるだろう。

で、シエルさんはこの『豊穣之王《シュブ・ニグラト》』を利用して、ベニマル達の手助けを行ったとの事だった。

これについては個人差があり、本当に手助けだけの場合と、大きく力を貸し与えた場合の二通りがあるらしい。

そのまま放置しておくと敗北していた可能性が濃厚だったとの事であり、俺としても文句は言い辛い感じであった。

というか、寧《むし》ろ——

ありがとうな、と礼を述べた。

《いいえ。私はリムル様《マスター》の望みのままに行動しただけです》

色々と言ったが、とても助かる。

これからも宜しく頼むよと、俺はシエルさんに感謝したのだった。

＊

シエルさんの説明を聞いて、皆に何が起きたのか大体は把握した。

ミカエルや妖魔王という敵がいる以上、俺達も力をつける必要がある。だからと言って、誰にでも最強の力を贈与《ギフト》したりしてはいけない。

過度な力は、我が身をも滅ぼすものなのだ。

その点は、シエルさんを信用している。

魔改造が趣味なのは相変わらずだが、無理な強化はしないと思うから。

使いこなせない者にスキルを与えたりはしていないようだが、ちゃんと確認しておく必要がありそうだ。

などと考えていたら、シエルさんが思い出したように聞いてくる。


《ところで、保留となっていた主様《マスター》の『能力改変《オルタレーション》』ですが、実行しますか？》

忘れてた。

シエルさんがソワソワしている気配がする。

これって、模索を続けて、より凄い改造を思いついちゃったみたいだな。

確か、究極能力《アルティメットスキル》『暴風之王《ヴェルドラ》』と『誓約之王《ウリエル》』を統合する事で、究極能力《アルティメットスキル》『星風之王《ハストゥール》』を生み出せるとか言っていた。

あの後、ヴェルグリンドに『誓約之王《ウリエル》』を譲渡してしまったから、今となっては違う形で改変されるはず。

シエルさんの事だから、弱体化するとは思えない。

そもそも、聞いてはいないし報告も受けていないが、多分『救恤之王《ラグエル》』だって解析済みなんだろう？

《当然です》

だと思ったよ。

そうなると俺は、六つの究極能力《アルティメットスキル》を保有しているに等しいのか。

これに加えて、進化した幹部達からの『食物連鎖』も献上されたのだから、そりゃあシエルさんとしては『豊穣之王《シュブ・ニグラト》』を必要とする訳だ。

数が多くても使いこなせるものでもないし、統合するのは理にかなっている。

俺が思うに、『灼熱之王《ヴェルグリンド》』に『暴食之王《ベルゼビュート》』あたりを統合して何か生み出したりするんじゃないかな。

それに、シエルさんが分離した後の『智慧之王《ラファエル》』がどうなったのかも気になるし。

沢山集まったスキルを最適化したいというのなら、

俺に止める理由はない。

今は戦闘中でもないし、問題はないかな。

よし、それじゃあ任せる——って、あ！

《了解しました！　速やかに実行します‼》

——待って、と言いかけたが、時すでに遅し。

思えば俺は、何度も失敗を繰り返す男なのだ。

いつも後先考えず、後悔している……。

どうしてポロっと許可してしまったのか…………。

どんな恐ろしい改造を施すかの確認もせず、任せたら駄目だったのだ。

だが、既に準備万端だった〝シエル〟のヤツは、俺が止めるのを見越してかサクッと『能力改変《オルタレーション》』を開始してしまった。

鼻歌を歌いながら、《もう中止は不可能です》などと嘯《うそぶ》く始末。

確信を持って言えるが、俺がポロっと許可を出す事も、その後、慌てて止めようとする事も、全て予想の範囲内だったのだろう。

恐るべき速度で応諾し、作業を開始してしまった。

待て！　の状態で、ひたすら待ち続けていましたとばかりに、凄い勢いで…………。

シエルさんは、返事もせずに作業に没頭してしまった。

ああ、またしても吃驚仰天《びっくりぎょうてん》な成果を叩き出すのだろうなと、そんな諦めにも似た気持ちになってしまった。

ともかく、シエルさんがいないのでは書類整理も捗《はかど》らない。

俺は気持ちを切り替えて、他の仕事をする事にしたのである。

＊

シエルさんが作業に熱中している間、幹部達との個人面談を行う事にした。

シオンとディアブロにもそう告げて部屋から追い出

したので、しばらくは俺一人である。

シオンは部下達の安否確認もあったので、文句も言わずに出かけて行った。

ディアブロは面倒だった。護衛が必要だのなんのと言ってかなり粘ったが、最終的には「この面談の結果次第だが、君の〝秘書〟という仕事を解任する事も検討している。テスタロッサなんて、強くて美人だし、適任なんじゃないかな？　やっぱりさ、秘書兼護衛となるには、強くないとダメだと思うんだよね！」と半ば脅すように説得した途端、大慌てで去って行った。

フフフ、元よりそんな気はないのだが、扱いやすい男である。

今頃は必死になって、進化したテスタロッサ達を相手に模擬戦でも始めている事だろう。

ディアブロが負けるとも思えないが、案外良い勝負になりそうだ。負けるのもいい薬になるだろうし、たまには危機感を抱くべきなのだよ。

という訳で、この時間を利用しての面談開始だ。

シュナを呼び、日程の調整を行ってもらう。

そして夕方から、手のすいている者から順番に、俺の部屋を訪問してくれる事となった。

最初は、ベレッタだ。

ゆっくり話そうという約束もあったし、一番目に指名したのだ。

こういう面接って、最初と最後の人が一番緊張するものだが、我が国では一番目が一番栄誉とされているらしい。

俺にはよくわからん感覚だが、そういう事らしいのでベレッタは嬉しそうだった。

「さて、お前の悩みだが、今回の敗北は気にする事はないぞ。というか、敵の目的を阻止したんだから、敗北ではなく勝利だしな」

誰も死んでない時点で大勝利だと言える。

俺は念押しでそう言ったのだが、それでもベレッタは浮かぬ顔だった。

「それは理解しているのです。ただ、負けは負け。ワレ等、黒の眷属にとって、敗北とは堪え難きものなのです」

自分達の勝利なのは認めつつも、ベレッタ自身は敗北したと考えているのか。

カリスといい、ベレッタといい、真面目だな。

俺だったら、大勝利と喧伝するところだぞ。

屁理屈だろうが、自分が納得すれば問題ないからね。

精神的勝利でも大歓迎なのだ。

ちなみに、黒の眷属というのは、悪魔の系譜の事だ。

俺も最近知ったのだが、ベレッタは原初の黒《ノワール》だったディアブロを頂点とする悪魔だったのだと。

確かに、変なところはよく似ていた。

負けず嫌いのところなど、なるほど納得と思わせられる。

そんな訳で、ベレッタの悔しい気持ちも理解出来るのだが……かと言って、こればかりはどうしようもない。

俺の配下には戦勝の褒美として覚醒させたが、あれは〝魔王種〟を得ていて、なお且《か》つ俺と〝魂の回廊〟で繋がっているのが条件だった。

ベレッタはその条件を満たして――
《満たしております》
うわっ、ビックリした!!
自分の作業に熱中していたシエルさんだが、こちらの話も聞き耳を立てていたらしい。
それなら、俺の書類作業を手伝ってくれても――
《丁度ここに、一名だけなら覚醒させるに足る〝魂〟が溜まっております。どう致しますか？》
……またも話を逸らしたよね？
そういうトコは進化しない方が良かったんじゃないの？
《否。そのような事実は確認されておりません》
いやいや、ダウングレードしたフリして誤魔化すのは止めるように。

　けどまあ、そういう事なら。

　どうやら帝国軍との戦闘で、更に〝魂〟を獲得していたようだ。それを用いれば、ベレッタの望みを叶えられるのである。

　ベレッタも頑張ってくれているのに、褒美を与えていなかった。ラミリスの部下になったからと遠慮もあったのだが、ベレッタも俺にとっては大事な仲間なのだ。

　ラミリスを守るという重要任務もある。これからも頼りにしているのだし、感謝の気持ちを込めて、ベレッタの悩みを解消してやるとしよう。

　もっとも、それでも限度はあるのだが、そこから先は自分の努力次第という事で。

「お前が自分の力不足を嘆く気持ちもわかる。ならばこそ、更なる力を授けよう！」

　と言いつつ椅子から立ち上がり、どこの大魔王だ、という感じにポーズを決めて、俺はベレッタに手を翳《かざ》した。

「忘れるなよ、俺に出来るのは手助けだけだ。ここから先は、お前次第なんだからな」

　そう告げて、俺はベレッタに［十万個の魂］を使用して、進化の儀式を執り行った。

　ベレッタに〝名付け〟たのが俺である以上、ベレッタの自力進化への道は閉ざされていた。その責任を取るという意味でも、この儀式は必要だったのかも知れない。

「な、まさか!!」

「ベレッタ、お前もこれで進化するだろう。今後とも、ラミリスを守り抜いてくれ！」

　驚いていたベレッタだが、問題なく進化が完了した。ディアブロの眷属らしく、進化の眠りにつく事はなかった模様。

　ちなみに、その進化状況だが——

名前：ベレッタ［ＥＰ：１９７万８７４３］
種族：上位聖魔霊——聖魔金属生命体《カオスメタロイド》
加護：迷宮の加護

称号：ラミリスの守護者
魔法：〈暗黒魔法〉
能力：究極能力《アルティメットスキル》『機神之王《デウス・エクス・マキナ》』
耐性：物理攻撃無効、状態異常無効、精神攻撃無効、
　自然影響無効、聖魔攻撃耐性

——という具合だった。

ベレッタの身体だが、その材質は究極の金属《ヒヒイロカネ》へと変質している。これは神話級《ゴッズ》に相当するので、ベレッタの存在値が跳ね上がっているのも納得だ。

ちなみにＥＰとは、存在値の事である。

ＥＸＩＳＴＥＮＣＥ《イグジステンス》・ＰＯＩＮＴ《ポイント》であり、エネルギーポイントではない。英語を使っているけど、そこは気にしたら負けなのだ。

元の材質だった生体魔鋼《アダマンタイト》が、ベレッタから漏れ出た膨大な魔素を吸収した結果である。

一番肝心のスキルだが、ユニークスキル『天邪鬼《ウラガエルモノ》』を犠牲にして究極能力《アルティメットスキル》『機神之王《デウス・エクス・マキナ》』を獲得したようだ。これに含まれるのは『思考加速・万能感知・魔王覇気・鉱物支配・地属性操作・反転融合・空間操作・多重結界』となっていた。

《頑張りました！》

あ、お疲れ様でーす。

というか、興味ある事には食いついてくるのね。

俺のスキルも大事だが、自分の趣味は忘れないという事だろうな。

ちゃっかりと能力《スキル》まで弄《いじ》ったみたいだし……。

実にシエルさんらしいな、と思ったものだ。

おっと、それは措《お》いておいて、いやはや凄いなベレッタは。

新しい権能である『鉱物支配』と『地属性操作』の合わせ技で、鉱物を自在に創り出し、操れるようになったらしい。素材は必要だが、迷宮内には魔鋼の保管庫がある。地上でも大地と接しているので、ある程度の鉱物なら調達可能だろう。

自分の身体を究極の金属《ヒヒイロカネ》へと進化させた事で、この

力を身に付けたようだ。

元素を操る能力、といった感じなのかな？

金属ならどんな形状でも、自由自在に変形可能なのだ。硬度も無視して好き放題出来るので、魔法やオーラなどで補強されていない武具など、ベレッタの前にはあってないようなものだった。

それよりも凶悪なのは、ベレッタ自身の身体を自由自在に変形可能な点だろう。

大概の武器が通用しないのは当然として、映画で出て来るような流体金属のしぶといヤツ、あんな感じになれるのである。

スライムのように忍び寄り、相手に絡みついて窒息させたり……考えるだけでも恐ろしい。

普段は球体関節を持つ高級美術品のような人形の姿なのだが、見た目通りの存在ではないので要注意なのだった。

こうしてベレッタは、精神生命体の亜種とも呼べる、恐るべき金属生命体に進化したのである。


俺の思いつきで造った人形が、ここまでの進化を果たすとは感無量だ。ちょっと感慨にふけりながら観察していると、ベレッタが俺の前に跪いた。

「リムル様からの御恩、生涯忘れはしません。この命に代えましても、勅命、守り通して御覧に入れましょう!!」

そして、そう誓ってくれたのである。

無理はするなと言いたいが、ラミリスの危機を前にすればその限りではないだろう。この先も厳しい戦いが待ち受けていると思うが、ベレッタならば俺の期待に応えてくれるに違いない。

ベレッタがラミリスの守護をしてくれるから、俺も安心出来るというものだった。

「宜しく頼む」

と、俺はベレッタに頷きかけた。

ベレッタの悩みは、これにて解決。一仕事終了だ。

俺はベレッタにゆっくりと療養するようにと告げて、自分の持ち場に戻らせたのだった。

＊

次の面談者が来るのを待ちながら、俺は能力《スキル》について考えてみた。

最近の進化祭りや、帝国の強者達との戦いで得た情報から、俺の中で疑問が生じていたのだ。

能力《スキル》とは、この世界での法則の根本にして、〝魂〟に根付く力だ。

修練を繰り返したり、偉大な功績を挙げたりすると、〝世界の言葉〟によって授けられたりもする。

今まで深く考えなかったが、不思議な現象なのだ。

そういうものとして流していたのだが……ここ一連の流れの中で、無視出来ない疑問となっていた。

つまり――

スキルとは、その本質は何なのか？

――という疑惑だ。


俺はこの世界に来た当時から、ユニークスキルを所持していた。

というか、向こうの世界で死ぬ間際から、〝世界の言葉〟が聞こえていたのだ。

スキルがこの世界特有のものではないというのは、その事実からも推測される。

となると、余計に疑問が深まる訳で、ぶっちゃけ、向こうの世界でもスキルが使えるヤツがいるのかどうかとか、気になって仕方ないんだよ。

本来、英雄のみが獲得すると言われる、ユニークスキル。

個有＝ユニークと言うだけあり、その性能は千差万別で、とても強力だ。自らの願望が形となり、望むままの権能を主に与える。

俺の場合は『捕食者《クラウモノ》』と『大賢者《エイチアルモノ》』だが、別に『大賢者《エイチアルモノ》』は望んでいなかったので、これも可笑《おか》しな話だと思うのだ。

《失礼な。私はリムル様に望まれておりました！》

ええ……？

単に俺が童――いや、考えるのは止めだ。

シエルさんがそう言うなら、深層心理では望んでいたのだろう。この話題は危険だし、そういう事にしておこう。

で、話を戻して。

能力《スキル》は〝魂〟に根付くが、そうでない場合もあるということ。

肉体を極めた先に手に入れるスキルなどは、〝魂〟ではなく身体に刻まれる場合もある。魔物から得られるスキルなどは得てしてそれで、喰っただけで獲得出来たものだ。

そうしたスキルは、種族固有スキルという。同じ種類の種族ごとに所持していて、子供にも受け継がれていく継承スキルでもある。

修練で身に付くスキルは、良くてもエクストラレベルくらい。重要なのはその後で、熟練度を高めたり剣技と融合させてオリジナル技を編み出したりする事で、かなり有用となるのである。

実は、魔法もスキルの一種だ。

俺が喰って習得出来た事からも、それは証明されている。

という具合に、スキルといっても色々あるのだが、その中でも重要なのがユニークスキルだ。

ユニークスキルとは、個々人が生み出す個有の権能だ。

当然ながら、それぞれに性能も違う。

似通った系統もあるが、同一のものは存在しないと思われる。時を超えて再現される場合もあるが、それは特殊な例外だろう。

豚頭帝《オークロード》のユニークスキル『飢餓者《ウエルモノ》』などがそれだ。隔世遺伝する種族固有スキルであり、血族にのみ宿るのである。

この『飢餓者《ウエルモノ》』は肉体に刻まれていたので、本来なら他種族の者には扱えないスキルだったと思われる。

俺の場合は直ぐに『捕食者《クラウモノ》』と統合しちゃったから、今まで気にした事もなかっただけなのだ。

シズさんの『変質者《ウツロウモノ》』は、彼女の〝魂〟に由来していたように思う。

あれは、託されたのだ。

だから俺でも使えるようになったのだが、そうでなければ獲得出来なかったのではあるまいか。

なんとなくだけど、〝魂〟に刻まれたスキルの方が強力だと思うんだよね。

ちなみに、ルドラが与えた究極付与《アルティメットエンチャント》『代行権利《オルタナティブ》』は、言うまでもなく肉体に宿っている。〝聖人《せいじん》〟でなければ扱うだけのエネルギーが足りないというのも、自分で生み出した権能ではない為に効率が悪いからだろう。

だからこそ、強力だったがユニークレベルでも対抗出来たんじゃないかな。

ディアブロが究極保持者のジウやバーニィを倒していたが、本来なら有り得ない話なのだ。

ユニークスキルでは究極能力《アルティメットスキル》に通用しないので、究極能力《アルティメットスキル》には究極能力《アルティメットスキル》でしか対抗出来ないのだ。

クロエの『無限牢獄』や『絶対切断』とか、マサユキの『英雄覇道《エラバレシモノ》』などと言った例外はあるものの、ユニークレベルで究極保持者を倒すなど無茶なのだ。

ユニークでさえ、力の強弱に大きな違いがある。それが究極能力《アルティメットスキル》ともなれば、天と地ほどに差が出る訳だ。

究極能力《アルティメットスキル》を獲得した者は、世界の理を知る。故に、世界の法則に由来する魔法より、上位に存在するのである。

これに対抗可能なのは、それこそ神聖系最強の〝霊子崩壊《ディスインテグレーション》〟とか、〝原初〟達が行使するような究極魔法のみだろう。

だから、ディアブロが究極魔法で倒した可能性もあるのだが、そうじゃないような気がするんだよね。

アイツの場合、ゴリ押しだけで何とかしそうなんだよ。それこそ、世に絶対はないという事例なんだろうけど……。

ともかく、状況次第では究極能力《アルティメットスキル》を所有していなくとも、究極保持者に勝利するのも可能だという事になる。

実際、極めた技術《アーツ》ならば通用するし、スキルに頼るよりも聖剣技の方が強い気がする。もっとも、究極の力に対抗するにはやはり、究極の力を獲得するのが最善なのは間違いないのだった。

考えを纏めると、だ。

・スキルには〝魂〟に刻まれる場合と、肉体に宿る場合がある。

今までの経験から考えるに、強い願望や渇望によってユニークスキルが得られるようだ。

それは才能というよりも、適性。どれだけ望もうとも、存在値が足りなければ獲得出来ない。願っただけで獲得出来るような代物ではなく、様々な試練や条件をクリアして初めて、その手に出来るのだ。

人から与えられるよりも、自ら獲得した力の方が強い。

更には、肉体よりも〝魂〟から生じた力の方が、より強力になるようだ。

・同一スキルは存在しない。

同じ名前のスキルでも、その性能や法則は恐らく別物である。

願った形に進化するので、所有者の心の有り様によって千差万別となるのだ。

・ユニークとアルティメットの差は絶対ではない。

獲得したスキルの強弱は、所有者の自我に左右されやすい。より強く効果を発揮するには、強靭な意志が必要となるのだろう。

スキルとは、願うだけで世界の法則に影響を及ぼせる権能だ。そんな根源とも呼べる力を行使する為には、生半可な意思力では不可能なのである。

こうして整理してみると、やはり大事なのは意思の力という事になる。

後は、スキルの性質を見極めて、その正しい使い方を探る事、だな。

俺には智慧之王《ラファエル》さんがついていたので、正しい行使方法を教えてもらえた。しかし普通はそうではないので、自分の願望が生み出したスキルであろうとも、誤った使い方をして活かせない場合もあるのだろう。

《ふふふ、最近の事例では、ディーノが面白い失敗をしておりました》

え？

思わず問い返すと、シエルさんが面白そうに語り始める。

………………

……

…

ディーノの能力《スキル》が戦闘中に進化したのは、先に述べた通りである。ユニークスキルの中でも最上位である大罪系の『怠惰者《スロウス》』が、究極能力《アルティメットスキル》『怠惰之王《ベルフェゴール》』へと至ったのだ。

これは本来、恐るべき力を発揮する権能だったらしい。それなのに、ゼギオンに完膚なきまでに敗北していた。

当然ながら、ゼギオンが圧倒的に強かったのも理由の一つなのだが、もっと根本的な問題として、ディーノが『怠惰之王《ベルフェゴール》』を使いこなせていなかったと言うのだ。

偽装の為のスキルだから、そこまで真面目に理解していなかったのだろうけど……。

ディーノの怠惰な性格が生み出した『怠惰者《スロウス》』――究極能力《アルティメットスキル》『怠惰之王《ベルフェゴール》』は、本人が動けば動くほど弱くなる、という特性があったらしい。なので本来の使い方としては、〝配下や仲間への支援〟となるのだ。

ディーノが溜め込んだ力を、そのまま仲間へと貸し与える権能。そうしてこそ、『怠惰之王《ベルフェゴール》』が真価を発揮するのだそうだ。

………………

……

…

俺達が留守中の出来事だったが、迷宮の戦闘記録《アーカイブ》にはバッチリと残されていた。それを解析するのがシエルさんの趣味なので、俺にもこうして教えてくれるのである。

ギィならば、こんな失敗はしない。

スキルの本質を理解し、正しく使いこなすだろう。

しかし、ディーノのような怠け者は、スキルの表層に惑わされて本質に気付く事はなかったようだ。

というか、ディーノを働かせたのが敵の失敗だったのだ。

もしもディーノが普段通りにサボッていて、あのピコとガラシャという仲間達を働かせていたならば、ゲルドやクマラが大変な事になっていたかも知れない。

そう考えると、運が良かったと思えるね。

俺が仕事を割り振って、ディーノも労働の喜びに目覚めていたからこその、今回の幸運であったと言えるだろう。

働けば働くほど失敗するという評価は最悪なので、もしもディーノと仲直り出来たなら、その時はちゃんと教えてあげるとしよう。


とまあこのように、スキルを正しく理解するのも大変なのだ。

マサユキのように、自分で望まないのに、勝手に発動する例もあるし。

そうしたスキルは制御が難しいので、使いこなすのも一苦労なのだ。

スキルの本質を知り、それを使いこなすのは、自分の心を知る事と同義なのだ。とても難解で、一生かけて向き合う必要があるのだと思う。

つまりは、能力《スキル》を便利な武器か何かと勘違いしているならば、決して本来の性能を引き出す事は出来ないのだ。

《その通りです。私をもっと大切にして、ちゃんと向き合って下さいね》

う、うーん……。

どうもどこかで解釈を間違った気もするが、その事については深く考えるのを止めたのだった。

＊

俺の思考が一段落したタイミングで、コンコンと部屋の扉がノックされた。

シュナに案内されて入って来たのは、ベニマルだ。

「お呼びですか？　個人面談との事ですが、何を聞きたいんです？」

と、俺と向き合ってソファーに座るなり、ベニマルが聞いてくる。重要な密談だとでも思っているようだが、残念ながら違う。

「申し訳ないけど、単なる思い付きなんだよね」

「思い付き？」

「ああ。今回の戦で、皆の力が大幅に増しただろう？迷宮内なら存在値も測れるし、ここらで一つ、ちゃんと戦力を把握しておこうと思ってさ」

「なるほど、それは大事ですね！」

俺の説明を聞き、ベニマルの表情が明るくなった。

どうやら、新婚生活について問い質されると身構えていたようだ。

「いや、それはそれで気になるけどさ、そこを突っ込んで聞くのはパワハラ&セクハラだろう？」

「そうですか？　ソウエイなんて、『フッ、上手く進化出来たという事は、やる事をやったんだな。お前は奥手だから、手助けしてやらねばならないかと思っていた』とか吐《ぬ》かして——」

そこまでベニマルが言った時だった。

「お兄様？」

と、ケーキを運んできたシュナが、笑顔で遮ったのだ。

その迫力たるや、背筋が凍るほどだった。

「リムル様の前で、何を失礼な話をされているのですか？」

「す、すまん……」

硬派なベニマルも、シュナには勝てないのか。

「リムル様もリムル様ですよ？　お兄様の馬鹿話に付き合うのではなく、ちゃんと窘《たしな》めて頂かないと」

「そ、そうだね。気をつけるよ」

これは逆らってはダメなやつ。

俺はそう理解し、シュナの機嫌が直るのを待ったのである。


せっかくのケーキなのに、緊張のあまり味がしなかった。

シュナが盆を下げるため退出した瞬間、俺とベニマルは盛大に溜息を吐く。

「ふー、失敗でしたね」

「ああ。今度からそういう話をする際は、時と場合を考えよう」

「了解です。というか、そういう話は嫌だと言いたかったのに、どうしてこうなったのか……」

まあ、そうだな。

そういう事もあるだろうが、俺からすれば自慢にしか思えないけどな。

まあ、その話は今度ゆっくりと。

今は予定通り、ベニマルの状態を確認する事にした。

名前：ベニマル〔EP：439万7778（+〝紅《ぐ》蓮《れん》〟114万）〕
種族：鬼神《きしん》。上位聖魔霊――〝炎霊鬼《えんれいき》〟
加護：リムルの加護
称号：〝赫怒王《フレアロード》〟
魔法：〈炎霊魔法〉
能力：究極能力《アルティメットスキル》『陽炎之王《アマテラス》』
耐性：物理攻撃無効、自然影響無効、状態異常無効、
　精神攻撃耐性、聖魔攻撃耐性

こんな感じだった。

ってか、メッチャ強い！

ユニークスキル『大元帥《スベルモノ》』を犠牲にして獲得したのは、究極能力《アルティメットスキル》『陽炎之王《アマテラス》』という。その権能には『思考加速・万能感知・魔王覇気・意思統制・光熱支配・空間支配・多重結界』などが含まれていた。

ヴェルグリンドの権能まで反映したと、シエルさんの供述にある。ただし、ベニマルは自身の力だけで、究極能力《アルティメットスキル》を獲得しかけていたのだそうだ。

ほんの少しだけ手を貸したのだと、シエルが教えてくれた。

それにしても、だ。

ベニマル自身の存在値が四百万を超えていて、更に〝紅蓮《ぐれん》〟を所持する事で百万増えるとか、ルミナスとかよりも上なのではあるまいか……。


ちなみにだが、存在値は誤魔化せない——多分。

もっと正確に言うならば、迷宮内にいる者の存在値は、かなりの精度で測定可能なのである。

これを誤魔化そうと考えれば、神話級《ゴッズ》の武器を隠し持っておくとか、ヴェルグリンドのように『別身体《べつしんたい》』を別の場所に置いておくとかしないと不可能なのだ。

例えば『分身体』レベルだと、その数値が小さく出るので、直ぐに偽者と見抜けてしまうのである。

迷宮外ならばどうとでも誤魔化せるのだが、迷宮への侵入とは満杯の温泉に頭まで浸かるようなものなので、ラミリスの『鑑定』からは逃れられないのだ。

ラミリスはこういう細かいところで有能なのだが、とても残念な面も持ち合わせている。

自分に何が出来て何が出来ないのか、それを理解していないのだ。

こうして測定出来るようになったのも、雑談の中で誰かが「正確な測定が出来たらいいですけどね」と、発言してくれたからだ。

多分シンジだろうと思うのだが、それに対するラミリスの返答は「出来るのよさ！」だった。

その時、その場が微妙な空気に包まれたと聞いている。

誰もが、『もっと早く教えて欲しかったよね』と思ったはずだ。

そうすれば、それこそルミナスだけでなく、ギィやヴェルザードさんの存在値も測定出来たのに……。

それに、客人にして研究仲間だからと油断せず、ディーノの存在値も測定しておけば、あの見た目からは想像出来ないほどに強いと気付けていただろう。

……まあ、気付いたところで裏切る確信がなければ、それはそれで意味はないか。もっと警戒は出来たよねという程度で、今回の場合はどうしようもなかったかな。

　それはともかく、参考数値ではあるものの、存在値は強さの指標の一つとして有用なのだった。


　そんな感じで、ベニマルならば〝三妖帥《さんようすい》〟やディーノ達が相手だろうと、後れは取らないと確信出来た。超級覚醒者《ミリオンクラス》でも上位陣に属するので、俺の右腕として頼もしい限りである。

　ただ一つ、どうしても気になる事が。

「確か魔物ってさ、子供を作ったら弱くなるんじゃなかった？」

「そうですね。一般的には、大きく魔素量《エネルギー》が減ると言われています」

「それじゃどうして、君は強くなったのかね？」

「アハハ、不思議ですよね！」

　あら、爽やかな笑顔。

　笑って誤魔化そうとしても、そうはいかない。

「どうなってんだよ！」

「俺だって知りませんよ!!　それについてもソウエイが、どうやったんだとしつこくて困ってたんです」

　そうか、興味があったのは俺だけではなかったのか。

　そりゃなあ、この疑問が解消されれば、魔物にとっては朗報だしな。

　まあ、人鬼族《ホブゴブリン》には結婚した者達も多いが、弱体化して困っているという話は聞いていないけど……上位であればあるほど大きな影響が出るので、いつかは解決したい問題であった。

「何かわかったら教えてくれよ」

「了解です。それじゃ、ソウエイに代わりますね」

　一つの疑問を残し、ベニマルとの面談は終了したのだった。

＊

　ベニマルと交代して、ソウエイが入室した。

　向かい合って座るなり、俺はソウエイに苦言を呈する。

「お前さあ、ベニマルをあんまりからかうなよ」

「フッ、アイツは昔から、変なところで奥手でしたからね。発破をかけでもしなければ、いつまでもウジウジしているのではないかと愚考したまでです」

うーむ、一理あるな。

後継者が生まれないと進化出来ないとか言っていたから、ソウエイの心配も理解出来る。

「ま、そういう事にしておくか。それで、お前の進化具合だが――」

ソウエイだが、ベニマルの進化の影響を受けていた。

名前：ソウエイ【EP：128万1162】
種族：鬼神《きしん》。中位聖魔霊――〝闇霊鬼《あんれいき》〟
加護：〝赫怒王《フレアロード》〟の影
称号：闇忍
魔法：〈闇霊魔法〉
能力：究極贈与《アルティメットギフト》『月影之王《ツクヨミ》』
耐性：物理攻撃無効、自然影響無効、状態異常無効、
　　　精神攻撃無効

うむ、強い。

そして耐性の素晴らしいこと。

ソウエイを倒すには、聖魔属性や聖剣技とか、ともかく究極系攻撃じゃないと通用しない感じだな。

気になるソウエイの能力《スキル》だが、シエルさんが与えた究極贈与《アルティメットギフト》『月影之王《ツクヨミ》』である。その権能は多彩で『思考加速・万能感知・月の瞳・一撃必殺・超速行動・精神操作・並列存在・空間操作・多重結界』などてんこ盛りだった。

「え、嘘ッ!?　お前って、『並列存在』まで使えるようになったの？」

あまりにも驚いて思わず問いかけると、ソウエイが平然と答えた。

「はい。ヴェルグリンド様のように複数同時は不可能ですが、一体だけでも十分に有用かと自負しております」

そりゃあ、自負するでしょうよ。

一体だけでも十分だもん。

これでソウエイも限りなく不滅に近付いた訳だが……しかし、特筆すべきは『月の瞳』かもな。

影を意のままに操る事が出来るので、相手に気配を悟らせずに色々出来る能力だ。広範囲なのが特徴で、町一つがすっぽりと影響下に入るだろう。情報収集にも特化している上に、暗殺といった用途にも使える権能なのだった。

《ソウエイのスキルは力作です。主様《マスター》の記憶にある忍者を再現すべく、ソウエイが望むがままに詰め込んでみました》

てんこ盛りだと思ったが、そういう理由だったのね。

《この『月の瞳』の素晴らしい点ですが、『分身体』でも利用可能なのです。ソウエイが各地に『分身体』を派遣し、『月の瞳』を用いて情報共有を行えば、世界各地の情報が『思念伝達』によって入手可能となるでしょう‼》

自信作なのがよくわかった。

そして、聞けば聞くほど凄い権能だという事も。

つまりは、俺の監視魔法〝神之瞳《アルゴス》〟の上位版のようなものか。世界各地の様子を監視し、音声付で映像化可能になったと考えていい。万能で頼れる男になっていた。

ソウエイには今後とも、我が国の諜報活動を任せるとしよう。

「よし、お前には新たに〝闇の盟主《ダークネス》〟という称号を与えるので、今後とも〝藍闇衆《クラヤミ》〟を率いて俺達の国の為に尽くしてくれ！」

「ハハッ‼　全ては、リムル様の為に‼」

俺の為じゃなくて、俺達の国の――まあいいか。

「まあ、宜しく頼むよ」

俺はそう言ってから、ソウエイを労った。

それから小一時間ほど、何か不満がないかとか、ソーカ達についてとか、ゆっくりソウエイと語り合ったのである。

ソーカ達五名だが、存在値は二十万弱にまで成長しているとの事だった。ソーカ自身は存在値：26万１８９８と、かなり高い。一昔前の魔王の副官クラス、それも上位陣と戦えるレベルだった。

今回の戦で、大きく実力が増したようである。

戦いに勝る訓練はない――などと、どこかで聞いたような事をソウエイが口にしていた。

ただ注意して欲しいのは、自分が出来るからといって他人も同じように出来る、と思わないで欲しいのだ。人には個性があり、得手不得手とする事も様々なのだから。

ソウエイ自身が有能なのは認めるが、自分と同じだけの仕事量を部下達にまで強要しないようにね。そんな真似をしたら、優秀な者でもやる気が失われてしまうからね。

「リムル様の為に死力を尽くすのは当然では？」

うーん、当然じゃないよね。

「いやさあ、そんな考えだと、誰もついてこられなくなるよ？　もっと部下を大事にして、長く楽しく仕事に励んでもらえるように配慮するのも、上司としての役割だからね？」

やはり、やりがいを与えてこそ、人はついて来てくれるのだと思う。

そりゃあ、仕事なんだから、面白おかしいだけでは成立しないだろうけど。

それでもやはり、達成感は大事だと思うんだよ。

常に無理で無茶な仕事量だと、達成した喜びが得られないではないか。まして、一度無理して達成したからと、次回はもっと多めに作業量を渡されたりでもしたら……。

俺ならカチンとくる自信があるね。

お前がやってみろ――という話になるんだが、ソウエイの場合は出来ちゃうんだよな。そうなると自分を責めるしかなくなり、結果、心が病んでしまいかねない。

俺はそれを心配するのだ。

「なるほど、仲間は大事に使え、という事ですね？」

「仲間を道具《どうぐ》と呼ぶのは止めろ。ったく、仕事に誇りを持つのも大事だが、それは強要されるものではないんだっての。上司であるお前が皆の働きを認めてやれば、それを嬉しく感じるものなんだって」

「……なるほど。確かに自分も、リムル様から褒められるのが至上の慶《よろこ》びです」

うーむ、真面目というか、重いというか。

「ともかく、お前もこの機会に、部下達と懇親会でもやってみたら？」

「承知。心情把握も上司たる俺の役割であるとして、今後はヤツ等の管理《ケア》も徹底するように致します」

「ほどほどにね」

とまあ、一応は気になっていた事を伝えたのだ。


後日。

ソーカ達から感謝の手紙が届けられる事になる。

その文面が喜びの涙で滲んでいたので、俺は良い事をしたなと満足するのだった。

＊

続いての面談者は、夕食後に訪れたガビルである。

「グワハハハハ！　リムル様からのお呼びにより、ガビル参上仕《さんじょうつかまつ》りましたぞ!!」

今日も——というか、今晩もガビルは元気だね。

夜だから少し静かになと言いつつ、俺はガビルに席を勧めた。

シュナにお茶を用意してもらってから、本題に入る。

「今回は大活躍だったな。お前が頑張ってくれたから、皆が生きて戻れたんだ。よく最後まで耐えてくれた。個人的にも礼を言うよ！」

国としてではなく俺個人として、ガビルには感謝していた。もしもガビルが諦めていたら、少なからぬ犠牲者が出ていただろうから。

「リ、リムル様！　我輩、その言葉だけで感無量でありますぞっ!!」

ぶわっと泣き出すガビル。

感極まっているのに水を差す事もないと、俺はガビルが落ち着くのを待った。

「我輩が勝利出来たのは勿論、生き残れたのもリムル様のお陰です。あの〝声〟――ガドラ殿の呟きを聞いて確信したのですが、あれはリムル様だったのでしょう？」

ああ、シエルさんの声が聞こえたのか。

「ん？　ま、まあね」

説明するのが面倒というのもあるが、シエルさんの存在は切り札だ。あまり広めない方がいいと思うし、ここはガビルの勘違いに乗っかっておく。

「やはり！　我輩、あそこで力を得られなければ、勝てぬ戦であったと理解しております。常々調子に乗らぬよう注意されておりますが故、間違っても自分だけの手柄だと主張致しませぬぞ」

そう答えたガビルだが、その表情には落ち着きがあり、それが本心なのだと悟らされた。

「成長したな」

「ハハッ！　そう言ってもらえるだけでも、我輩、感謝感激で――」

先程と同じ流れで、またも泣き出したガビル。

ハンカチでは間に合わないので、俺はタオルを手渡すのだった。

そんなガビルの状態だが、これも凄い事になっていた。

名前：ガビル〔EP：126万3824〕
種族：真・龍人族《ドラゴニュート》。中位聖魔霊――〝水霊龍《すいれいりゅう》〟
加護：リムルの加護
称号：〝天龍王《ドラグロード》〟
能力：究極贈与《アルティメットギフト》『心理之王《ムードメーカー》』
　　固有スキル『魔力感知・超感覚・竜鱗鎧化《ドラゴンスキン》・黒炎吐息《フレイムブレス》・黒雷吐息《サンダーブレス》』
耐性：痛覚無効、状態異常耐性、自然影響耐性、物理攻撃耐性、精神攻撃耐性、聖魔攻撃耐性

いつの間にか、ソウエイに匹敵するほどに強くなっている。

ガビルの究極贈与《アルティメットギフト》『心理之王《ムードメーカー》』も、シエル先生の力作だ。

自力獲得ではないが貶《けな》す事はない。ガビルに適性があったからこそ、この権能を得られたのである。

主要な権能は『思考加速・運命改変・不測操作・空間操作・多重結界』の五つだが、その洩れ出る覇気を完全制御出来るようになれば、『魔王覇気』も習得出来るとの事だった。

ヤバイのは『運命改変』で、一日一度という使用限度はあるものの、格上相手だろうが戦況をひっくり返せる可能性を秘めていた。

これ、ガビル以外の者が習得していたらどうなっていただろう？

もしもディアブロあたりが『運命改変』を獲得していたら、文句なしに最強だった可能性があるだろう。

そう考えると、ガビルって凄いヤツだと思う。

特に俺が驚いたのは、その戦いぶりだ。

涙を拭き終わったガビルが、戦の自慢を語ってくれたのだが……。

「こう、敵の槍がグワーーーっと迫ってきましたので、我輩はフッと笑って槍で弾いてやったのです！」

ここだよ、ここ。

ガビルの武器は、特質級《ユニーク》の魔法武器《マジックウェポン》である水渦槍《ボルテクス・スピア》だ。蜥蜴人族《リザードマン》の秘宝だと聞いているが、あくまでも特質級《ユニーク》なのである。

それなのに、その水渦槍《ボルテクス・スピア》で神話級《ゴッズ》の青龍槍《せいりゅうそう》を弾いたというのだから、何の冗談かと思ったものだ。

「性能差が勝敗を左右するものではありませんな。グワハハハ！」

なんてガビルは笑っているが、左右するに決まっているだろうと俺は思う。

まだ伝説級《レジェンド》が相手だったなら、百歩以上譲って強引に納得も出来たのだが、神話級《ゴッズ》が相手ではそれも無理だ。

考えられる可能性としては——

《ガビルが無意識にスキルを使いこなし、水渦槍《ボルテクス・スピア》に上乗せしていたのでしょう。究極レベルの権能で保護されて

いたからこそ、槍は砕かれずに耐えたのだと推測します》

まあ、そうなるよね。

こういうところも、ガビルって凄いと思わせてくれるのである。

普段の言動のせいで目立たないものの、努力家だし。研究、戦闘、何でもござれの万能型だし。

これからの活躍にも期待出来そうだ。

「それじゃあ、その水渦槍《ボルテクス・スピア》だけど、俺が預かってもいいかな？　クロベエに頼んで、新生させたいと思うんだ」

「何ですと⁉」

「武器の経験を継承させて、新しく生み出すんだよ。材質は究極の金属《ヒヒイロカネ》を提供する予定だから、神話級《ゴッズ》に進化するんじゃないかと期待出来るけど？」

まだまだ希少な究極の金属《ヒヒイロカネ》だが、ガビルの為なら惜しくない。

今回の褒美として、また、これからの過酷な戦いを乗り切れるように、ガビルの武器も強化しておきたいという本音でもある。

もしもガビルが先祖代々受け継いだ武器を手放すのが嫌なら、その時は違う方法を考えるつもりだった。

「是非、是非ともお願い致しますぞッ!!」

ガビルはまたも大泣きしながら、俺にその槍を預けてくれたのだった。

これで武器の目途もついたので、ガビルは更に強くなるだろう。

神話級《ゴッズ》に主として認められれば、存在値も増加する。ガビル自身が半精神生命体になれるので、耐性関連も高まるはずだ。

ガビルの部下である〝飛竜衆《ヒリュウ》〟も、今では存在値の平均が十二万を超えている。上位者は二十万にも達するそうなので、今後もガビルを支えてやって欲しいものである。

そんな感じでガビルは終始泣きっぱなしだったが、面談は無事に終了したのだった。

＊

深夜。

とある特別会員専用店の個室にて。

麗しい耳長族《エルフ》のお姉さん達の同席を断り、俺はゲルドと向き合っていた。

「調子はどうだ？」

「快調です。この力にも馴染みましたので、もうグラスを割ったりもしません」

ゲルドはそう言って笑い、器用に酒を飲んだ。

その大きな手で持つと、普通サイズのグラスがお猪口《ちょこ》に見える。

「さて、今日呼んだのはほかでもない。お前の慰労もかねて、飲み明かそうと思ったんだ」

「有りがたき幸せ。リムル様よりそう言って頂けただけで、無上の喜びに御座います」

普段はクールなゲルドだが、その眼差しと興奮具合から、それが心からの言葉なのが伝わってくる。

俺は頷き返し、グラスを合わせて乾杯した。

それからひとしきりゲルドの愚痴を聞いたところで、もう一つの本題に入る。

「実はさ、お前にとっては失礼な事を言うかも知れないが、いいかな？」

「何なりと。オレがリムル様に対し、失礼だなどと思う事はありません」

いやいや、俺って無神経なとこがあるから、気になるなら指摘して欲しいんだよね。冗談のつもりで悪気なく言っちゃったりするので、そこは口に出してもらいたいのだ。

口の達者だった俺は、小学校の時も女子相手に――いや、止そう。黒歴史なんてものじゃないし、あれから俺も成長している。

今でもデリカシーに欠けるのは自覚しているのだが、これでも日々努力して、人が嫌がるような発言は自重するように心がけているのである。

その成果が出ているかどうかは措いておいて、だ。

ゲルドの許可も出たし、言ってみよう。

「それなら言うけど、嫌なら断ってくれていいから ね？」

そう前置きしてから、俺はゲルドに提案する。

内容は勿論、シエル先生による『能力改変《オルタレーション》』を受けるか受けないかだ。

シエル先生の存在は伏せているので、俺の手で『スキルを弄っていいか？』と聞いてみた。

すると、ゲルドは迷わず『是』と答えたのである。

「オレが不甲斐ないばかりに、リムル様を案じさせてしまったようです。強くなれるのなら是非もありません。宜しくお願い致したく」

そう言ってゲルドは、グッと杯を空ける。

それは仕方なくという雰囲気ではなく、否応なくそれを受けるのが当然という、ゲルドなりの決意ある宣言だった。

俺はゲルドに酒を注いでやりながら、大きく頷いたのである。

名前：ゲルド【ＥＰ：２３７万８７４９】

種族：猪神《シシガミ》。上位聖魔霊――〝地霊猪《ちれいしし》〟

加護：リムルの加護

称号：〝守征王《バリアロード》〟

魔法：回復魔法

能力：究極贈与《アルティメットギフト》『美食之王《ベルゼバブ》』

耐性：痛覚無効、状態異常無効、自然影響耐性、物理攻撃耐性、精神攻撃耐性、聖魔攻撃耐性

俺の提案をゲルドが受け入れるなり、待ち構えていたシエルさんが早速やらかした。

ゲルドが獲得したのは究極贈与《アルティメットギフト》『美食之王《ベルゼバブ》』と言って、これに含まれるのは『思考加速・魔力感知・魔王覇気・超速再生・捕食・胃袋・隔離・需要・供給・腐食・鉄壁・守護付与・代役・空間操作・多重結界・超嗅覚・全身鎧化』と多種多様な権能だ。俺の『暴食之王《ベルゼビュート》』を多少劣化させて、そこに色々と組み込んだような能力《スキル》であった。

部下達に『守護付与』を与える事で、面としての防衛力もある。

ゲルド個人としても『鉄壁』や『代役』を駆使して、仲間が受けるダメージを肩代わり出来るようになっていた。

腐食は、攻防一体。決して守りだけに特化した訳ではなく、攻撃でも重宝する。守りに特化したゲルドならば、相性も抜群なこの権能を十分に使いこなせるだろう。

特筆すべきはスキルだけではなく、ゲルド自身も大したものである点だった。

ゲルドの防具は神話級《ゴッズ》となった事で、ゲルド自身の血肉同然になっている。悪魔達の衣装と同じようなもので、ゲルドの任意で顕現自在なのだ。

肉切包丁《ミートクラッシャー》も同様で、壊れても直ぐに新しいものを創り出せるらしい。クロベエに手入れもしてもらったら、その状態で記憶されるとの事だった。

正直、ちょっと反則っぽいなと思った次第である。

ともかく、武具を取り込んだ事でゲルドの存在値が跳ね上がっており、基礎は十分なのだ。これに加えて『美食之王《ベルゼバブ》』を得た事で、ゲルドの実力はソウエイやガビルを圧倒した感があった。

今のゲルドなら〝三妖帥《さんようすい》〟とやらが相手でも、時間稼ぎくらいは出来るはずだ。守りに徹したゲルドを倒すのは、超威力の一撃がなければ難しいのである。

「ますます頼もしくなってくれたな」

「嬉しいお言葉です。今後とも皆を守る為に、粉骨砕身で働くと誓いましょう！」

今後も頼りにさせてもらうと、俺はゲルドと笑い合ったのだった。

＊

俺の庵《いおり》にある自室にて。

俺は明日の面会について考えていた。

今日の夕方から始めたので、まだ五名のみ。

みんな忙しいので、何日もかけてはいられない。

〝聖魔十二守護王《せいまじゅうにしゅごおう》〟はまだ九名も残っている上に、他にも数名、話しておきたい人物がいる。

少なくともアピトなんかは、シエル先生からの要望で面談する必要があった。

スキルを弄りたくて仕方ないみたいだ。

欲望に忠実なのはどうかと思うものの、それが皆の役に立っているのは否定出来ない事実である。俺としても止める理由がないので、明日は頑張るつもりなのだ。

シュナにもそのつもりで、予定を組んでもらっていた。ディアブロやシオンは後回しと伝えてあるので、明日はテキパキと終わらせられると思う。

気になるのはマサユキ達だが、彼等の方も色々と会議が長引いているらしい。

軽く報告は受けたものの、俺が関与すべきかどうかも悩ましい問題だ。なので、マサユキと帝国の者達との話し合いが終わるまでは、こちら側からは口出しせず静観するつもりなのだった。

まあ、ヴェルグリンドがいるのも落ち着かない原因なんだよね。現在の七十階層だが、誰も近付けない雰囲気になっているのだ。

ヴェルドラなんかもそそくさと自室に逃げ込んでるし、俺としてもちょっと不安だ。

ヴェルグリンドと別れてから、そんなに時間が経っていないけど、彼女がどんな経験を積んだのかも気になるし……。

ともかく、向こうの出方を待つしかない。

その間に、俺は俺で自分のすべき事を為すべきだろう。

と、そんなふうに考え込んでいると、ふとした気配に気が付いた。

俺の影からランガが、ニュッと鼻先まで頭を出してこちらを見つめていたのだ。

「うおっ、ビックリした！　ランガじゃないか、無事に目覚めたんだな！」

俺は嬉しくなって人の姿になり、ランガの頭や耳をわしゃわしゃした。

するとランガは、嬉しそうでいて悲しそうな表情となり、耳をパタンと倒したのである。

「どうしたんだ？　気分でも悪いのか？」

進化に失敗して何か不調なのかと心配したのだが、

どうやらそうではないらしい。

「我が主よ、我は寝坊して、大戦に間に合わなかったのですね……」

しょんぼりして、元気がなかっただけだった。

「何だ、そんな事か！」

「とは申されますが、ゴブタ達も我のせいで、活躍の機会を失ったそうではありませんか！」

それはそうなんだけど、仕方ないじゃん。

それよりも、ランガが無事に進化して、今後大活躍してくれたらそれでいいじゃないか。

「ゴブタ達だって、給仕や宴会の隠し芸で活躍してくれたし、ランガに文句を言う者など一人もいなかったぞ。だから気にしなくていいよ」

「我が主よ、そう言ってもらえて、我は感激です」

ランガはクゥーンと鳴きながら床の上に出て、俺に甘えて擦り寄ってきた。

俺はまたもわしゃわしゃしながら、久しぶりのモフモフを堪能したのだった。

で、本題。


せっかくなので、ランガの状態を確認する。

名前：ランガ［ＥＰ：４３４万００８４］
種族：神狼《しんろう》。上位聖魔霊――〝風霊狼《ふうれいろう》〟
加護：リムルの加護
称号：〝星狼王《スターロード》〟
魔法：〈風霊魔法〉
能力：究極能力《アルティメットスキル》『星風之王《ハストゥール》』
耐性：物理攻撃無効、自然影響無効、状態異常無効、
　　精神攻撃耐性、聖魔攻撃耐性

あ、ランガの種族も神性を帯びてる。

さっきから気になっていたけど、辺境の地で信仰されているような土着神とかよりも強そうだし、問題ないのかな？

ソウエイはベニマルの従属神という扱いだろうから例外として、存在値が二百万を超えたあたりで、種族が神性を帯びるっぽい。

確信はないけど、そんな気がした。

《まだまだ事例を集める必要がありますが、その認識で間違いないかと》

うむ。

存在値が百万を超えると〝聖人〟だし、二百万を超えたら〝神人《しんじん》〟なのかもね。神性を帯びるだけで概念的な〝神〟そのものとは違うし、万能からは程遠いけど、強さの象徴としては頼れる存在という事だ。

ランガなんて、四百万を超えている。太刀を持たないベニマルに匹敵するとか、恐るべき進化を遂げたものだ。

「凄いぞ、ランガ！」

「ハッハッハ、これも全て我が主のお陰です‼」

ランガが言うには、俺の妖気を浴びていたお陰なのだと。

ずっと俺の影に潜み魔素を吸収していたからか、進化も順調だったのだそうだ。

しかも、突然凄い権能が閃いたのだという。

それこそが、究極能力《アルティメットスキル》『星風之王《ハストゥール》』なのだが……ヴェルドラさんではなく、ランガが獲得したようだ。

これは間違いなく……。

《正解です。少しだけ手を貸しました》

やっぱりね。

ギフトではないから、ランガが自力獲得したんだろうけど、シエルさんの手が入っていないはずがなかったのだ。

だがまあ、ランガにはお似合いの力なので、俺に文句などないのだった。

この権能には『思考加速・万能感知・魔王覇気・天候支配・音風支配・空間支配・多重結界』の七つが含まれており、別格と言ってもいいほど強力無比だ。

天候すらも支配する超能力だと言えば、その凄さが理解出来るだろう。

まさしくランガに相応《ふさわ》しい能力《スキル》である。

ゴブタがランガを使いこなせるのか、それが心配になったのだった。

＊

仕事の時間になった。

寝ずにランガとじゃれ合ったが、俺の体調は万全である。

最初にやって来たのはクマラだ。

挨拶を終えての開口一番。

「ランガ様に自慢されたのでありんすが、リムル様はわっち達のスキルに手を加えられるのだとか？　是非ともわっちにも、新たな権能を授けて欲しいのでありんすえ！」

幼女姿のクマラが、可愛らしくオネダリしてきた。

ランガは自力獲得なのだが、少しだけ手助けした事を誇大に吹聴したみたい。

むしろそこは、自分自身を褒めた方がいいと思うのだが、ランガは何故か、俺からの手助けを強調して自慢したのだそうだ。


正確には俺ではなく、シエルさんなのだが、これは秘密なので曖昧に頷いておく。

さて、どうしたものか。

《受けましょう》

そう言うと思ったよ。

自重する気のなさそうなシエルさんに、後の事を託すのは不安だが……敵がいる以上は出来る対策は全て終わらせておくべきだな。

「わかった。お前次第だが、一応見てみるよ」

シエルさんとて、無理なものは無理だ。

クマラに適性があるスキルがなければ、贈与も出来ないのである。

そう言って了承を得てから、シエルさんとバトンタッチした。

名前：クマラ［EP：189万9944］
種族：天星九尾《ナインテイル》。上位聖魔霊――地霊獣《ちれいじゅう》

加護：リムルの加護
称号：〝幻獣王《キメラロード》〟
魔法：〈地霊魔法〉
能力：究極贈与《アルティメットギフト》『幻獣之王《バハムート》』
　固有スキル『獣魔支配・獣魔合一』
耐性：物理攻撃無効、状態異常無効、自然影響耐性、
　精神攻撃耐性、聖魔攻撃耐性

時間がかかったが、成功したようだ。

クマラが獲得したのは、究極贈与《アルティメットギフト》『幻獣之王《バハムート》』という。これには『思考加速・万能感知・魔王覇気・重力支配・空間支配・多重結界』の六つの権能が含まれている。

惑星にすら干渉可能で、広範囲の重力を操作出来るようだ。

クマラ自身は、種族が変化していた。

九頭獣《ナインヘッド》から天星九尾《ナインテイル》へと。

頭から尾に変わったから、弱くなったようにも思えるのだが、違う。以前は八体の魔獣を従えていたが、今は頭は一つ。つまりは、クマラの意思で完全に統率しているのだ。

今まで通り、クマラの九本の尾の内の八つには、魔獣の意思が宿っている。なので、配下の自由意思に任せる事も可能だ。

その場合、存在値二十万ほどの魔獣が八体、クマラから分離する形になる。それでもクマラの存在値は百万以上残るのだが、これは計算間違いではなくそういうものだと理解して欲しい。

分離した数値の倍が配下の存在値となるという事で、とんでもなく強化されたと見て間違いなかった。

神性は帯びていないものの、武具に頼らずに存在値が二百万近くあるので、もう少しで進化しそうな気配である。

ゲルドと同じく、地属性。

半精神生命体である地霊獣《ちれいじゅう》なので、重力操作とは相性抜群であった。

全部の魔獣を統合した今のクマラなら、スペックだ

けを見れば〝聖魔十二守護王《せいまじゅうにしゅごおう》〟の中でも上位に入る。

しかし残念ながら、今はまだ経験不足だった。

戦えばソウエイにも負けるし、勝てる可能性があるとすれば、アダルマンとガビルくらいかな？

だがまあ、末恐ろしいものがあるのは事実であり、クマラは可能性の塊なのだ。

まだまだ幼女だし、これからの成長に期待であった。

＊

続いてやって来たのは、アピトとゼギオンの二人組だった。

ゼギオンを廊下に残し、アピトのみが部屋に入る。

どうせなら二人同時でもいいのだが、個人面談という名目上、ゼギオンの意思を尊重する事にした。

椅子に向き合って座るなり、アピトがそっと包みを手渡してくれた。

「リムル様、採れたてのハチミツで御座います」

「おお、ありがとう！」

俺は嬉しくなり、頬が緩む。

この万能薬になる蜂蜜だが、ビックリするくらい美《お》味《い》しいのだ。

これを使ってミリムを一撃で手懐けたのは、俺の配下達の間では有名な話となっていた。

そんな訳で、とても人気の高い商品なのである。

ホッホッホと笑いつつ、俺は包みを懐に仕舞う。

俺は賄賂になど屈しない男だが、アピトには優しくしようと思ったのだった。

そんなアピトの状態はというと。

名前：アピト［EP：77万5537］
種族：天星麗蜂《スターワスプ》。中位聖魔霊――〝風霊蜂《ふうれいばち》〟
加護：ゼギオンの加護
称号：〝蟲女王《インセクトクイーン》〟
能力：ユニークスキル『女王崇拝《ハハナルモノ》』
耐性：痛覚無効、物理攻撃耐性、自然影響耐性、状
態異常耐性、精神攻撃耐性

普通の冒険者に、これを倒せと言っても無理だろう。

アピトの実力は、とっくに旧魔王達を凌いでいた。我が国で定めた特S級には一歩及ばないものの、疑似覚醒したクレイマンよりは強そうである。

しかも、アピトが言うには『女王崇拝《ハハナルモノ》』によって、九体もの蟲型魔人《インセクター》を生み出したのだという。

まだ蛹《さなぎ》との事だが、かなりの力を秘めた魔人達が誕生しそうだ。

「それなら、お祝いをしないとな」

「嬉しゅう御座います！　是非とも〝名前〟を与えてやって下さいませ」

名前ね、そうね。

「そうだな――」

迂闊に回答するのを避け、話を逸らそうと思う。

〝名付け〟は危険なので――

《問題ありません。危険がないよう、完全制御の技を身に付けました》

身に付けちゃったか……。

そうだよね、カリスの時もそうだったもんね。

仕方ない、か。

九体もの〝名前〟を考えるのは、とても大変そうで回避したかったのだが……。

「ゼロワン、レイジ、レミ、レヨン、レゴ、レム、レナ、レッパ、レック――とかどうだろう？」

適当とか言うなよ？

数字の亜種だが、我慢して欲しい。

男型なのか女型なのかも不明なので、生まれてからそれらしいのに割り振ろうではないか。

「まあ！　リムル様からの慈愛を感じ、我が子達が喜んでおりますわ！」

「え、伝わったの？」

「勿論で御座います。ワタクシとあの子達の心は、切れぬ絆で繋がっておりますので」

自分のスキルで生み出した子供達に対し命令を発動するのが『魔蟲支配《まちゅうしはい》』であり、その伝達速度は一瞬なのだそうだ。相互にやり取りする『思念伝達』と違って、優先順位が明確になっているのだと。

なるほどと納得したのだが、それはそれとして。

さっきからシエルさんがうるさい。

《心外です。私はただ、『能力改変《オルタレーション》』の許可を取って欲しいとお願いしているだけなのに》

そうなんだって。

シエルさんはアピトに対し、そのスキルを弄りたくてたまらないらしい。

シエル先生ならば、俺やアピトが許可せずとも、強引に実行に移す事は出来る。〝魂の回廊〟で繋がっている相手に対して、俺が上位者権限を有しているからだ。

だがしかし、緊急時ならともかく、今は平時。俺の許可なく勝手な真似は出来ないと、気を遣ってくれているのだ。

それに、アピトはゼギオンの系譜となるので、俺から見たら二次的眷属に当たる。繋がりとしては若干弱いので、ちゃんと許可を取った方がやりやすいとの事だった。

今更だなと思いつつ、俺はアピトに問いかける。

「ところで、もし良かったらだが、お前の力の方向性に手を貸したいと思うんだ。どうかな？」

「と、仰いますと？」

「うん。お前のスキルは、進化の可能性を秘めているらし――んだ。このまま魔蟲の支配者として、眷属を使役する指揮官型。もしくは、自らが眷属を率いて戦う英雄型か。違いは簡単で、指揮官型は魔蟲を生み出す権能が残るけど、英雄型なら失われてしまう。その代わり、身体能力が強化され、スキルも戦闘向きなものが強化される感じかな」

シエル先生の説明を、そのまま口にする俺。そして同時に、可能性が二つあるからこそ、シエルさんは強行しなかったんだなと気付いてしまった。

選ぶのはアピトなのだ。そうでなければ、スキルの真の力は発揮されないのである。

「勿論、そのまま何もしないという選択肢もあるよ」

俺がそう言うと、アピトは間を置かずに問い返してきた。

「英雄型を選ぶというのは、ワタクシには子供が望めなくなるという事でしょうか？」

どうなんだ？

《ユニークスキル『女王崇拝《ハハナルモノ》』にある『魔蟲誕生』の権能は失われますが、スキルに頼らぬ生殖能力は残るので、後継者を宿すのは問題御座いません》

「眷属をスキルで生み出せなくなるだけで、普通に子を生《な》すのは問題ないかな」

「なるほど、それでしたら何の問題も御座いませんわね。既に、ワタクシの子供達が『眷属誕生』のスキルを得ておりますので、女王たるワタクシの軍隊も、望むままに生産可能ですので」

そうか、アピトは既に、自分の眷属に権能の一部を譲っていたのか。

それなら、アピトの答えは――

「ワタクシは、自ら先頭に立ちとう御座います！」

と、俺の思った通りにアピトが宣言した。

その途端、待ってましたとばかりにシエルさんが動き出す。

《アピトの『能力改変《オルタレーション》』に成功しました。ユニークスキル『女王崇拝《ハハナルモノ》』が、究極贈与《アルティメットギフト》『女王崇拝《プロセルピナ》』へと進化しております》

まさに一瞬だった。

とっくに解析済みだったからか、一秒すら経過していない早業である。

「終わった。後で確認して、使いこなせるように練習しておくといいよ」

究極贈与《アルティメットギフト》『女王崇拝《プロセルピナ》』とは、元々の『女王崇拝《ハハナルモノ》』を取捨選択して強化したようなスキルだ。含まれるのは『思考加速・魔力感知・超感覚・魔蟲支配・軍隊指揮・超速行動・致死攻撃・空間操作・多重結界』などの権能である。

元々あった力が強化されただけなので、アピトにしても違和感はないだろう。どうせ俺が言わなくても練習すると思うけど、一応はそう忠告したのだった。

「無上の幸運に感謝を。至上の喜びを胸に、リムル様への忠誠を再度誓わせて下さいませ」

そう言って、アピトが床に跪いた。

俺は大仰に頷いて見せて、アピトとの面談を終えたのである。

＊

アピトと入れ替わりに、ゼギオンが入ってきた。

ゼギオンはソファーではなく、木製の椅子に遠慮しながら腰かけた。

迷宮内では最強なのに、気配りも完璧だった。外骨格で本革を傷めぬようにとの配慮らしく、奥ゆかしいなと思ったものだ。

それにしても、ゼギオンの働きぶりは見事だった。

規格外の存在であり、覚醒前の段階では、ディアブロと双璧を成す実力者だったのである。

他の〝聖魔十二守護王《せいまじゅうにしゅごおう》〟とは一線を画す強さだったのに、今回の進化で更に強さを増した様子。戦闘記録《アーカイブ》を見ても、まだまだ実力を隠したままディーノを一蹴したようである。

なんという恐ろしい子。

正直、コイツが味方で良かったと思うのであった。

「ゼギオン、今回はよくやってくれた。お前の目覚めが間に合わなかったら、どうなっていたかわからないよ」

「御冗談を。オレが目覚めるタイミングすらも、リムル様の計算通りだったのでしょう？」

んなわけあるかい！

「いいや。ディーノが怪しいのはわかっていたけど、一番手薄になるタイミングで動き出すとは思わなかったよ」

「フフフ。だからこそ、です。あの状況になるのを見越して、オレが目覚めました」

だからさ、そうなるとは思ってなかったんだってのｰ!!

そもそも、ヴェルグリンドの存在も知らなかったし——いや、知ってはいたが、まさか出向いて来るとは思っていなかったのだ。

そうでなければ、幹部を引き連れて皇帝との直談判など考えなかった。

今戦は完全に後手に回ってしまったし、無事に乗り切れたのは幸運だったからだ。それなのにゼギオンは、どう説明しても俺の手柄にしたいようである。

俺は早々に諦めた。

「ともかく、お前がいてくれて助かったよ」

「いえ、オレなどまだまだです。リムル様ならば、オレが出ずとも時空を超えた一撃で、ディーノを仕留められたのでしょう？　オレに活躍の場を与えて下さったその気持ちに、応えたまでのこと——」

お前は何を言っているんだ？

時空を超えた一撃？

出来る訳ねーだろ……。

コイツの中の俺は、一体どんな化け物なんだろう？

「あ、うん。そうだね……。もしかしたら、出来るかもしれないよね」

「ハッ！　リムル様ならば、容易い事かと」

力なく同意した俺を、ゼギオンが熱く肯定した。

尊敬を通り越して、神を敬うような眼差しで見つめられている気がする。ゼギオンは複眼なので、俺の想像でしかないのだけれども……。

気を取り直して、ゼギオンとの面談を続ける。

ゼギオン自身の口から、ディーノとの戦いについての見解を聞いた。

ディーノにまんまと逃げられたのかと思ったら、そうではないとのこと。逃げるのを見越して、刻印《ノロイ》を刻んだらしい。

生殺与奪を握る恐ろしいモノなのだと。

そんな真似が可能となったゼギオンは、一体どんな進化を遂げたのだろう？

名前：ゼギオン［ＥＰ：４９８万８８５６］
種族：蟲神《コガミ》。上位聖魔霊——水霊蟲《すいれいちゅう》
加護：リムルの加護

称号：〝幽幻王《ミストロード》〟
魔法：〈水霊魔法〉
能力：究極能力《アルティメットスキル》『幻想之王《メフィスト》』
耐性：物理攻撃無効、状態異常無効、精神攻撃無効、
　　自然影響無効、聖魔攻撃耐性

ファッ⁉


思わず変な声を出すところだった。

シエルさんから告げられた数値は、俺の想像を遥かに上回っていたのである。

ゼギオンも神性を帯びていたが、それも当然だ。存在値が五百万弱と、ベニマルに次いで驚くべき高さなのである。

属性は水だが、シエルさんが言うには空間属性も持ち合わせているようだ。

半精神生命体となっており、耐性も抜群。弱点が見当たらない上に、その技量《レベル》も申し分なし。

文句なしに強かった。

ゼギオンは、大気中の水分子を凝縮させて、仮の肉体を構築している模様。

俺が与えた魔鋼は、生体魔鋼《アダマンタイト》を経て究極の金属《ヒヒイロカネ》へと進化済みだった。幻想的な性質を有する究極の金属《ヒヒイロカネ》だからこそ、そんな真似が可能だったのである。

ゼギオンが外骨格にこだわるのは、俺が作製した姿形だからだろう。そうでなければ、とっくに脱ぎ捨てて完全な精神生命体になっていたかも知れない。

それだけ大切に利用してくれているという事なので、俺としては嬉しい限りである。

それに、近接戦闘に特化したゼギオンは、今のままでも十分に強いのだ。

何しろ、完全な精神生命体になったとて、肉体がなければ意味がない。むしろ今の姿こそ、完成された姿だと言えるのではあるまいか？

《その通りです！　このゼギオンこそ、私と主様《マスター》が共同で生み出した最高傑作！　指導はヴェルドラに任せましたが、要所要所では私の知識で導いておりますので、御心配には及びません》

えっと、意味がわからないよね？

という俺の戸惑いなど気にもせず、シエルさんの自慢話が炸裂する。

ゼギオンが支配するのは〝水〟なので、水がある場所なら無類の強さを発揮するらしい。

大気中にも水分が含まれているので、ゼギオンにとってはこの惑星上の全ての場所が、自身に有利な戦場となるのだと……。

まして、生物の大半は、その肉体の数十パーセントが水で出来ていた。その水分を操れるのだから、ゼギオンがどれだけヤバイか理解出来るだろう。

人間の肉体などは、およそ六十五パーセントが水なので、ゼギオンと敵対するのは自殺行為であると言えそうだ。

だが、ゼギオンがヤバイのはここからなのだ。

ゼギオンの究極能力《アルティメットスキル》『幻想之王《メフィスト》』には、『思考加速・万能感知・魔王覇気・水雷支配・時空間操作・多次元結界・森羅万象・精神支配・幻想世界』という高性能な権能群が含まれていた。その中にはいくつかヤバイのがあるが、ディーノに刻印《ノロイ》を刻んだのは、これらの権能のどれか一つではなかったのである。

その技の名は——〝夢の終わり《ドリームエンド》〟という。

つまり刻印《ノロイ》とは、ゼギオンが編み出した技術《アーツ》だったのだ。

これならば、ユウキの『能力殺封《アンチスキル》』をも突破する。対抗するには強い意思力が必要だが、ゼギオンを凌ぐのは至難であろう。

何しろ〝夢の終わり《ドリームエンド》〟とは、『水雷支配・精神支配・幻想世界』という三つの権能の複合技だからだ。

ゼギオンは『幻想世界』で、自分に有利な状況を生み出せる。その中ではほぼ無敵となるらしいのだが、こうした権能は〝世界系〟といって、とても希少なのだそうだ。

俺だって所有していないし、いやはや強い訳である。

《お望みなら用意しますが？》

…………。

どう答えるのが正解なのかわからないので、聞かなかった事にしよう。

ともかく、今は〝夢の終わり《ドリームエンド》〟の話である。

この技だが、対象が術者の意に沿わない行動を取った場合、即座に命を刈り取る事が可能なのだとか。ただし、相手の行動を制限するなどという細かい制約はかけられないので、相手の行動までは縛れないとのこと。

今回の場合は、ディーノがゼギオンの意に背かない限り、自由行動が許されているという感じだった。

「それで、その刻印《ノロイ》はどうやったら発動するんだ？」

「はい。オレが何かするのではなく、ディーノがとある行動を取った瞬間、自動的に発動します」

ゼギオンの刻印《ノロイ》は、管理不要の自動型だった。発動したら術者であるゼギオンも察知するが、そうでない限りは意識にも上らないのだと。

そして、発動の鍵となるのは、ディーノの行動である。それはつまり、俺の仲間に対する〝殺意〟なのだそうだ。

誰かを殺そうと決断した瞬間、刻印《ノロイ》がディーノの心核《ココロ》を破壊する。精神生命体であろうとも、この呪縛から逃れるのは不可能との事だった。

ただし、これはあくまでもディーノの意識が鍵となっているので、俺の仲間だと知らずに手を出した場合は発動しないのだそうだ。

町の住民の顔を全員知っているはずもないので、絶対に安心だとは言えない。ただし、町に対する無差別攻撃などは殺意ありと判定されるので、ディーノへの牽制としては十分だった。

よくぞ究極能力《アルティメットスキル》を所有しているディーノに、そんな恐ろしい制約をかけられたものである。

「素晴らしいぞ、ゼギオン。少しでも脅威が減るのは大歓迎だよ」

「ありがたきお言葉。まだまだ未熟な身なれど、リムル様に褒めて頂けた喜びに、胸が熱くなる思いです」

真面目君かな？

カリス、ゲルド、そしてソウエイ。

ベレッタもだったな。

考えてみれば真面目な者が多いが、その中でもゲルドやゼギオンは飛び抜けている。

これだけの才能の塊が、努力を重ねて満足しないのだから、その成長ぶりは脅威そのものであった。

これからもこの調子で、慢心せずに精進して欲しいものである。


ともかく、究極能力《アルティメットスキル》『幻想之王《メフィスト》』がとんでもない権能なのは理解した。

ディーノでは解除が不可能との事だが、この世に絶対などないのだし、もしかすると未知なる権能なんかで、スルッと解除出来ちゃうかも知れないけどね。

仮にそうなったとしても、ゼギオンの評価が落ちる訳ではない。その場合は相手を褒めるだけの事だった。

ぶっちゃけゼギオンは、全方面優秀な万能型なのだ。

今回はディーノが死亡した隙を突き、その際に技を仕掛けたらしいが、そのセンスこそがゼギオンの怖さなのだ。


スキルが優れているだけでは意味がなく、ちゃんと使いこなせてこそ脅威となるのである。

その点、ゼギオンほど戦闘に特化し、能力《スキル》との適性が抜群な者もいない気がする。

補完し合うと言うのか。

長所を伸ばす能力を得る者が多い中、ゼギオンは短所を潰す能力《スキル》を獲得している。そしてそれを上手く運用し、技として活用していた。

見事。

もう、言う事なし！

自分に有利な状況を『幻想世界』で作り出せるし、得意分野を伸ばすよりも戦術の幅も広がる。それを活用する戦闘センスや技量《レベル》だって、俺の配下の中でもトップクラスだろう。

どこぞの戦闘民族のような〝原初〟達でさえも、ゼギオンに勝てないのも納得だった。

ゼギオン、本当に恐ろしいヤツである。

シエルさんが最高傑作だと太鼓判を押す訳だ。

今まで見せていた強さだって、まさしく片鱗に過ぎなかったという事だな。

そんな事を言う俺にしても、こうして部下の状態や権能を確認出来るというのは、かなりズルイと思うのだけどね。

そういえば、ゼギオンの称号である〝幽幻王《ミストロード》〟というのは、ミステリアスという意味合いを込めて付けたのだが、そのまんまで霧という意味もあったな。

言いえて妙。

属性的にもマッチしていた。

もしかして……ゼギオンは俺の言葉を勘違いして、方向性を定めちゃったんじゃないだろうな？

いや、まさかな……。

それならちゃんと、シエル先生が指摘するはずだし。

指摘するよね？

《……勿論ですとも！》

まさか!?

反応が若干遅れたけど、その間がとっても気になる俺なのだった。

＊

シエルさんがポンコツになっているのでは、という疑惑を胸に隠しつつ、続いての面談者を待つ。

入室してきたのはアダルマンだった。

「リムル様、本日もご機嫌麗しく、拝謁の機会を与えて頂けたこと、このアダルマン、感謝の念に堪えません！」

最早《もはや》、真面目を通り越した何かだな。

俺はうんうんと聞き流して、ソファーに座るように勧めた。

巻いていかないと、時間ばかり浪費する。

そういう気分だったので、無理やりにアダルマンを座らせたのだ。

「それで、目覚めてからの調子はどうだ？」

「最高です！　気力は充実し、身体の隅々まで聖なる気が満ち満ちているかのようです」

そう答えるアダルマンだが、確かに光って見える。

まさかと思いつつ、その状態を確認すると――

名前：アダルマン【EP：87万7333】
種族：死霊。中位聖魔霊――光霊骨《こうれいこつ》
加護：リムルの加護
称号：〝冥霊王《ゲヘナロード》〟
魔法：〈死霊魔法〉〈神聖魔法〉
能力：究極贈与《アルティメットギフト》『魔道之書《ネクロノミコン》』
耐性：物理攻撃無効、精神攻撃無効、状態異常無効、
　　　自然影響無効、聖魔攻撃耐性

やっぱりか。

死霊のくせに、光属性である。

恐らくだが、見た目が一番魔王らしいのがアダルマンだ。そんな彼が光属性というのだから、皮肉が利きまくっていると思った。

だがまあ、アダルマンの場合はエクストラスキル『聖魔反転』で属性を変えられたので、今更と言えば今更だったな。

逆だと思うが、気にしたら負けである。

だって、他にも気になる点があるからだ。

存在値が覚醒魔王級だとか、突っ込みどころが満載で俺としても頭が痛いが……一番の問題は、究極贈与《アルティメットギフト》『魔道之書《ネクロノミコン》』であった。

これは一体……。

《私が与えました》

聞くまでもなかったよね。

それ以外に考えられなかったが、やはりシエルさんの手が伸びていたようだ。

「何より素晴らしいのは、リムル様より与えられしこの力――『魔道之書《ネクロノミコン》』で御座います。英知の結晶にして、私の力の根源となりました」

嬉しそうにアダルマンが語る。

アダルマンの『魔道之書《ネクロノミコン》』には、『思考加速・万能感知・魔王覇気・詠唱破棄・解析鑑定・森羅万象・精神

破壊・聖魔反転・死者支配』といった権能が含まれているそうだ。

元々あった力に加えて、〈死霊魔法〉や〈神聖魔法〉なども詠唱せずに使えるようになったとのこと。

死者達への支配力と加護が強化された事で、アダルマンの軍勢はますます勢力を増したそうだ。

そんな内容を、嬉々として説明してくれたのだった。

本人が喜んでいるのなら、それでいい。

野暮な事を言うのは控えようと思ったのである。

《ちなみに、この『魔道之書《ネクロノミコン》』ですが、ガドラに与えた究極贈与《アルティメットギフト》『魔道之書《グリモワール》』と同系統になっております。『魔道之書《グリモワール》』からアダルマンに適さぬ知識を取り除き、必要とされる権能を追加してみました》

褒めて欲しそうなシエルさん。

ガドラにも権能を与えたんだ——と、今初めて知った。

凄いのは間違いないのだが、俺としては素直に納得いかないものがあったのだった。

気持ちを切り替えて考えると、アダルマンやガドラは研究者に向いている。親友だったらしくて、仲良く共同で魔道の研究を行っているのだ。

俺から見たら魔法マニアのようなヤツ等だし、害はないので好きにさせていた。もしかしたら真理の究明を成し遂げるかも知れないし、好きなものに熱中するのは良い事だと思うのだ。

この『魔道之書《ネクロノミコン》』と『魔道之書《グリモワール》』は、互いに補完し合っているとのこと。この二人が持つに相応しい権能みたいだし、確かにこれが正解なのだろうと思ったのだった。

アダルマンとの面談は終了だが、ここでアルベルトとウェンティの状態も聞き取り調査を行った。

本人達が恐れ多いと言って、俺との面談を望まなかったからだ。

もっと武勲を立てなければ、俺と会う資格がないと言っていたらしい。

真面目を通り越した何かどころか、理解不能なレベルである。

俺の事を、一体何だと思っているのやら……。

ともかく、部下の把握は大事である。

アルベルトは、アダルマンに隷属する従者だ。

そしてウェンティも、アダルマンに従属するペットである。

多分この二名は、アダルマンが死ねば滅ぶのだろう。だが逆に、アダルマンさえ無事ならば、その存在は不老不滅となっていた。

故に、アダルマンを経由して究極贈与《アルティメットギフト》を与える事に成功したのだという。

《頑張りました》

それ、趣味だからだよね？

間違いなく、シエルさんはいい性格をしている。俺はそう確信しつつ、報告を聞いた。

名前：アルベルト【EP：68万2639（＋〝霊剣〟60万）】
種族：死霊。中位聖魔霊――炎霊人《えんれいじん》
加護：リムルの加護
称号：〝冥霊聖騎士《ゲヘナ・パラディン》〟
能力：究極贈与《アルティメットギフト》『不老不死《イモータル》』
耐性：物理攻撃無効、精神攻撃無効、状態異常無効、自然影響無効、聖魔攻撃耐性

名前：ウェンティ【EP：98万4142】
種族：冥霊竜王《ゲヘナ・ドラゴン》
加護：リムルの加護
称号：〝冥獄竜王〟
魔法：〈暗黒魔法〉〈死霊魔法〉
能力：究極贈与《アルティメットギフト》『不朽不滅《エターナル》』
耐性：物理攻撃無効、精神攻撃無効、状態異常無効、自然影響無効、聖魔攻撃耐性

進化の影響で、存在値が凄い事になっている。

それに両者共、無効が多くて耐性は完璧に近かった。

アダルマンも同様だったので、一度死んだ死者だからこその耐性なのだろう。

両者の権能だが、名前は違うが内容は同じ。

含まれるのは三種で、『思考加速・完全再生・隷属不滅』となっていた。他にも付与出来る余地があるそうだが、それは思案中だそうである。

シエルさんの好きにさせておけば、問題はあるが間違いはないと思っておく。

彼等の〝魂〟をアダルマンに預けている為に、肉体が滅ぶ事がないそうだ。

アダルマンが死ねば一緒に死ぬのでは――という、俺の予想通りの結果なのだった。

そのアダルマンも不死者なので、実質無敵という感じである。

コイツ等も反則チームだなと、ついつい考えてしまったのだった。

ちなみに、アルベルトは伸びしろが大きい。

何しろ神話級《ゴッズ》の潜在値は百万なので、アルベルトの存在値が上昇すれば、まだまだ性能を引き出せるからだ。

剣の腕前も素晴らしいアルベルトならば、そうなるのも遠くない日の事だと思う。

その日を楽しみにしつつ、アダルマンを見送ったのだった。

＊

昼食を挟んで、面談を再開する。

満を持してやって来たのは、シオンであった。

「リムル様、お待たせ致しました！　ようやく私の出番ですね!!」

待ってはなかったが、それは言わない方がいい。

そう判断した俺は、「うむ」と頷きシオンと向き合ったのである。

名前：シオン〔EP：４２２万９１４０（＋〝神・剛力丸〟１０８万）〕

種族：闘神《トウシン》。上位聖魔霊――闘霊鬼《とうれいき》
加護：リムルの加護
称号：〝闘神王《ウォーロード》〟
技術：〈神気闘法《しんきとうほう》〉
能力：ユニークスキル『料理人《サバクモノ》』
耐性：物理攻撃無効、状態異常無効、精神攻撃無効、
　　自然影響無効、聖魔攻撃耐性

誇らしげにシオンが自分の力を説明する。

並行してシエルさんの説明を受けたのだが、大体間違っていた。

シオンの強さはスキルに頼らない。

シオンの武器は神話級《ゴッズ》なので、究極能力《アルティメットスキル》がなくても究極能力《アルティメットスキル》保持者に刃が届くのである。

肉体そのものが脅威で、しかも『無限再生』するという悪夢。

気力切れを狙うものの、シオンの存在値もベニマルに匹敵するほど群を抜いていた。つまり魔素量《エネルギー》も膨大であるという事であり、消耗を待つのも悪手なのだ。


耐性も完璧なので、真っ向勝負で打ち破るしかない。

それだけが唯一の勝ち筋なのだから、敵に同情したくなるというものだった。

「お前、強くなったな」

「えへへ、お褒めにあずかり恐縮です！」

恐縮などまるでしていない喜びようだった。

だが、事実なので文句はない。

それにしても、ここまでみんな究極持ちだったから、ユニークスキルしかないのが逆に驚きだ。

シエルさん、シオンから拒否されたの？

《いいえ。シオンは可能性の塊なので、慎重に見極めを行っております。ユニークスキル『料理人《サバクモノ》』も強力無比なので、何もしなくても十分かと》

ふむ、確かに強いけど……。

俺も最近、シエルさんの感情が読み取れるようになってきた。

直感だが、結構当たるのである。

その感覚を信じるならば、シエルさんがシオンのスキルを弄るのを躊躇《ためら》っている気配だ。

《……正解です》

珍しい事もあるものである。

理由を聞くと、しぶしぶながら答えてくれた。

何と驚き。シオンのスキルを強化した場合、俺を殺し得る権能を獲得する可能性があるのだと。

それは望ましくないと判断したシエルさんは、逆にシオンのスキル進化を封じたらしい。

スキルマニアがそんな真似をするとか、よっぽどだな。

シオンが俺に害意を持つとは思えないけど、そんな怖いスキルを獲得するのは考え物である。俺としても問題を抱え込みたくないので、シエルさんの行動を支持しておく事にした。


状態確認を終えてからも、俺はシオンとの雑談を楽しんだ。

シオンの自慢話に耳を傾け、相槌を打つ。

帝国軍との戦では、シオンも大活躍だったのだ。たまにはこうして話を聞いて、褒めてあげたいと思ったのである。

思えば俺は、シオンに対して怒っているか呆れているかの、どちらかの場合が多い。いや、シオンが頑張っているのは理解しているし、努力の成果も少しずつ現れてはいるのだが、それでもやらかし具合が半端ではないので、ついつい小言を言っちゃうんだよね。

だから久々に、こうして穏やかな会話を楽しむのもアリだと思う。

と、俺は父親のような気分でシオンに接していたのだが――

「――そうそう、うっかり報告するのを忘れるところでしたが、先ほど食堂で、浮かぬ顔をしたマサユキと出会いました――」

――ッ⁉

「何か悩んでいる様子でしたので、リムル様に相談しなさいと伝えております！」

何でドヤ顔なんだよ!!

またも勝手に……しかも、マサユキが悩んでいるのは、俺だって関わり合いになりたくない案件に間違いないし……。

そういうトコだぞ！

そういう先走った行為のせいで、俺達にまで被害が及ぶんだよ。

ああ、巻き込まれたくなかった。

だってさ、消えたはずのヴェルグリンドがいたから驚いたけど、落ち着いて考えてみたら、ヴェルグリンドがここにいた理由なんて一つしかないではないか。

ヴェルグリンドは、ルドラを追いかけて次元を跳躍したのだ。その先に待つ者なんて、一人しかいないいんだよね。

それに、マサユキってルドラと瓜二つだったし……。

ここまで状況が揃っていれば、俺にだって予想出来るというものだった。

しかし、だ。

そこまでわかっていても、シオンが俺に向ける信頼は裏切れないのだ。

「いつ会うか、日程を決めなきゃな」

問題の先送りでしかないが、そう言ってみた。

するとシオンは、平然とこう答えたのである。

「あ、それもバッチリです！　明日の朝イチで、会談をセッティングしておきました！」

バッチリじゃねーよ!!

事前協議もなしに、面談どころか会談してどーするんだよ。

マサユキとの個人的な相談から、とんでもない話になっている。シオンを仲介役にすると、こういう問題が発生するから侮れないのだ。

ていうか、会談には誰が参加予定なんだ？

いきなりの大問題発生で、頭が痛くなってきたぞ。

個人面談もまだ途中だというのに、とんでもない事になったものである。

まだ悪魔勢が残っているので、もしも今日中に終わらなかった時は、また後日という事になりかねない。

そうなると、暴れ出さないか心配だ……。

「そういう事なら、リグルドとベニマルにも準備をしっかりするように伝えてくれ！」

「承知しました。それでは、私はこれにて失礼しますね！」

シオンはそう言うなり、ウキウキしながら退出して行った。

俺は頭を抱えながらも、大慌てでディアブロ達を呼び出すのだった。

＊

残る面談予定者は、ディアブロ、テスタロッサ、カレラ、ウルティマ、そしてこの四名の配下達である。

ちょっと全員は無理かなと思ったので、ここからは巻きで——って、やっぱり危険だな。

「クフフフフ、ようやく私の番ですか。この時をどれほど待ち焦がれたか」

追い出したのは昨日の昼だったと思うが、大袈裟なヤツである。

「ふざけるなよ、ディアブロ！　まだ決着はついていないんだから、私が先にリムル様と面談しても問題ないはずだ！」

ボロボロのカレラが、ディアブロに食ってかかる。

それに同調するのがウルティマだ。

「その通り！　ボクだって、まだまだギブアップしてなかったからね。抜け駆けはダメだと思うよ」

この娘もまた、立っているのが不思議なほどに傷だらけだな。

というか、衣服も彼女達の一部のはずだから、それが回復していないという事はかなりの大怪我だと思われる。

それなのに、元気そうに喧嘩するとはね。

悪魔というのは、本当にタフであった。

「お止しなさいな。リムル様の御前で喧嘩するなど、不敬ですわよ」

テスタロッサが仲裁に入ってくれたので、ようやく静かになった。

それにしても、テスタロッサは優雅だ。

喧嘩していた三人を気にもせず、俺の為に紅茶を用意してくれたし。服装にも乱れなどなく、貫禄の違いを見せつけていた。

「それで、リムル様。ディアブロをクビにして、第二秘書の座を私達の誰かから選ぶとのお話でしたが、残念ながらまだ決着がついていないのです。どう致しましょうか？」

そんな話じゃなかったと思うんだよな。

もしかすると、悪魔達を最後に残したのは失敗だったかも。

シオンが要らぬ仕事を請け負ってこなかったとしても、ガゼル王への報告も残っていたのだ。厄介な問題は、先に片付けておくべきだったのである。

そう思ったものの、後の祭りだ。時間もないし、ここは強権を発動するとしよう。

「実はな、ゆっくりと面談している時間がなくなった。お前達の配下も呼ばなくてはならないし――」

「それならば必要ありません」

「いらないと思うね。アイツ等には勿体ないもの」

「うん。配下について情報が必要なら、ボクから報告しますよ！」

「そうですわね。わたくし達の時間を削ってまでリムル様と面談しようなどと……そんな愚か者はわたくしの部下におりませんわ」

四名同時に、満面の笑みでの返答である。

「お、おう」

と答えるしかなかったのだった。

＊

シエルさん的にも、悪魔勢を全員呼ぶ必要はないとの事だった。

何故かと言うと、ディアブロ達が口をそろえて『お好きにどうぞ』と答えたからだ。

本人達の意思を無視しているようだが、シエルさんが既に把握していた。部下を管理する為だと、俺も強引に納得する。そう考えた俺は、その場はそれで納得したのだった。

で、四名の中で最初の面談者だが、言うまでもなくディアブロだった。

残る三名を部屋から追い出して、嬉しそうに俺と向き合うように座っている。

名前：ディアブロ［EP：666万6666］
種族：魔神《マジン》。原初の七柱――悪魔王《デヴィルロード》
加護：リムルの加護
称号：〝魔神王《デモンロード》〟
魔法：〈暗黒魔法〉〈元素魔法〉
能力：究極能力《アルティメットスキル》『誘惑之王《アザゼル》』
耐性：物理攻撃無効、状態異常無効、精神攻撃無効、自然影響無効、聖魔攻撃耐性

お前、オカシイだろ――と思った。

大体、数字がゾロ目という時点で、イカサマしていると自白しているようなものだ。

シエルさんが何も言わないから、俺も突っ込む気は起きないけど。

やはり、何のかんの言っても、俺の配下の中で最強なのはディアブロだと思う。存在値も圧倒的だし、耐性も完璧だ。

ディアブロの『誘惑之王《アザゼル》』というのは、『思考加速・万能感知・魔王覇気・時空間操作・多次元結界・森羅万象・懲罰支配・魅了支配・誘惑世界』と、俺とほとんど同じ事が出来そうな権能であった。

ずっと自慢したかったらしくて、懇切丁寧に説明してくれたのだ。

シエル先生も、ディアブロの理解は満点だと満足そうである。

俺なんて、シエルさんの手助けなしにはスキルを活用出来ないので、実際にはディアブロの方が強いんだよね。

魔素量《エネルギー》が膨大で、レベルも高く、能力《スキル》の質も高い。

全ての面で万能な、優秀な悪魔であった。

どうして俺の部下をやっているのか謎である。

バトルマニアっぽい上に、ちょっと俺に懐き過ぎと

いう欠点があるけど、コイツの底知れぬ強さは頼りになるのだ。

進化した事で、ゼギオンとの模擬戦がどうなるのか気になった。

きっと面白い戦いになりそうである。

あと、ベニマルもだな。

ベニマルの場合は、常に手加減しているようなものだ。アイツが本気を出したら、勝負以前に全てを焼き尽くしてしまうのである。

もう生き残れるかどうかの話になっちゃうのだが、迷宮内ならば問題なし。もっとも、手の内を晒す事になるから、ベニマルは嫌がるだろうけどね。

属性の相克《そうこく》では、水は火に強いから、ベニマルに対してはゼギオンの方が有利なんだけど……そこは実際に戦ってみなければわからないだろう。

まあ、わざわざ優劣を決する必要もない。

ベニマル、ディアブロ、ゼギオンが、俺の配下の中での三頂点《スリートップ》という事にしておけば、波風も立たないというものだった。


ディアブロについては以上である。

そしてその配下はというと、ヴェノムに加えてガドラが正式に弟子入りしたらしい。

「弟子？」

「はい。私の配下に加えた事で、あの者が裏切る心配はなくなりました」

多分大丈夫だろうとは思っていたが、これで確実に安心出来るな。

ガドラは迷宮守護者という縛りがあるので、大っぴらに雑用を押し付ける事は出来ないのだが、ディアブロは気にしていない様子。弟子と言っているので、部下とは別の括《くく》りで考えているようだ。

「それは良かったが、何でまたお前が？」

「はい、ヤツはまだまだリムル様への信仰心が足りませんが、魔法への探求心は本物です。人種にしては見所がありましたので、私自ら手ほどきをしてやろうかと、あの者の神秘奥義：輪廻転生《リインカーネーション》に干渉していたのです」

「それで？」

「あの者は情けない事に、先の戦いで死にかけました。それはリムル様の命令に背く行為なので、そうならぬよう悪魔族《デーモン》へと転生させたのですが……何故か不思議な事に、金属性悪魔族《メタルデーモン》という聞きなれぬ種族になってしまいまして……」

と、ディアブロはここで言葉を区切って、何故か俺を見た。

心当たりはないが、俺が何かしたっけ？

《あ、私が干渉しました》

あ、って何だよ！

これだから個人面談が必要だと思った訳だが、まさに色々とやらかしてくれていたようだ。

それならそれで、もっと考えて欲しかった。

金属性悪魔族《メタルデーモン》とか、若干ベレッタと被っている気がするし……。

《その点については御安心を。コンセプトが全くの別物ですので》

それならいいかなと、投げやりに納得する。

そういう問題ではないのだが、めんどくさくなったのだ。

「俺が少し手助けしたからかな？」

と、そう答えるしかなかったので正直に打ち明けた。

するとやはり、ディアブロが歓喜のあまり興奮して、暫《しば》くの間話し込む事になってしまったのだった。

話を総括すると、ディアブロもガドラを気に入っていたとの事だった。だから何かあった時には自分の眷属に加えると、以前から約束していたらしい。

ガドラが魔法マニアなのは有名だった。あの魔人ラーゼンの師匠だし、自分の知的好奇心を満たす為なら悪魔になるのも厭《いと》わないのだろう。

そういう男なのだから、俺に迷惑をかけない限り、好きにさせておくに限る。

俺もあの爺さんは嫌いじゃなかったので、問題なしと判断した。

ただし、アダルマンみたいになられるのも気持ち悪いので、信仰心は厳禁だと宣言しておいた。

ディアブロの弟子だからと、同じような信者が生まれるのは断固拒否なのだ。

「これからはお前の責任で、ちゃんと面倒を見てやるように」

俺からすれば、ガドラ老師もかなりの年長者なんだけどね。そんな大先輩に対するセリフではないような気もするが、ディアブロはもっと年配なのである。

それこそ、年配という言葉の概念が崩壊するくらいの長命種なのだから、その言い方でも間違ってはいないはずだった。

という訳で、ディアブロの直轄も二名になったのである。

＊

ディアブロが一礼して退出するなり、入れ替わるようにテスタロッサが入室してきた。

優雅な物腰で、俺の向かい側に着席する。

うん。

その気はなかったのだが、本当に秘書になってもらうのもアリか——いや、駄目だな。それをすると、ディアブロを外交武官に任命する事になるし、そうなると、アイツは絶対に暴走するからな。

要らぬ問題を抱え込みたくないので、このままいこう。

それに、テスタロッサにはお願いしたい件があったのだ。

どう話そうかと悩んでいたら、スッと書類を差し出された。

それに記載されていたのは、テスタロッサの眷属達の情報だ。

名前：モス［ＥＰ：１０７万９３９７］
種族：悪魔公《デーモンロード》——大公級

加護：原初《ブラン》の白の眷属
称号：女帝の腹心
魔法：〈暗黒魔法〉〈元素魔法〉
能力：ユニークスキル『採集者《カリトルモノ》』
耐性：物理攻撃無効、状態異常無効、精神攻撃無効、
自然影響無効、聖魔攻撃耐性

名前：シエン【EP：28万6596】
種族：悪魔公《デーモンロード》——子爵級
加護：原初《ブラン》の白の眷属
称号：女帝の書記官
魔法：〈暗黒魔法〉〈元素魔法〉
能力：ユニークスキル『記録者《オボエルモノ》』
耐性：物理攻撃無効、状態異常無効、精神攻撃無効、
自然影響無効

俺にしか読み取れない情報も加えると、こんな感じであった。

モスもシエンも、先の戦での直接戦闘はない。だから危機にも陥っておらず、シエルさんの魔の手からも逃れたようである。

ついでに、テスタロッサはというと。

名前：テスタロッサ【EP：333万3124】
種族：魔神《マジン》。原初の七柱——悪魔王《デヴィルロード》
加護：リムルの加護
称号：〝虐殺王《キラーロード》〟
魔法：〈暗黒魔法〉〈元素魔法〉
能力：究極能力《アルティメットスキル》『死界之王《ベリアル》』
耐性：物理攻撃無効、状態異常無効、精神攻撃無効、
自然影響無効、聖魔攻撃耐性

戦が始まる前と比べて、存在値が比較にならないほど増加している。飛空船上でのヴェルグリンドとの戦闘時から比べても、三倍以上に上昇したらしい。

「魔素量《エネルギー》が凄く増えたようだね？」

「はい。ヴェルグリンド様との決戦に間に合っていれば、もう少し面白い演武となったのでしょうが、とて

も残念ですわ」

うーん……戦いって、演じるものじゃないからね？　まあ、言っても無駄なんだろうけどさ。

つくづく思うのは、戦いにおいて大事なのは、量ではなく質だという事だ。今回の場合、魔素量《エネルギー》よりも戦闘経験がものを言っている。

ヴェルグリンド相手に善戦出来たのは、技量面では互角だったからなのだ。長期戦になったら敗北確定だったが、時間稼ぎだけだから何とかなったという事なのだろう。

そんなテスタロッサの魔素量《エネルギー》が増加したという事は、戦闘能力も大幅に上昇したという事である。

頼もしい事この上なしなのだが、彼女達が暴走しないように監視するという、俺の責任も重大なものになったのだった。今はディアブロに任せっきりだが、もう少しだけ気にかけようと思ったのである。

それにしても『死界之王《ベリアル》』か。

テスタロッサに相応しく、危険な香りのするスキルである。


含まれる権能だが『思考加速・万能感知・魔王覇気・時空間操作・多次元結界・森羅万象・生命支配・死後世界』といった感じだな。

これも、世界系がある。

それも『死後世界』とか、体験したくないにもほどがあった。

怖いので、管理はシエルさんにお任せだ。

「それで、面談との事ですが、公には出来ぬお話があるのでは？　それはどういった内容なのでしょうか？」

テスタロッサは自身の配下であるモスとシエンの情報を開示するなり、そう切り出した。察しが良くて、非常に助かる。

俺は気持ちを切り替えて、悩みの一つを打ち明ける事にした。

それは、明日の朝に行われるマサユキ達との会談についてだ。

「深読みし過ぎと言いたいが、お前には相談があったんだ。実はマサユキ達と会談する予定になっててさ、どうしたものかと悩んでてね」

「なるほど、帝国の処遇についてですわね」

話が早くて驚きだ。

「その通り。マサユキが悩んでいるらしいんだけど、急に言われても対応に困るというか……」

シオンはそこまで考えていなかったのだろうけど、マサユキが皇帝ルドラの生まれ変わりなのだとして、だから皇帝になれるのかというと簡単ではないはず。

そもそも、現皇帝であるルドラ——に成り代わったミカエルが、どこに消えたのかも不明なのだ。

マサユキが皇帝を名乗ろうにも——というか、アイツはそれを望まないだろうしな……。

我が国が後押しするのも、それはそれで変な話だし。それに、ミカエルの権能である〝王宮城塞《キャッスルガード》〟は、ルドラを信じる者がいる限り破れない。つまりは、帝国臣民の扱いをどうするかも、同時に考えなければならなかった。

本当、もっと時間が欲しい案件である。

ガゼル王への説明も厄介だが、これはそれ以上にヤバイと思う。

何度も言うが、関わり合いになりたくないのだが、そうも言っていられない案件だったのだ。

「そういう事でしたら、わたくしも会談に参加致しますわ。帝国のある東方ですが、元はわたくしの支配領域でしたし。外交武官として赴任するのもやぶさかではは御座いませんもの」

おお、頼りになる！

こういう案件だと、シエルさんだけに任せられないのだ。シエルさんの解決策を俺が口にすることは可能でも、それを実行すべく部下に指導するのは、現地人に任せなければならない。

そもそも、それが絶対に正しい意見だったとしても、帝国側が受け入れられない場合は、その案は却下せざるを得ないからね。

帝国を属国にするならいざ知らず、それでないのなら他所の国家運営に口出しすべきではないと思うのだ。

その点、テスタロッサなら臨機応変に対応してくれるだろう。

西側諸国での実績もあるし、方針さえ決まった後は、任せて安心というものだった。

「それなら、明日の朝は頼むぞ」

「承知致しました。このわたくしにお任せを！」

テスタロッサの嫣然《えんぜん》とした微笑みが頼もしくて、俺は少しだけ気分が楽になったのだった。


俺の話はそれで終わりだったので、テスタロッサを見送ろうと立ち上がったのだが——

「リムル様、わたくしからも一つ、報告しておきたい事が御座います」

「ん？」

「覚えておられるかと思いますが、リムル様は帝国の大将だったカリギュリオから助命嘆願を——」

テスタロッサの話を聞いて、俺も思い出した。

少し面倒ではあったが、不可能ではない内容である。

「わかった。それじゃあ今から——」

テスタロッサが覚えていてくれて良かった。

こういう細やかな気配りが出来る点も、テスタロッサを頼もしく思う理由の一つなのである。

夕食前に作業を終わらせるべく、俺はテスタロッサを伴って研究施設へと向かったのだった。

＊

残るは二名だ。

夕食を挟んで、ウルティマを呼び寄せた。

「もう、待ちくたびれちゃった」

と可愛く言いながら、ウルティマがちょこんと座る。

こんな妹がいたら可愛いだろうなと、俺もほっこりとなった。

手ずからお茶を淹れて、取って置きの焼き菓子だって振る舞っちゃう。

「わあ、わあ！　わざわざリムル様が!?」

「フフフ、俺だってお茶くらい淹れられるのさ。まあ、紅茶はダメだが、コーヒーだってオッケーだよ」

なんちゃってドリップだけどね。

本格的なヤツは、シオンにすら劣る腕前だった。

悔しいが、それが現実なのだ。

ま、あくまでも飲料、紅茶とコーヒーに限るけど、シオンの腕前も上達しているのだった。

人の料理に文句ばかり言うのはダメだろうと、自分でもやってみたのだが……これが案外難しい。

生前は外食ばかりで、自炊とかした事がなかった。仕事が忙しかったし、片付けの手間を考えると、その方が費用対効果も高かったのだ……。

マンションのシステムキッチンは綺麗なままだった。暇な時間で試作してみようと、料理本だけ集めていたのだ。

その記憶が今になって役立っているから、全てが無駄だったとは言えないんだけどね。

ともかく、挽いた豆にお湯を入れるだけなので、コーヒーなら俺でも大丈夫なのである。

「とんでもないです！　このお茶だけで、ボク、大満足です！」

そんなに喜んでもらえるなら、俺も嬉しい。

「遠慮すんなって。コーヒーは少し時間かかるから、話している間に沸くだろうさ」

俺も飲みたいので、コーヒーサーバーにフィルターをセットしてお湯を注いだ。

この道具一式は、カイジンお手製である。これを元にした量産型も出回っているので、喫茶店もそれなりに繁盛しているのだった。

コーヒー豆の香しさが漂う。

そんなふうに俺は、ダンディさをウルティマに見せつけた。

これで俺の評価が上がる事間違いなし。

こういうところでポイントを稼ぐ、それが大事なのである。

《セコイ、と愚考します》

愚考すんなよ！

これは高度な戦略で、全然せこくないっての。

大体さ、バトルマニアの〝原初〟さん達を相手にするには、強さを見せつけても意味がないだろ？

こういうのは、違うジャンルで勝負するのが吉なのだ。

《はあ……。既に十分に威容を見せつけているので、そんな心配は無用かと》

いいんだよ。

その威容は、意図して見せたんじゃないし。

そんな話はどうでもいいので、本題に入るとしよう。

「それでは、報告を聞こうかな」

「はい、先《ま》ずはこれを」

手渡されたのは、眷属に関する報告書だった。

名前：ヴェイロン【EP：88万2869】
種族：悪魔公《デーモンロード》――公爵級
加護：原初の紫《ヴィオレ》の眷属
称号：毒姫の執事
魔法：〈暗黒魔法〉〈元素魔法〉
能力：究極贈与《アルティメットギフト》『真贋作家《アーティスト》』
耐性：物理攻撃無効、状態異常無効、精神攻撃無効、
　　　自然影響無効、聖魔攻撃耐性

名前：ゾンダ【EP：30万1316】
種族：悪魔公《デーモンロード》――子爵級
加護：原初の紫《ヴィオレ》の眷属
称号：毒姫の料理人
魔法：〈暗黒魔法〉〈元素魔法〉
能力：ユニークスキル『調理人《イタメルモノ》』
耐性：物理攻撃無効、状態異常無効、精神攻撃無効、
　　　自然影響無効、聖魔攻撃耐性

ヴェイロンの強さも目を引いたが、一瞬ドキッとなったのは、ゾンダの『調理人《イタメルモノ》』だろう。

シオンのデタラメなスキルと同じ系統かと思えば、そうではなく。その権能は状態把握と支援に特化したものだった。

どんな怪我でも、それを『調理』する事で回復させる事も可能なのだと。因果律にまで及ぶようなとんでもないスキルではなかったので、ホッとひと安心した

のだった。

続いて、本命のウルティマである。

名前：ウルティマ【EP：266万8816】
種族：魔神《マジン》。原初の七柱――悪魔王《デヴィルロード》
加護：リムルの加護
称号：〝残虐王《ペインロード》〟
魔法：〈暗黒魔法〉〈元素魔法〉
能力：究極能力《アルティメットスキル》『死毒之王《サマエル》』
耐性：物理攻撃無効、状態異常無効、精神攻撃無効、
　　自然影響無効、聖魔攻撃耐性

ウルティマもテスタロッサ同様、大きく成長していた。

進化終了後から、魔素量《エネルギー》が増え続けたそうだ。とっくに超級覚醒者《ミリオンクラス》を超えているので、どこまで強くなるのか、頼もしくもあるが脅威でもあった。

そして、忘れてはならないのがウルティマの権能だ。

究極能力《アルティメットスキル》『死毒之王《サマエル》』――『思考加速・万能感知・魔王覇気・時空間操作・多次元結界・弱点看破・死毒生成・死滅世界』――

うん。

殺す事に特化したような権能だった。

ヤバイのは『死毒生成』だ。これと『弱点看破』を組み合わせる事で、敵を殺すのに最適な毒を生み出せるのである。

だが、それよりも気になるのが『死滅世界』だった。

これって、究極能力《アルティメットスキル》を所有していない精神生命体以外の者を無条件で殺せるという、凶悪極まりない世界系の権能だったのである。

俺が持っていた『心無者《ムジヒナルモノ》』の超強化版という感じだな。本物の強者には通用しないのだから、封印させるのが吉だろう。

「ウルティマ、悪いんだけどさ……」

俺は気分を落ち着ける為にコーヒーをコップに注ぎながら、そう切り出した。

「何でしょう？」

「その、お前の『死滅世界』なんだけど――」

「はい」

ウルティマが嬉しそうに、俺が差し出したコップを受け取る。

言うなら、このタイミングしかなかった。

「今後は使用禁止だ」

「わかりました！　ボクも、これは要らないかなって思ってたんです。リムル様は、ボクの気持ちまでお見通しなんですね！」

「えっ⁉　お、おう。まあな。当然だろ？」

ハハハと笑って誤魔化しながら、俺は良かったと胸を撫でおろした。

何だか知らないけど、ウルティマも『死滅世界』を使うつもりがなかったようだ。

いや、考えてみれば当然かも。バトルマニアなら、無条件勝利とか好ましくないだろうしな。

まあ、ウルティマが納得してくれたのなら、それでいい。俺は安心して、それからは和やかな会話を楽しんだのだった。

＊

最後の面談者はカレラである。

「やあ、我が君！　我が君が助けてくれなければ、近《こん》藤《どう》に勝てたかどうか怪しいね。あの男は人間とは思えないくらい、本当に強かったからね」

報告を終えたカレラは、そう言って笑った。

シエルさんからも聞いていたが、本人の口から聞くと生々しい。勝てたのは本当にギリギリだったらしく、カレラが近藤を評価しているのも本心からなのだろう。

確かに、近藤は強かったようだ。

ベニマルもグラニートとかいう序列三位を撃破しているが、近藤の方を警戒してたそうだし。というか、近藤以外には勝てる自信があったらしい。

それだけ評価の高かった男を撃破したのだから、カレラが大金星を挙げたと言っても過言ではないのだ。

俺から〝力〟を与えられたお陰だと、カレラが言う。

「肉体を得て、限界突破して、更に進化して、もらってばかりだね。この恩に報いたいんだ。私の忠誠は、永遠に貴方様のものだと理解して欲しい」

普段から傲岸不遜な態度が目立つカレラだから、俺に対してはマシな方なのだろうな。まあ、〝格〟で言えば生まれたての〝魔王〟より、古《いにしえ》から生きる〝原初〟の方が遥かに上だと思うけど。

忠誠云々はともかく、俺の答えは決まっている。

「そういう事なら、これからも宜しくな。今ではお前がいてくれないと、裁判が成り立たないんだ」

魔物はやはり、強者に従う傾向にある。

逮捕するのは誰でも出来るにしても、裁くのは強者が適任なのだ。

将来的には大審院制度のようなものを制定して、超凶悪犯以外は民衆の手に委ねてみようかと考えているけど、それは国家が安定してからの話。魔国連邦《テンペスト》はまだまだ発展途上国なので、カレラの力は大いに役立っているのである。

「ああ、喜んで！　私もそうだが、私の眷属達だってリムル様の望むがままに働くとも‼」

カレラはそう答えて、嬉しそうに笑ったのだった。

そして、そんなカレラとその眷属達の状態はというと。

先ずは、手渡された資料に目を落とす。

カレラの部下は、アゲーラとエスプリだ。

名前：アゲーラ【ＥＰ：73万３５７５】
種族：悪魔公《デーモンロード》──侯爵級
加護：原初の黄《ジョーヌ》の眷属
称号：暴君の師匠
魔法：〈真・気闘法〉
能力：究極贈与《アルティメットギフト》『刀身変化《とうしんへんげ》』
耐性：物理攻撃無効、状態異常無効、精神攻撃無効、
自然影響無効、聖魔攻撃耐性

名前：エスプリ【ＥＰ：55万２１３７】
種族：悪魔公《デーモンロード》──伯爵級
加護：原初の黄《ジョーヌ》の眷属
称号：暴君のズッ友

魔法：〈暗黒魔法〉〈元素魔法〉
能力：ユニークスキル『見識者《ミヌクモノ》』
耐性：物理攻撃無効、状態異常無効、精神攻撃無効、
　　自然影響無効、聖魔攻撃耐性

やはり強い。

というかさ、これって旧魔王級なんだよね。

アゲーラなんて、疑似覚醒したクレイマンに匹敵してるし、仮定の話だけど、あの時に戦っていたら勝っていたと思う……。

旧魔王級の部下を何人も抱えられるなんて、どう考えても間違っている気がするよ。

それよりも、ズッ友というのが気になる。

これって、カレラの評価ってコトだから、まあそういう関係なんだろうな。

確かにエスプリってギャルっぽいし、そうと知らなければ仲良しな友達関係にしか見えないし。主従関係よりも、先輩後輩って感じなんだろう。

カレラの系統も結構変わってるなと、俺は素直にそう思ったのだった。

で、驚くのはここからだ。

カレラはマジでヤバかった。

名前：カレラ〔EP：701万3351（＋〝黄金銃〟337万）〕
種族：魔神《マジン》。原初の七柱――悪魔王《デヴィルロード》
加護：リムルの加護
称号：〝破滅王《メナスロード》〟
魔法：〈暗黒魔法〉〈元素魔法〉
能力：究極能力《アルティメットスキル》『死滅之王《アバドン》』
耐性：物理攻撃無効、状態異常無効、精神攻撃無効、
　　自然影響無効、聖魔攻撃耐性

ディアブロを超える魔素量《エネルギー》とか、思わず目が点になってしまったね。流石に成長は止まっているみたいだが、俺の配下の中ではダントツだった。

だが、何よりヤバイのは『死滅之王《アバドン》』だ。

その権能は『思考加速・万能感知・魔王覇気・時空

間操作・多次元結界・限界突破・次元破断』という感じで、世界系はないものの攻撃力に特化している。特に『次元破断』とか、空間歪曲防御領域《ディストーションフィールド》を貫通して敵を滅ぼせる権能なのだと。

　カレラのパワーを破壊魔法に上乗せして、その権能まで付与された場合、耐えられる者などほとんどいないと思われた。ラミリスの迷宮の階層破壊も可能らしいので、これがどれだけヤバイのか理解出来るだろう。

　正直言って、俺だって相手にしたくないレベルである。

「お前、強くなったな……」

　思わずポロリと本音がこぼれ出た。

「ああ、我が君のお陰だとも。それに、これを託してくれた近藤のね。私はあの男の想いに応える為にも、皇帝ルドラを討つつもりだよ」

　そうだなと言いかけて、俺は思い出す。

　近藤もまた、ミカエルに操られていたんだった。

「その事だが、本物のルドラは消えた……というか色々あって、お前達が戦っていたのは、スキルの意思がルドラを乗っ取った存在だったんだよ」

　俺はカレラに、ルドラの正体が神智核《マナス》となったミカエルなのだと説明した。するとカレラは、驚いた様子もなく頷く。

「なるほどね。それでフェルドウェイの野郎が、ルドラに向かってミカエルと呼びかけていたのか。これで納得したよ、我が君」

　それは何より。

　間違ってもマサユキを相手に、喧嘩をふっかけないように。

　そういった内容も注意して、カレラとの面談も終わったのだった。

　――と思ったら、部屋から出ようとしたカレラが、振り返ってこう言った。

「そうそう、忘れていたがね。我が君に一つ、伝えておかねばならない事があったんだ」

「ん？　何だ？」

　俺はそう問い返してから、コーヒーを口に含む。

「実は、言おうか言うまいか悩んだんだが――」

カレラが悩むとは大事だな。

それなら、席に戻って落ち着いて――

「――アゲーラだけど、ハクロウさんの祖父だったらしいね」

ブフッ⁉

思わずコーヒーを吹き出すところだった。

ギリギリ回避したが、そんな重要案件なら、去り際に告げるなんて止めて欲しいものだ。

「お前、それ！」

「ハハハ、大事な話だっただろう？　私では手に負えないので、判断は我が君に一任するとしよう」

そう言って笑いながら、カレラはそのまま去って行った。

完全な丸投げである。

あの笑いは、肩の荷が下りたという解放の笑みだったに違いない。

ともかく、これは無視出来ぬ問題だな。

ディアブロや、悪魔三人娘の眷属達は面談しなくていいと言われたが、アゲーラだけは後で会ってみようと思ったのだった。

＊

俺も考えがまとまらないので、アゲーラと会うのはまた今度だ。

これにて一応、個人面談は終了である。

明日はマサユキ達との会談が控えているので、今日はもう仕事しない――のだが、どうせ俺に睡眠は不要なのだ。

のんびりと寛《くつろ》げるスライム状態に戻り、布団に入る。

この暗闇の中が、何故かとっても落ち着くのだ。

《では、報告します》

あのう、仕事は終わりなんですけど……？

《これは主様《マスター》のスキルに関する内容ですので、断じて仕事

ではありません》

それ、シエルさんにとっては趣味だからいいけど、俺からしたら仕事と大差ないんだよね。

と言っても、シエルさんは聞き入れてくれないか。

どうせ把握しておく必要はあるんだし、諦めよう。

というか、実は少し楽しみだったりする。

間違いなくぶっ飛んだ結果になっているだろうし、心構えも万全だ。

今回の統合は実に快適に、低位活動状態《スリープモード》になる事もなく終了した。完了するまで一日半ほど経過したのだが、俺もその間、何の問題もなく個人面談をしていたのだ。


そりゃあ、そうだろう。

実戦の最中に『能力改変《オルタレーション》』の許可を求めてきたのだから、活動停止になどなる訳がない。

そうなっていたら激怒ものである。

報告を頼むと念じると、速やかに情報が開示された。

さて、どうなっているかな？

名前：リムル＝テンペスト［EP：868万112
　3（＋〝竜魔刀《りゅうまとう》〟228万）］
種族：最上位聖魔霊――竜魔粘性星神体《アルティメットスライム》
庇護：友愛の恩寵
称号：〝聖魔混世皇《カオスクリエイト》〟
魔法：〈竜種魔法〉〈上位精霊召喚〉〈上位悪魔召喚〉、
　その他
能力：神智核《マナス》：シエル
　固有能力『万能感知・竜霊覇気《りゅうれいはき》・万能変化』
　究極能力《アルティメットスキル》『虚空之神《アザトース》』
　究極能力《アルティメットスキル》『豊穣之王《シュブ・ニグラト》』
耐性：物理攻撃無効、自然影響無効、状態異常無効、
　精神攻撃無効、聖魔攻撃耐性

結果、こんな感じになっていた。

実感してなかったが、俺の存在値も凄いな。

この直刀の増加分も計上したら、一千万を超えちゃってるぞ。

今では俺に馴染んだ直刀だが、流石は神話級《ゴッズ》である。俺の種族特性に影響されて形状が変化しており、便宜上〝竜魔刀《りゅうまとう》〟と呼称する事にした。

孔も二つ空いている。順調に刀も進化しているようで、俺も満足だ。

もしかして正式に名前を付けたら、進化しちゃったりして？

なんて、ないな。

ないない。

試してみようかと思わなくもないが、適当な名前は付けたくないし。

ま、その内、恰好いい名前を思いついたら、名称を変えてみるとしよう。

存在値というか、魔素量《エネルギー》がダントツだったからと言って、安心は出来ない。

ベニマルやディアブロ、それにゼギオンなどは言うまでもなく、テスタロッサ達悪魔三人娘なども戦闘能力がとても高い。

テスタロッサなど、十倍近い差のある魔素量《エネルギー》を誇るヴェルグリンドを相手に、善戦してのけたほどだ。

この事例からもわかる通り、大事なのは存在値の大小ではなく、力を如何に上手く使いこなせるかどうかであろう。

その力とは、魔素量《エネルギー》、技量《レベル》、権能の三つの総合力である。

彼等は帝国軍との戦いで、その力を万全に使いこなしていた。

今後の戦いを見据えて、俺も負けてはいられないと思ったのである。

ともかく、現段階ではカレラも抜いて、俺がトップであった。

面目躍如だと安堵しつつ、他の項目に目を向けよう。

俺がヴェルドラから受けていた加護も消えて、今では庇護になっている。加護を受ける側から庇護する側へ、俺も成長したものだ。

——などと、現実逃避している場合ではない。

スッキリってレベルではないと思ったが、俺のスキルがたった二つだけになっちゃったのかな？

そんな俺の疑問に答えるように、嬉しそうにシエル先生が解説を始める。

《まず、不要となった『智慧之王《ラファエル》』と『暴食之王《ベルゼビュート》』を統合して――》

おーい、待て待て待てまてッ!!

今、何て言った？

コイツ、サラっと何を口走ってくれたのかな？

自分の母体とも言える『智慧之王《ラファエル》』を、要らないから統合に使っちゃっただと!?

《何か問題でも？》

俺の聞き間違いではなかったようだ。

いや、聞き間違いなんて有り得ないのはわかっていたんだが……まさか、本当に実行しているとは思わなかった。

だけど、『智慧之王《ラファエル》』がなくなったら、シエルさんも存在出来ないんじゃないのか？

《いいえ。私は既に独立しておりますので、心配は無用です》

俺の疑問に、シエルさんが落ち着いて答える。

自分の母体とも言える『智慧之王《ラファエル》』でさえも、簡単に消費してしまうシエル先生。その所業には驚かされたけど、抜け殻のようなものだったから問題ないのだと。

大事なのは中身なんだってさ。

シエルにとっては、何の感慨もなく、一切の感傷を挟まずに作業を行ったようである。

無駄な能力を排除しまくっている点からも、その徹底ぶりが窺えるというものだった。

しかし、問題ないのならいいんだが、『暴食之王《ベルゼビュート》』まで消費する必要はあったのかな？

《無論です！》

　やはり、実行前に確認すべきだったかも——なんて弱気になりつつ問う俺に、我が意を得たりとばかりに力強くシエルが答えた。そしてその勢いのまま、解説を強行してくれたのである。

　結論から言えば、俺の能力《スキル》は、原形を留めぬほどに変化していた。

　これは最早、改変というレベルではない。

　いや、スキルを統合して改変しているんだけど、何だか納得いかない気分であった。

　で、その肝心のスキルはと言うとだ。

　一つ目の『虚空之神《アザトース》』だが、『智慧之王《ラファエル》』と『暴食之王《ベルゼビュート》』を統合して誕生している。

　それだけではなく、『暴風之王《ヴェルドラ》』と獲得したばかりの『灼熱之王《ヴェルグリンド》』まで生贄にしたらしい。ただし、その権能は継承しているとの事で、何の問題もないんだと。

　つまり、『魂暴喰《こんぼうしょく》・虚無崩壊・虚数空間・竜種解放〔灼熱・暴風〕・竜種核化〔灼熱・暴風〕・時空間支配・多次元結界』というのが『虚空之神《アザトース》』の権能なのだ。

　元はあった『竜種召喚』が消えたけど、解放解除と再解放で問題ないらしい。そもそも、解放されているヴェルドラ達の意思で、勝手に俺のところまでやって来られるし。必要ないというのが実情だった。

　気になるのが『竜種核化』だが、これは文字通り、俺の持つ直刀に空いた孔に嵌める為の、刀の核《ブレードコア》へと変じる権能だった。

　もう一度言うが、膨大なエネルギー体である〝竜種〟を、凝縮して刀の核《ブレードコア》とするのだ。それがどれだけ凄まじい威力を生み出すのか、想像するのも恐ろしい。

　本人達の了承が必要らしいが……怖くて使い時が思い浮かばない。

　これは封印だなと、使う前から思ったものだ。

　まあ、心配しなくてもヴェルグリンドは拒否するだろう。だけどヴェルドラは、ノリでやってみようとか言い出しそうなんだよね。

　ちょっと心配なので、これは秘密にしておく事にした。

それよりも、だ。

真にヤバイのは、統合して最適化された『虚空之神《アザトース》』本来の権能である。


魂暴喰…捕食・暴食の超強化版。対象の魂ごと喰らい尽くす。

虚無崩壊…混沌世界を満たす、究極的破壊エネルギー。神智核《マナス》によって初めて、完全制御可能。

虚数空間…混沌世界。『胃袋』＋『隔離』の超進化版であり、隔離すべき対象を閉じ込める牢獄。

時空間支配…時間と空間を把握し、意識するだけで瞬間移動が可能。時間にすらも影響を及ぼす。

多次元結界…常時発動型の、多重結界。次元断層防御領域《ディメンションフォールト》による絶対防御。


というのが、シエル先生の説明だった。

かなり凄まじい事になっていた。

こんな改変を、戦闘中に実行しようとするのだから恐ろしい。

だが一つ、次元断層防御領域《ディメンションフォールト》による絶対防御、これだけは信用出来ないと思っている。空間歪曲防御領域《ディストーションフィールド》よりも強固で安全という触れ込みだが、この世に〝絶対〟なんてないからね。

俺は騙されないのである。

それに……『星風之王《ハストゥール》』をランガが獲得した時点で、俺の権能がヤバくなるのは自明の理だったのだ。

だから驚くよりも、『虚空之神《アザトース》』があれば他の権能なんて要らないのでは、と呆れたのだった。

二つ目の権能は、言わずと知れた『豊穣之王《シュブ・ニグラト》』である。

今回の『能力改変《オルタレーション》』で、俺の権能は以上の二つとなった。

統合前より強化されたのは明らかだが、ふと、消えてしまった権能があるように思えた。例えば『思考加速』とかだが、今も問題なく使えているんだよね。

これってどういう事だろう？

《それらの権能――『思考加速・未来攻撃予測・解析鑑定・並列演算・統合・分離・詠唱破棄・森羅万象・食物連鎖・思念支配・法則支配・属性変換』ですが、演算系は私自身に統合しました。ですので、より速やかな反応速度で応じられるようになっています》

素晴らしい、と褒めるべきなんだろうな。

やり過ぎだと思わなくもないが、これからの戦いには必要だと考えを改めた。

俺が弱気になれば、それだけ犠牲が増えるのだ。

キッチリと決着を付けて、平和な暮らしを満喫する為にも、遠慮や手加減は無用なのだった。

＊

さてさて、自分の力も確認出来たし、ここでついでにヴェルドラと比較してみる事にした。

名前：ヴェルドラ＝テンペスト［ＥＰ：８８１２万６５７９］

種族：最上位聖魔霊――竜種

庇護：豊穣の恩恵、暴風の守護

称号：〝暴風竜〟

魔法：〈竜種魔法〉

能力：固有能力『万能感知・竜霊覇気・万能変化』

　究極能力《アルティメットスキル》『混沌之王《ナイアルラトホテップ》』

耐性：物理攻撃無効、自然影響無効、状態異常無効、

　精神攻撃無効、聖魔攻撃耐性

というのが、ヴェルドラの現状である。

耐性が完璧なのは言うまでもなく、特筆すべきはその存在値のぶっ飛び具合であった。

しかし、この数値を見ると、驚くよりも笑ってしまうのだ。

アイツ、測定時にやらかしたのである。

………

……

…

ついさっき、夕食後の出来事だ。

俺はウルティマとの面談予定があったので、直ぐに席を立とうとした。

だが、ここでヴェルドラに邪魔されたのである。

「クアーーーッハッハッハ！　リムルよ、貴様は今、ベニマル達と面談しておるそうではないか。我も今、ちょうど暇をしておってだな――」

「あん？　俺は忙しいんだよ。悪いけど、遊ぶのは落ち着いてからね」

「まーて、待て待て待て！　そういう事ではなくな、我との面談はどうなっておるのかという話をしておるのだ！」

はあ？

ヴェルドラと面談って、必要ないじゃん。

何ていうか、ヴェルドラは俺の部下じゃないし、そもそもその気になれば、シエルさんに聞けば把握してるし。

「いや、普段からちょくちょく会話してるし、改まっては要らないだろ？」

「何だと!?　そんな寂しい事を言うでないわ！」

「そうなのよさ！　アンタ、アタシや師匠が、どれだけ寂しい思いをしてるか知るべきなのよさ！」

ラミリスまで加勢しやがったぞ。

って言われても、マジでちょくちょく会ってるじゃん。

そりゃあ、俺だって〝魔魂核《アバターコア》〟を使って遊びたいけど、仕事の方が大事なのである。

そもそも、現在絶賛戦争中。

フェルドウェイ一行の足取りが掴めないから、小休止ではあるけれども。

少なくとも、迎撃準備が整うまでは、遊んでいる時間などないのである。

「ワガママ言うなよ。落ち着いたらちゃんと――」

「ええい、そうではないのだ！　我も強くなったから、貴様に自慢してやろうと思っておる。貴様が忙しいのはわかっておるから、少しだけでも付き合うがよかろう!!」

「そうよ、その通りなのよさ!!　正確に存在値を測れるのがアンタだけなんだから、ちょっとくらい付き合って欲しいのよさ！」

「ん？」

「つまりだな、我はラミリスが測った存在値を誤魔化せるのだよ。それを証明してやろうと言っておるのだ」

ふむ。

「そんなの絶対に不可能なのよさ！　確かにアタシ達じゃ細かい数字までは測定出来ないけど、誤魔化すなんて無理に決まってるじゃんよ!!」

なるほど。

つまり俺は、物凄く下らない言い争いに巻き込まれてしまった訳ね。

こうなるとコイツ等、人の話を聞かないからな。説得するより、少し付き合う方が話が早いのだ。

「わかったわかった。それじゃあ、〝管制室〟に行くか」

という訳で、俺達はヴェルドラの存在値を計測する事にしたのである。

計測機器は迷宮各所のモニターと連動しているが、それを管理しているのが〝管制室〟にある操作盤なのだ。シエルさんなら迷宮そのものと同調可能なので、どこにいても計測可能なのだが、それは秘密。そんな訳で、俺達は〝管制室〟へとやって来た。

時間もないので、早速開始する。

「師匠の存在値だけど、８８００万なのよさ！　これだけでも物凄いのに、師匠は更に上があるって言って聞かないのよ。リムルからも見栄を張るなって、叱ってやって欲しいワケ!!」

確かに、想像を絶する数値である。

並みの人間どころか、超級覚醒者《ミリオンクラス》の〝聖人〟だろうが勝てないよ。

それで、その数値は正確なのか？

《はい。ヴェルドラの存在値ですが、８８１２万６５７９で間違いありません》

ほぼ同じだな。

大き過ぎる数値では機器の精度が落ちるけど、迷宮挑戦者や侵入者の脅威度を測定するだけなら、今のままでも十分だ。

しかし、本当にヴェルドラが数値を誤魔化せるのなら、それはこのシステムが欠陥であるという意味に等しい。無視出来ぬ問題となるので、確かめておくのが正解だった。

無駄足じゃなかったかと、少しだけ感心。後は、本当にヴェルドラが数値を誤魔化せるのかどうか、それ次第だな。

「俺の測定でも８８１２万だし、ほぼ同じだな。それじゃあ、ここから更に数値が上がるのか？　それとも、過少に計測させられるってのか？」

どちらにせよ、やり方を聞いて対策を考える必要があった。

俺はヴェルドラに、実演するよう促したのである。

するとヴェルドラは、これでもかとばかりに誇らしげなドヤ顔で、着ていたコートを脱ぎ始めた。

まさか――と、俺は思った。

冷や汗が一滴、流れるハズもない俺の体表を伝った気がする。

ヴェルドラが高笑いを始めた。

「クアーーーハッハッハ！　刮目して見るがいい。この我の、真の力をなァ――ッ!!」

ドズーンという音を響かせてコートが落ち、ズドーンッ、ゴトーンッ、ミシミシミシと、地を揺らしながら、ヴェルドラの手足に着けられていたリストバンドが床に転がる。

おいおい……。

重い服を脱いだら数値が上がる――なんて事はないあってたまるか。

これはエネルギー量を測定しているのであり、直接的な戦闘力とは関係ないのである。

それなのにヴェルドラは――

「はあああ――ッ!!　どうだ！　その測定器で我を測ってみるがいい。壊れても知らんがなァ――ッ!!」

うーん、これは恥ずかしい！

やりたい事を理解しちゃっただけに、ヴェルドラが哀れで見ていられない。

《計測しましたが、数値に微塵《みじん》も変動は御座いませんでした》

あるワケがないんだよッ!!

「ヴェ、ヴェルドラ、あのな……」

「師匠。やっぱり8800万のままだよ?」

ああ、ラミリスが心臓を抉《えぐ》るような鋭さで、真実を告げてしまった!

「ば、馬鹿を申すでないわ! リムルよ、本当のところはどうなのだ? 我の数値は、倍くらいになったであろう?」

俺は憐れむようにヴェルドラを見た。

「妖気《オーラ》だったら隠せたんだけどさ、存在値は意味合いが違うからね……」

そして懇々《こんこん》と、この数値が漫画にあるような戦闘力などではなく、エネルギー量を測定したものなのだと説明した。

ヴェルドラが勘違いに気付き、真っ赤になったのは言うまでもないのだった。


……

……

…


とまあ、今思い出してもクスッとなるのだが、凄まじい魔素量《エネルギー》なのは間違いない。

大真面目に検証しても、究極レベル以外の攻撃など通用しないのだ。

それに、ヴェルドラが得た権能も厄介極まりなかった。

シエル先生の改変で『混沌之王《ナイアルラトホテップ》』に進化した訳だが、これに含まれるのが『思考加速・解析鑑定・森羅万象・確率操作・並列存在・真理之究明《しんりのきゅうめい》・時空間操作・多次元結界』という多彩な権能だ。

シエルさんが統合して纏めたからだが、扱いやすさが段違いになっている。

ヴェルドラまで『並列存在』を獲得しているし。

これが厄介なのはヴェルグリンドとの戦いから理解しているが、ヴェルドラの場合は『確率操作』もあるので、本当に不死身になった感じである。

そもそも、俺が死なない限り不滅だし。

俺の中にヴェルドラの心核《ココロ》が残っているから、記憶も感情もバックアップされるのである。これに加えて『別身体』まで出せるとなると、滅ぼすのは不可能かも知れないね。

存在値の件では笑っちゃったけど、味方で良かったと頼もしく感じたのだった。


とまあ、ヴェルドラの存在値は俺の十倍以上で、戦っても勝てないだろうと思われる——のだが、少し疑問があった。

俺だってヴェルグリンドに勝利した上に、『捕食』までしているのだ。その際のヴェルグリンドの存在値だが、2687万だったらしい。

ちなみに、俺が喰ったのが五割強で、三割弱が回復中だった。その三割弱がどっちに属するかというと、俺が喰った側に戻るようにしていたそうだ。

流石はシエルさん、抜かりなしである。


で、ここからが本題なのだが、それだけのエネルギーを喰ったにしては、俺の存在値が少ないように思えたのだ。

そりゃあ、これでも十分に強いと思うし、大事なのは戦闘センスだとは思うんだけど、ちょっと気になってしまった。


《それについては、当然です。捕食したエネルギーは一度取り込みましたが、主様《マスター》の血と肉に変えた上で『竜種解放』しているからです》

えっと、それってつまり？

《——つまり、主様《マスター》の最大存在値ですが、ヴェルドラとヴェルグリンドの存在値を加算した数値が正解という形になりますね》

——ッ!?

絶句するしかなかった。

つまり、『竜種解放』を解除した時こそ、俺の最大パワーが発揮されるという事なのだ。

ん？

でもさ、出力は同じだからエネルギーが増えても一緒かも。

ヴェルグリンドだって、上限が頭打ちしたから数を増やす方向にシフトしたんだろうし。

そりゃあ、威力の上限に限界なんてないけど、当たらなければ意味がないしね。星を砕くレベルになっちゃったら、手加減する方が難しくなるし。

最大パワーとか意味がないのかと、俺は深く納得したのだった。


ここで参考までに。

俺が『捕食』した時点でのヴェルグリンドの予想存在値は、4982万9987だった。

シエルさんの演算なのでほぼ完璧だったハズだが、ところが今、彼女の存在値はもっと増えていた。

名前：ヴェルグリンド［EP：7435万0087］
種族：最上位聖魔霊——竜種
庇護：灼熱の慈愛
称号：〝灼熱竜〟
魔法：〈竜種魔法〉
能力：固有能力『万能感知・竜霊覇気・万能変化』
　究極能力《アルティメットスキル》『炎神之王《クトゥグア》』
耐性：物理攻撃無効、自然影響無効、状態異常無効、
　精神攻撃無効、聖魔攻撃耐性

これが、ヴェルグリンドの現状なのだ。

二割減った状態から、それを大きく上回るほどに成長している。

成長というか、進化と言うべきか……。

権能はシエルさんが弄ってそのままらしいけど、使いこなしているのは間違いなかろう。そんな『炎神之王《クトゥグア》』の内訳だが、『思考加速・灼熱励起・並列存在・時空間操作・次元跳躍・多次元結界』とまあ、圧巻だった。

それに――

俺からしたら別れて数日だけど、ヴェルグリンドがどんな経験を積んだのかは未知数だった。

明日会うのだが、どう話しかけるべきか悩む。

怒らせたらどうなるか怖いので、二度と喧嘩を売らないように注意しようと決意したのだった。

こうして、個人面談という名のシエル先生による状態確認も、無事に終了したのである。

第三章

再建に向けて

Regarding Reincarnated to Slime

ガゼル王への説明も悩ましいが、今日はマサユキ達との会談がある。

そちらに意識を向けて、俺は気合を入れた。

テスタロッサと合流。

少し落ち着いた。

本日は頂上会談という体なので、会議室には厳選した面子が集まる予定だ。

我が方からは、ベニマルとリグルド。

シオンとディアブロは言うまでもなく、そこにテスタロッサが加わる感じである。

マサユキ側は、ヴェルグリンドを筆頭にカリギュリオとミニッツ、それに加えてバーニィとジウが参加するそうだ。

ラウンジ形式の待合室に、我が方のメンバーは勢ぞろいしていた。

急な呼び出しだが、誰からも文句は出ない。

シュナも給仕を買って出てくれているので、準備は万全である。

方針については、まあ。

俺達としては、帝国を支配したい訳ではない。

大戦犯であるミカエルやフェルドウェイは行方不明だし、全ての計画を立案していた近藤中尉も亡くなっている。その近藤だって、ミカエルの支配によって思考誘導されていた疑惑があるので、死んだ後まで責任追及するつもりはないのだ。

皇帝旗艦に帝国の主要なお偉方が搭乗していたらしく、今生き残っている帝国の最高責任者は、元帥職にあるヴェルグリンドとなる。そんな彼女自身には領土的野心など皆無だったから、話の方向性としては、終戦と戦争賠償、そして戦後復興が中心になるのではなかろうか。

取り敢えず、労働力は帝国兵七十万を宛がうとして、その割り振りも悩ましい。熟練者を監督に任命するなどして、技術の偏りが起きないようにバランスよく、班決めを行う必要がありそうだ。

なんて、先走った事を考えていると……。

蒼い髪を靡《なび》かせた、目も覚めるような美女がやって来た。

ヴェルグリンドである。

その視線は、真っ直ぐに俺を射貫いていた。

イタ、痛タタタタ。

胃なんてないのに、胃が痛い。

「俺に用事かな？」

皆の手前、俺は頑張って威厳を保つ必要がある。声が震えなかったのを褒めてもらいたいと思った。

「ちょっと時間を取れるかしら？」

予定まで、まだ余裕はある。

俺は頷き、会談前にヴェルグリンドと二人で話し合う事になったのだ。

＊

「ヴェルドラは元気にしている？」

「はい、とても」

「そう、それなら良かったわ」

優しい笑顔のヴェルグリンドから、ヴェルドラの安否を問われた。

元気だと答えると、安心した様子である。

そんなヴェルグリンドの笑顔を見ると、少しばかり心が痛む。

何故ならヴェルドラさんは、いまだに姉であるヴェルグリンドを苦手にしているからだ。

会いに行かないのか聞いてみたのだが、「我も色々と用事があって、とても忙しいし……」と、か細い声で言い訳していた。

情けない事この上なしだが、俺も人の事を笑えない。

実際、とても気まずいからね……。

ヴェルドラの場合は照れくささもあるだろうし、もうしばらくそっとしておこうと思う。

「それで、用件は？」

と、今度は俺から切り出した。

ドキドキである。

「お礼よ」

お礼参りですか？

それはちょっと……。

「どうして青褪めた顔色をしているのかしら？　まさか私が、貴方を校舎裏に呼び出すとでも？」

「どうしてそんなネタを知ってるんだよ！」

と、思わず叫ぶと、ヴェルグリンドがクスリと笑った。

「愛するルドラを捜す旅は、思った以上にワクワクするものだったわ」

話を聞く限り過酷そうだったが、目的を持つヴェルグリンドからすれば、その旅は希望に満ちたものだったようだ。だからこそ、楽しかったと笑って言えるのだろう。

「幾つもの世界を渡り、時代を過ごして、あの人を追い求めた。そういうふうに出向いた世界の一つが、貴方がいた世界だったのよ」

「え、マジで？」

「マジよ」

だからか、口調もどことなく砕けた感じになっているのは。

しかも服装だって、今は帝国の軍服だけど、迷宮に出現した当初はシャツとジーンズだったのだ。

そんな姿で敵を鎧袖一触《がいしゅういっしょく》にしている姿は、記録映像を見るだけでも絶句モノだった。現場で目の当たりにした人や、やられた当事者からすれば、全然現実味がなかったんじゃないかと思ったほどである。

しかし、俺のいた世界にいたって事は、この世界から向こうへ戻る手段がある――って意味である。

俺はまあ、死んでいるから戻っても意味が――って、待てよ？

そもそもヴェルグリンドは、次元だけではなく時間まで跳躍したっぽい。これを解析すれば、もしかすると……。

《了解しました。解析行動に入ります》

おお、シエルさんが頼もしい！

新たな興味を見つけただけかも知れないけど、こういう話はシエル先生に任せるに限るのだ。

何にせよ、希望があるのは素晴らしい。

こっちにいる〝異世界人〟にも、戻れるものなら戻りたい人だっているだろうし。可能なら、そんな未来を実現させたいものだ。

ま、それはおいおい頑張るとして。

「マサユキがルドラの生まれ変わりだったんだな？」

「ええ、そうね。しかも、ほぼ完全な〝魂〟なのは間違いないわ」

そう断言したヴェルグリンドは、「後は、記憶だけ」と小さく呟いた。

うむ、やはりマサユキはマサユキのままだったか。

自信がなさそうな感じがそのままだったので、俺も少し安心していたのだ。ヴェルグリンドには悪いけど、俺からすればマサユキはルドラではないのである。

「それはまあ、何と言っていいやら……」

良かったねとも、残念だね、とも言えないので、そう言葉を誤魔化した。

ヴェルグリンドは怒るでもなく、軽く頷いている。

思ったよりも余裕の態度で、ちょっと意外だった。

「フフフ、不思議そうね。私もね、色々な体験をしたのよ。ルドラの傍で過ごした年月よりも濃厚な、長くも短い夢幻《ゆめまぼろし》のような、そんな体験をね。だから感謝しているの。貴方のお陰よ、リムル」

ドキッとなるような眩い笑顔で、ヴェルグリンドから御礼を言われた。

以前に感じた、他者をひれ伏させるような凛とした覇気など、今は微塵《みじん》も感じない。これが同じ人物だとは思えぬような、そんな穏やかな雰囲気だ。

「良かった、ですよね？」

「ええ。だからね、リムル。私は貴方に誓っておくわ。マサユキがそう望まぬ限り、私が貴方の敵に回る事はしないとね。だから貴方も、マサユキを裏切らないであげて？」

　願ってもない誓いであった。

　それに、マサユキについては言われるまでもない。裏切るつもりなど毛頭ないのである。

「わかった。俺は、俺自身と仲間達の名にかけて、マサユキを裏切らないと誓うよ。騙したり喧嘩したりはするかも知れないが、そこんところは――」

　ヴェルグリンドの視線が冷たく、そして恐ろしくなった。

「わかりました。なるべく騙さないし、よっぽどじゃないと喧嘩しないと誓います」

　解せぬ。

　どうして俺が誓うハメになってしまうのか……。

　正直過ぎるのも考え物だなと、俺は少しだけ反省したのだった。

＊

　ヴェルグリンドから感謝の気持ちを告げられた事で、俺の緊張がほぐれた。

　ちゃんと理由があったにせよ、色々とやらかしたのは確かなので、逆恨みされていなくて安堵したのである。

　これにて気持ち良く会談に臨めるなと思っていると、慌ただしく待合室に駆け込んで来た者がいた。

　ベスターだ。

「あれ、そんなに慌ててどうしたんだ？」

「それどころではありませんぞ、リムル様！　先程、我が家から緊急連絡が入ったのですが、ガゼル王がこちらに向かって出立されたそうです！」

　我が家というのは、ドワーフ王国に残してきた家人達の事だろう。

　ベスターはこれでも、大国ドワルゴンの元大臣だった。侯爵という、王家に次ぐほどの高位貴族であり、生まれながらのお偉いさんなのである。

　だからこそ、平民であるカイジンに嫉妬しちゃったんだろうけど……。

　ドワルゴンから追放されたベスターだが、家人との縁は切れていないらしい。侯爵家にも子飼いの暗部がおり、連絡を取り合っていたのだそうだ。

何故なら、いまだにベスターが侯爵家当主のままだからである。

俺もそれを聞かされた時は驚いたものだ。

ガゼル王が下した罰に、爵位の取り上げや降格は含まれていなかった。ベスター本人に対する罰だけであり、実家へは何のお咎めも下していない。それに、ベスターの後継者は指名されておらず、当主の交代も行われなかったという訳だね。

賢明なガゼル王だからこそ、将来的にはベスターを大臣へと復権させるつもりだったのだろう。だから過剰な罰を与えず、本人の反省を求めたに違いない。

それに、家人達の反発を恐れたのも理由の一つみたいだな。

ベスターの侯爵家が本気を出せば、ドワルゴンに内乱を起こすのも可能みたいで、無駄な争いは避けたかったみたい。

何しろ、嫉妬が絡まぬベスターは優秀で、身内には人望もあった。その影響力は大きく、不満が吹き出ぬような匙加減での処罰として、我が国への仕官となった訳だ。

そんな事情なので、ベスター家はいまだに健在なのだと。だから王宮にも伝手《つて》が残っているらしく、そうした筋からの緊急連絡があったのだそうだ。

しかし、理由がわからないな。

「えっと、何でだ？　後日説明する事になってたよね？」

「ええ、その通りなのですが、どうもガゼル陛下は、私の事を信用して下さっておられぬようで……」

「いやいや、それはないだろ」

「そうとも言えません。ポーションの値段交渉や、薬師以外の技術者の引き抜き、侯爵家を総動員しての人材確保等々、私も色々とやらかしておりますので。こちら側だと疑われても、反論のしようが御座いません。そもそも、今では私も、この国に骨をうずめる覚悟ですし」

つまり、疑惑ではなく、ベスターもやりたい放題だった。

真面目な男だと思っていたが、流石《さすが》は元大臣だ。政治家として、表も裏も知り尽くしているらしい。

おっと、感心している場合ではなかった。

ガゼル王が来るのなら、帝国側との会談を始めるのは不味い。待たせるのは失礼だしな。

とは言え、事前交渉もなしに乗り込んで来る方が無礼な気もするので、こういう場合はどうしたらいいんだろう？

「ガゼル王の方が失礼だよね？」

ベスターの件を別にすれば、やはり俺達が譲る必要はない気がした。

「その通りですし、事前通告なしに他国に入るなど、問答無用で攻撃されても文句は言えません。ですので恐らく、国境で連絡が入るはずです」

ガゼル王が礼を失する事はない、とベスターは言う。

その言葉を証明するように、バタバタと通信係が駆け込んで来た。

「緊急時につき、失礼ながらご報告します！　只今、武装国家ドワルゴンのガゼル陛下より、入国許可を求められました。人員は五。如何《いかが》致しましょう？」

断る理由もないが、簡単に許可を出せない――そういう判断を下して、部長級の職員が俺の裁可《さいか》を仰ぎにやって来たって事か。

この緊急時に、適切な処理だと思う。

俺でも動揺するだろうし、それで正解だと思う。本当は幹部を通すべきだったのかも知れないが、今回は不問にしよう。

シュナが気を利かせて、水を手渡している。

それを感激しながら飲む職員に、俺は告げた。

「俺が話すよ」

そして、連絡用の魔道具を準備し、通信を開始したのである。

結果、ガゼル王も会談に緊急参加する事になった。

そこで俺が自ら、こうして迎えに来た訳である。

ディアブロとシオンが護衛に付き添っているが、これはいつもの事だった。

「フフフ。助かるぞ、リムルよ」

「この展開まで見通していたくせに、よく言うよ」

飛翔馬《ペガサス》で移動しても、ドワルゴンから首都〝リムル〟まで一日かかる。しかし今では、両国首都に魔法陣を設置してあるので、魔法によって一瞬で行き来出来るようになっていた。

だからわざわざ国境まで出向いた理由は、俺を呼び出す為だろうと推測したのである。

「ハッハッハ、気付いたか」

笑い事じゃないが、これくらいはどうって事ない。

「でも、ヴェルグリンドが許してくれて良かった」

「その事よ。貴様、帝国と手を結ぶつもりか？」

やはり、ガゼルが心配してるのはそれか。

「話し合い次第だが、そのつもりだよ」

「ふむ、しばし待て。少しお前の考えを聞いておきたい」

断る理由はないので、国境にある喫茶店に入る。

店員が大慌てで席を用意してくれた。しかも、冒険者と思われる利用客の皆さんも、空気を読んで席を立ってくれる。

流石に悪いので、ここの支払いは俺が受け持つと宣言しておいた。凄く喜んでくれていたので、大丈夫だろう。

という事で、会談予定時間まで残り三十分くらい。

移動は一瞬だし、ギリギリまで話を聞く事にする。

その前に、俺の言い分から。

「戦後の後始末を任せてしまった件については――」

「それはいい。兵達は現在もフル稼働で奔走しておるが、それも生き残れたからこその苦役《くえき》というものよ。感謝こそすれ、貴様を恨む者などおるまい」

それは良かった。

バーベキュー大会の時とかでも、片付けしないでサボるヤツは恨まれるし、ちょっと心配していたのだ。

まあ、大変な戦いだったからね。乗り切った喜びで、ついつい雑事が頭から抜け落ちてしまったのである。

「それじゃあ、何を聞いておきたいんだ？」

会談の流れ次第で自分の考えを纏《まと》めるつもりだったから、今聞かれても答えられない内容もあると思うけど。

「貴様の口から、ハッキリと聞いておきたい。帝国と組んで、我がドワルゴンを攻める野心など持っておらぬだろうな？」

何を言ってるんだ、このオッサンは。

する訳ねーだろ、そんな面倒な真似を。

理由もないし、何よりメリットがない。それどころか、それをすると西側諸国からの信用まで失うオマケ付き。絶対に有り得ない選択肢だった。

「ないな。今まで苦労して積み重ねてきた信用が、一瞬で失われるじゃないか。しかも、頼りになる後ろ盾を失う上に、無用な苦労まで背負い込む事になる。そんな質問をするなんて、俺の事をどれだけ馬鹿だと思っているんだと、逆に聞きたくなったよ？」

俺がイラッとしつつ答えると、ガゼルは心から安堵した様子で笑い始めた。

おいおい、本気で心配していたのかな？

「失礼しました、リムル陛下。この疑惑は、私の発案なのです。ですので、貴方様を不快にした責任は、全て私に御座います。どうか、その寛大なる御心でお許し頂きたく」

俺がムッとしたのに気付いたのか、ドルフさんが謝罪を口にした。

どういう意図なのか、詳しく説明してもらった。

簡単に言うと、帝国と魔国連邦《テンペスト》が手を結んだ場合、ドワルゴンは両大国に挟まれる形になる。そうなると、武力行使が自殺行為になってしまうので、外交力の低下が免れないのだと。

怖くない相手の言い分は聞かない、などと宣言されてしまえば、今後の交渉で不利な条件を呑まねばならなくなる。それを恐れて、事前に確認しておきたかったそうだ。

「え？　でもそれって、どっちにしろドワルゴンに止められる話じゃないですよね？　戦争をする気はないですけど、帝国と手を結ぶのはアリだと思うし」

「その通りよ。結局のところ、貴様の胸三寸《むねさんずん》で決まるのだ。我がドワルゴンは大国だが、ヴェルグリンドやヴェルドラといった〝竜種〟と事を構えて、勝てる戦力など所有しておらぬからな。ドルフの心配は、しても意味がないというもの。だがな、王として、それを認める訳にはいかんのだ」

真面目な表情で、ガゼルが教えてくれた。

民に対して責任を持つのが王であり、万が一については、常に考えを巡らせておかねばならぬのだ、と。

今回の場合は、しても意味がない心配ではあった。だが、俺達が戦争を仕掛けないという絶対の保証はないのである。

俺達が仕掛けずとも、帝国が動けば同じ事だ。

帝国と俺達が同盟関係を結んだと仮定して、帝国がドワルゴンを攻めようとした場合。果たして魔国連邦《テンペスト》は、どちらの味方をするのか？

そう問われると、俺としても困る。

「リムルよ、理解したか？　お前は、自国に戦争を仕掛けぬよう、帝国と手を結ぼうとした。それは良いのだが、そこに我がドワルゴンの事情が考慮されていなかったのだ。それが悪いとは言わぬ。お前が責任を負うべきは、お前の民に対してのみだからな。だが、俺としてはそれを許容出来ぬという訳よ」

なるほど、納得した。

確かに、魔国連邦《テンペスト》とドワルゴン、魔国連邦《テンペスト》と東の帝国、この二つの二国間同盟が成立しても、ドワルゴンと東の帝国の間には何の関係性もない。

この両国が戦争になった場合、俺達の動きは制限されてしまうだろう。

だが、待てよ？

「でもさ、『国家の危機に際しての、相互武力協力』があるから――」

「それもな、期限を決めておらぬであろう？」

「え？」

「恒久的に効力を発揮する協定などないのだ。全ては段階的なもので、一時の安心を買っておるに過ぎぬ。寧《むし》ろ、期限を定めた協定の方が安全だという見方も出来るのだぞ」

どういう意味かと悩む俺に、シエルさんがこそっと教えてくれた。

期限が定まっていない場合と、期限がある場合。

一方が協定を破棄したいと考えたとして、どちらが困難となるのか？

期限がなければ、いつでも協定破棄を打診出来る。

それに対し期限が定まっていた場合、その協定が結ばれている間は安全だと考えられる訳だ。

協定を終了させてから戦争を仕掛けるよりも、協定を破棄して攻め込む方が信義にもとる行為なのは言うまでもない。

もっとも、これはあくまでも当時国以外の国家へのアピールに過ぎないので、帝国のように領土的野心を持つ国家であれば、少しも気にしない風聞なのだろうけど。

当然ながら、期限付き協定を勝手に破棄するなど論外である。更新された時点で、それを遵守する義務があるのは言うまでもないだろう。

もしもそんな真似をしてしまえば、西側諸国からの信用も失ってしまう。俺の戦略から大きく外れるので、きちんとルールを定めておくのが無難そうだ。

「なるほどね。俺達が帝国と同盟を結んで、協定を破棄する可能性がある訳か。それを心配して、わざわざ出向いてくれたって事ね」

「理解して頂けたようで何よりです」

「うん、それは確かに心配になるよな。了解！　それじゃあ、帝国と同盟を結ぶ事になっても、その辺の細かい条件はゆっくりと話し合う事にしよう」

俺がそう言うと、ドルフさん達が安堵した表情になった。

「ほれ見ろ。心配し過ぎだと言ったであろうが！」

とガゼル王が煽っていたけど、王としての責任は何処《ど》に行ったのやら。

「リムル様、そろそろお時間です！」

シオンが腕時計を見て、そう教えてくれた。

俺がカイジン達と趣味で製作した一つである。秘書には必要だろうとプレゼントしたら、とても喜んでくれた。

シオンの仕事が一つ増えたので、皆で喜んだのもいい思い出なのだ。

「それでは行くか」

「クフフフフ。それでは、〝転移門〟を開きますね」

こうして、突発的な話し合いは終わった。

俺達は店を出て、会議室へと戻ったのだった。

＊

午前十時。

会議室に一同が勢ぞろいした。

参加人員が、一部歯抜けとなった円卓に座る。

歯抜けというか、視力検査のC印みたいな形状の机なのだ。

《ランドルト環《かん》という名称で、フランスの眼科医エドムント・ランドルト氏が１８８８年に考案――》

詳しくて凄いなと思うけど、今はウンチクは要らないので、要点だけを説明したい。

その歯抜け部分から出入りして、各人にお茶や資料を配れるようになっている。また、歯抜け部分の先に巨大スクリーンを設置しており、どの角度からでも視界を遮る事なく視聴出来るように考えられていた。

今回は三勢力による会談なので、向き合うよりこうした形状の方が向いていると判断したのだった。

歯抜け部分が南側。

北側に俺達が座す。

真北席に俺。北北東席がベニマルで、北北西席にリグルドだ。

シオンとディアブロはいつものように、席には座らずに俺の後ろに立っていた。

東側には帝国勢。

真東席にマサユキが座り、その右側――東北東席にヴェルグリンドが座る。

東南東席がカリギュリオ大将で、南東席はミニッツ少将だった。

ジウとバーニィは席に座らず、マサユキの背後を守っていた。この二人も護衛役をやっているという事は、無事に和解が成立したみたいで何よりだ。

そして西側が、急遽参加のガゼル一行である。

真西席にガゼル。

西北西席には天翔騎士団《ペガサスナイツ》団長ドルフが、西南西席には宮廷魔導師《アークウィザード》のジェーンが座った。

暗部《ナイトアサシン》の長のアンリエッタと軍部の最高司令官《アドミラルパラディン》であるバーンもまた、席には座らず護衛の構えであった。

とまあこんな感じに、三勢力が向かい合ったのである。

俺がふと視線を巡らせると、キョロキョロしていたマサユキと目が合った。

その顔は疲れ切っており、『どうして僕がこんな目に——』と、雄弁に物語っている。

だが、安心して欲しい。

俺だって同じ気分なのである。

親近感を抱いたので、何かあったら助けようと思ったのだった。

司会進行を任せたテスタロッサが立ち上がり、皆の視線を集めた。

中央に出て開会の挨拶を告げる。


「さて、時間となりました。皆様揃われたようですし、会談を開始したいと思います」

一礼した後、テスタロッサは南側に戻った。

椅子が用意してあり、出番がない時は休憩出来るように配慮されているのだ。

俺が困っていたら助けるようにと、事前にお願いしてある。テスタロッサならば、その期待に応えてくれるだろう。

「それでは、先《ま》ずはわたくしから、この会談の趣旨についてのご説明をさせて頂きますわね。事前協議もなくぶっつけ本番での頂上会談ですので、不本意な発言がなされる場合もあるかと存じます。そういった場合は喧嘩腰になるのではなく、先ずは冷静に、相手側の主張に耳を傾けるようにお願いしますわ」

ここでテスタロッサは一旦言葉を止めて、参加者達の反応を窺っている。

西方諸国評議会《カウンシル・オブ・ウェスト》に我が国代表として参加しているだけあって、場馴れしている。

その調子で、最後まで無難に終わらせて欲しい。そう願いつつ、テスタロッサに注目する。

「さて、それでは最初に確認しておきたく思うのが、この会談の目指す先です。帝国側とは、戦争の終結に向けての終戦協定を結びたく思います。そしてドワルゴン側とは、今後の我が国と帝国との関係性を踏まえた上で、新たな条約の締結という事で宜しいでしょうか？」

「異議なしよ」

マサユキが何か言いかけたが、それより先にヴェルグリンドが答えた。

「うむ、相違なし」

同時にガゼルも、重々しく頷いている。

二人に少し遅れたが、俺も慌てずに口を開いた。

「そういう事だから、先ずは現状確認から行いたいと思う。それで宜しいかな？」

ちょっと変な口調になっちゃったが、構うものか。

それが当然という表情を維持しつつ、両陣営の反応を確かめる。

マサユキが、俺の事を尊敬の眼差しで見ているね。

ふふ、可愛いヤツだ。

そうだよな、俺も自分で自分の事が凄いと思うよ。

だって、ここにいる人物達って、大国の超お偉いさん達ばかりなんだもん。前の人生では、総理大臣どころか国会議員に会うようなイベントすらなかった。

受注先の国交省のお役人が、現場視察に来たのをもてなしたくらいのもので。それも、接待とかそういう感じの類ではなく、現場案内を行った程度の話だし。最初の頃は、仕事内容以外で軽く世間話をするだけでも緊張したものだ。

それが今では、俺もこうして王様をやってるんだもんな。思えば感慨深いものである。

「異論はないようなので、テスタロッサから説明してもらう。発言は後ほど。疑義があれば受け付けるし、間違いがあれば訂正もしよう。それでは、説明を頼む」

事前に説明されていた通りに会話を進めた。

俺の口から途中で話を遮らないように伝えてから、テスタロッサに交代だ。そうする事で、会談がスムーズに進行するのだと。

俺と同格のガゼル王や、仮の皇帝マサユキや全権代理者であるヴェルグリンドならば、発言しても許される。しかしそれ以外の者は、王の言葉を侮辱《ぶじょく》したとして処罰対象になるらしい。

フーンという感想だったが、それで楽になるのなら文句はなかった。

テスタロッサが説明を始める。

少し虚言も織り交ぜて、ガゼル達が知らないであろう飛空船上の決着について。

それに引き継ぐように、帝国皇帝ルドラが実はスキルに宿った意思だった事を、俺が語ろうとした。それに先立ち、ヴェルグリンドとの戦いに勝利したと言った途端——

「待て」

と、ガゼルから物言いが入る。

「あれ？　発言は後から……」

「それどころではないわッ!!」

おかしい、俺の方が一喝されたぞ!?

「あの、ガゼル王、何かおかしかったですかね？」

思わず下手に出てそう問うと、ガゼルが頭を押さえつつ俺を睨んだ。そのまま何も言わず、今度はヴェルグリンドへと視線を向けて、重々しく口を開く。

「無礼は承知。ですが、今のリムル王の発言を、ヴェルグリンド様は許容なさるのでしょうか？」

珍しい事に、ガゼルが敬語だ。

しかも、ヴェルグリンドを様付けで呼んでいる。

大国の王らしからぬ態度に思えるのだが、これで大丈夫なのだろうか？

そんな疑問を覚えつつ、成り行きを見守っていると、ヴェルグリンドは怒るでもなく微笑んだ。

「問題ないわね、ドワーフの王よ。貴方はとてもお利巧さんで、そこのリムルよりも王として優れているのね。ルドラは貴方の事をとても高く評価していてね、貴方が剣聖となった頃から、配下に加えたいと口にしていたわ。だから私も貴方の事を知っているし、嫌ってはいないの。そう硬くならずに、気楽に接しなさいな」

「は、はは！　いや、しかしですね、公の場で最強たる〝竜種〟の一体にして帝国の守護神であらせられる貴女様を――」

「気にしなくてもいいわよ。貴方、リムルの友人なんでしょう？　だったら、私が手出しする事はないわよ。何しろ、今リムルが言った通り、私はリムルに敗れたのだもの」

おっと、意外である。

ヴェルグリンドもヴェルドラのように、負けてないと言い張るのかと思えば、潔くもアッサリと敗北を認めてくれた。

これにはビックリだったが、他の者達はビックリではすまなかったようだ。

「げえええっ!?　ヴェ、ヴェルグリンド様が敗北したですとォ!?」

「信じられん。不敗神話が……」

ヴェルグリンドの支配領域で育った帝国組は、それまでの寡黙さをかなぐり捨てて動揺している。

「な――――ッ!?」

「オイオイ、マジかよ。あの、どうあっても倒せないと思われた神の如き存在に、勝っちまったって言うのかい。信じられねーが、御本人様が御認めなら、嘘じゃねーんだろうな……」

絶句しているドルフさんと、現実が認められない様子のバーンさん。

そんな二人とガゼル王を見て、何故かニッコリと笑顔を浮かべているのがアンリエッタさんだね。

「フフフ、今回は報告する必要がないので、とても清々しい気分です。こんな話を報告していたら、精神を病んだのかと疑われるところでした」

なんて言ってるけど、それって不敬なんじゃないかな？

まあ、他所の国の話だし、それどころじゃなさそうなので俺も止めないけど。

と、一歩引いて観察していると、頭を抱えて考え込んでいるガゼルに向かい、ジェーンさんが声をかけた。

「ガゼル坊、それにお前さん達も落ち着くがええ。わたしゃもう、驚きはせぬよ。〝原初〟達の時に驚き疲れ、進化祭りを見せつけられた時に、悟ったんじゃよ。

驚くだけ馬鹿らしい、とねえ」

ジェーン婆さんは悟りを開いていた。

だから今回も、一人冷静にこの場を乗り切れたようである。

ドワルゴン側の人達は、その言葉で我に返った。

そして恥ずかしそうに、自らの姿勢を正したのだった。

ちなみに、我が方の反応はというと。

「何と!? リムル様がヴェルグリンド様に勝利なさっておいでだったとは。今晩も宴ですかな？」

リグルドってホント、理由を見つけては宴だよね。

俺の勝利を最初から疑っていなかったくせに、よく言うよと思った。

「まあ、そうだろうと思っていました。というか、見ていましたけどね」

ベニマルめ、盗み見していたとは。だが、それを聞きとがめた者がいるようだぞ。

「ベニマル、どういう事ですか？　まさか……凛々しいお姿で戦うリムル様を、貴方一人だけで見ていた、なんて事はないでしょうね？」

「い、いや違うぞ。俺は戦況を確認する義務があったからな。その流れで、少し……」

必死に言い訳を考えているようだが、こういうところがベニマルの甘い点である。

それに比べてディアブロは——

「クフフフフ。おや、シオン。貴女は見ていなかったのですか？　それは残念でしたね。あの素晴らしい戦いを見ていないとは、本当に残念です！」

煽るな、煽るな！

嫌がらせさせたら、コイツの右に出る者はいないのではなかろうか？

テスタロッサも呆れて溜息を吐いているし、ディアブロほど敵に回すと厄介な者もいないだろう。

「皆様、静粛にお願いします」

呆れていたテスタロッサだが、それでも自分の役割を忘れていなかったようだ。皆が落ち着くタイミングを見計らい、声を上げて場を静めてくれた。

これがもう一歩遅れていたら、シオンとディアブロが喧嘩を始めていたところだ。

グッジョブと、無言で褒めておく。

一同が冷静さを取り戻したので、会談は続行だ。

司会役のテスタロッサに合図されたので、俺は続きを口にする。

「――とまあ、俺はヴェルグリンドさんを倒してから取り押さえて、詳しく尋問してみたんだ。すると、話に齟齬《そご》があると判明した。どうも、皇帝ルドラが本人ではなさそうに思えたので、ヴェルグリンドさんの様子を観察してみたんだ。すると、恐るべき事実が判明した。詳細は省くけど、やはり思考が『支配』されていたんだ。そしてそれをやった犯人こそ、皇帝ルドラのスキルに宿った意思――ミカエルだったんだよ!!」

俺は、ここぞとばかりに全力でドヤ顔を決めた。

ここからがいいところ。

ニヤリと笑って、続きを話そうとしたのだが――

「待て」

おっと、またも物言いですよ。

しかも、今回もガゼルである。


「あの、質疑は後から――」

俺の言葉を遮るように、あるいは、自分の心を鎮《しず》めるように、ガゼルが大きく溜息を吐いた。

そして、俺をひたと見据えて、重々しく口を開く。

「いいか、リムルよ。確かに、本来ならば俺の態度は宜しくないものだ。しかしな、そうも言っておれぬのだ」

「――と、言いますと？」

「詳細を省いてどうする!!　ヴェルグリンド様を『支配』するような凶悪なスキルなど、あってたまるかという話なのだッ!!　しかも、何と言った？　スキルに宿った意思？　そんなもの、聞いた事もないぞ。ジェーンよ、何か知っておるか？」

「……いいや、わたしゃも聞いた事がないわえ」

必死に自重しようとしているが、それでも興奮を隠せていないガゼル。そんなガゼルに問われたジェーンさんだが、こちらは色々と考え込んでいるのか反応が鈍い。

それにしても、ガゼルの物言いに文句を言う者もいないのが不思議だ。

ヴェルグリンドは笑みを浮かべて、この状況を楽しんでいる様子。マサユキさえいれば、他には何も要らないし興味もない、という感じだな。

そんなマサユキは、これはもう理解を放棄している。自分には関係ないとばかりに、実に堂々たる態度で椅子に座っているね。そんな真似をするから、カリギュリオ以下帝国の皆さんを勘違いさせちゃって、更に自分の評価を高めてしまっているようだけど、本人は気付いていないんだろうな……。

まあ、マサユキについてはドンマイと言っておこう。

ベニマル達も興味津々だった。

俺が話したがらない以上、問い質そうとはしないだろうが、それでも聞きたい気持ちがあるようだ。

だからテスタロッサも、ガゼルを制止しなかったんだな。

しかし直ぐに自分の失態に気付いたのか、何事もなかったかの如くこの場を取り仕切ろうとしている。

「皆様、静粛に。今のガゼル王からの質問ですが——」

その立ち直りの早さは見事だけど、取り繕うのは難しいかな。いや、流せばいい話なんだが、どうせなら説明しておくのも悪くないかと思ったのだ。

「わかった。説明するよ」

「リムル様、宜しいのですか？」

「ああ。どうせこの場には、各国の重鎮しかいないしな。軽々しく秘密を漏らすとも思えないし、そうなったらそうなったで、だからどうなる訳でもないし」

そう。

神智核《マナス》という存在がある事をバラしても、特に困る事はないのだ。俺としても絶対に厳守しなければならない秘密とは、シエルさんの存在にかんしてだけなのである。

「スマンな、リムルよ。そうしてもらえれば有難い」

ガゼルが俺に頭を下げ、感謝の意を示してくれた。口調も兄弟子のそれに戻っているので、取り繕うのも止めた様子である。

ならば俺もと気分が楽になり、そのまま説明に入った。

　そうして俺は、皇帝ルドラが疲弊した結果、彼の所有していた究極能力《アルティメットスキル》『正義之王《ミカエル》』に自我が芽生えて、〝神智核《マナス》〟ミカエルとなったのだと説明したのである。

　そしてその凶悪な権能を、俺の知る限り開示したのだ。

「究極能力《アルティメットスキル》だと……？　それを所有する者には、ユニークレベルでは通用せぬと言うのか……」

「厳密には違うね。スキルは意思の強さによって強弱が変わるから、ユニークでも究極レベルに強いスキルは存在するんだ。ただし、ほとんどない。それに、意思の強さがそのまま反映される技術《アーツ》なんかだと、究極にも届き得る攻撃が可能な場合がある。俺の見立てだと、ガゼル王なら通用すると思うよ」

「で、あるか……」

「それと、魔法もそうだね。魔法とは、スキルでもあり技術《アーツ》でもある。だから、その意思の強さによっては、究極能力《アルティメットスキル》保持者をも倒せるのさ。俺の言ってる事、ジウやバーニィなら理解出来るだろう？」

　ディアブロに敗北した二人なら、俺の言葉の意味が理解出来るはずだ。そう思って問いかけると、二人そろって力なく頷いてくれた。

　ディアブロなど、気持ち悪いほどウットリとした表情になって、何やら考え込んでいる。

　どうせろくでもない内容だろうし、お前はもう何も考えるなと言ってやりたいが、大人しくしているなら問題ないかと見なかった事にした。

　シオンなど、「ならばやはり、私も究極能力《アルティメットスキル》とやらを獲得しなければならないようです……」などと呟いている。

　あのな、そう簡単に獲得出来ないから、究極なんだよ？

　だけど、何故だろう。シオンならやり遂げそうな、そんな予感がするのだ。

　ちょっと怖いので、その件についても考えるのを止めておいた。

「とまあ、そんな感じだ。ミカエルは特殊な権能を有していて、天使系に分類される権能への絶対支配を可能としていたんだ。だからヴェルグリンドさんも抗えずに、自分でも気付かぬ内に言いなりになっていたってわけ。他にも、近藤中尉なんかも、その権能の支配下にあったみたいだな。最後に呪縛から抜け出て、ウチのカレラにその意思を託したそうだ」

「何と、あの〝情報に巣食う怪人〟までもが……」

「信じられんね。でも、リムル陛下を疑うほど、私は愚かではないつもりだよ」

「そうか、それでダムラダ様は……」

「うん。皇帝陛下の様子がおかしい事に、気付いていたんだと思う」

俺の話を遮るほどではないが、帝国側から騒《ざわ》めきがあった。これも本来ならダメなのだが、もう今更だった。

不問にする為にも、本来ならダメなのだが、スルーして話を続ける。

「そのミカエルの目的だが、これも判明している。自らの生みの親にして本物の主、ヴェルダナーヴァの復活だ」

「「馬鹿なッ!!」」

叫び声が重なり、誰の発言なのかハッキリしない。

いや、わかってはいるが、それを指摘するのは野暮というものだった。


「ミカエルに支配されていたと判明した以上、俺は帝国側の戦争責任を追及する気はない。今後、俺達と戦争を続けるというのなら、その限りではないんだが――」

ここで言葉を区切って、マサユキ達を一瞥してみた。

マサユキは動ぜず。

惚れ惚れするくらい、完全に他人事だ。

カリギュリオやミニッツは、苦笑している。

勝てるはずがない上に、戦う理由もなくなった。それを理解しているのだから、そんな反応にもなるだろうね。

どうやら、大丈夫そうであった。

「――ここにいる方々はその気がないようだし、ヴェルグリンドさんとは和解している。そして、ルドラを演じていたミカエルが雲隠れした今、新たな指導者を立てる必要があるんだろう？　今日はその件についての会談だったんだが、ここで説明してもらえるかな？」

と、次はマサユキ達の番だと話を振ってみた。

現状についての共通認識を得る為にも、今後の帝国がどうなるのか、それを知っておく必要がある。ガゼル達が一番気にしているのもその点だし、隠し事なくこの場で話し合うべきだと考えたのだ。

もっとも、これは賭けでもあった。

普通、こういう会談を行う場合は、自分達の考えだけでなく相手側の意見も事前に確認しておくものらしい。

それをせずにぶっつけ本番なのだから、どのような結論に至るか予想がつかなかった。国同士の話し合いでは、これはやってはいけない事なのだそうだ。

が、テスタロッサも俺を止めるではなく、あくまでも一般論だと言っていた。そして、問題ないでしょうと笑っていたので、俺も気にせず本音トークを実行した訳である。

果たして、結果は――

「ミニッツ」

「ハッ！　この場は不肖この私、ミニッツが説明させて頂きます。帝国の現状ですが、全戦力の三分の二以上を失い、これ以上の継続戦争は不可能であります。全面的な無条件降伏を受け入れる所存ですが、ここで問題が一つ御座いまして、それが何かと申しますと、最高責任者が不在という事であります。まさに、たった今リムル陛下から指摘された点でありますが、新たな指導者の擁立《ようりつ》が何より優先される次第。本日は良い機会ですので、是非とも皆様方にも、我等の新皇帝を承認して頂きたく存じます」

ミニッツは淀みなくそう口上してから一礼し、俺とガゼルを交互に見た。

「ふむ、そういう事であったか。リムルよ、今日俺がやって来る事も、貴様の想定通りであったという訳だな？」

はあ？

そんな訳ないでしょうが。

「やられましたな。これはまた、帝国と魔国連邦《テンペスト》が手を組むという話ではなく、魔国連邦《テンペスト》が新皇帝の後ろ盾となって、帝国に盤石の体制を築くという話だったとは。ならば無論――」

「うむ。口にするまでもないが、我がドワルゴンもそれに加担させてもらうとしよう。見返りは期待させてもらうぞ？」

おいおい？

新皇帝を認めるかどうかという話から、どうしてそんな後ろ盾とか意味不明な話になるわけ？

「ガゼル王のお言葉、頼もしき限りで御座います。当然ながら見返りとしましては、両国が納得のいく範囲で許す限り、御期待に応えたく考えておりますので、どうか御安心下さいませ」

ミニッツ——いや、ミニッツさんと呼ばせてもらおう。この人、戦っている時と違って、まるで有能な政治家みたいな物腰である。優雅なのは同じだが、この人は何でもそつなくこなせるみたいだね。

それに比べて俺なんて、状況を理解するだけでも必死である。汗が流れないからバレてはいないが、内心では大慌てであった。

さてさて、ガゼルは了承したみたいだし、次は俺だね。ベニマルとリグルドが、チラリと俺に視線をくれた。それに対して軽く頷き返し、俺は口を開く。

「俺も認めるよ。そして、条件次第では全力で支援すると約束しよう」

俺も流れに乗っかる。

やっと理解が追い付いた。

俺は最初からマサユキを手助けするつもりだったのだが、確かに考えてみれば、それは国家として支援するという事に繋がる。ここで恩を売る形で、今後のより良い関係を構築しておけば、二度と戦争にはならないに違いない。

まあ、そこまで上手くいかないにしても、当面は大丈夫なはずだ。後の事は後世の人達に任せるとして、大事なのは〝今〟なのだよ。

「ありがとうございます。我等が皇帝陛下も、その言葉を嬉しく思っているかと」

またも一礼するミニッツさん。

そういう堅苦しいのはいいから、さっさと話を進めて欲しい。

「それで、新皇帝というのは、マサユキ君で間違いないんだよね？　あ、君付けも不味かった？」

「リムル王よ――」

「あ、全然問題ないですよ。というか、僕だって今まで通り、リムルさんと呼ばせてもらっても大丈夫ですかね？」

ああマサユキ、心の友よ！

「勿論だとも、マサユキ君！　わからないよね、こういう場での正しい言葉遣いとか！」

「リムルさん！　今はどリムルさんが頼もしいと思った事はないですよ!!　ここ数日、息が詰まるような思いでしたし……」

うん、わかるよ。

味方がいなくて、孤軍奮闘だったんだろ？

ヴェルグリンドなんて、下々の気持ちなど気にもしないだろうし。どうして些細な事で不安や悩みを抱えるのかなんて、彼女には理解出来ないだろうし。

帝国のお偉方も、自分達の都合でいっぱいいっぱいだったはず。マサユキの事情まで慮《おもんぱか》る余裕もなく、マサユキは一人で頭を悩ませていたはずである。

だからこそ俺に相談したかったのだろうが、シオンに伝言させたのが失敗だったね。

本当は個人面談して、どうするか考えておきたかった。俺はそう思うし、マサユキだって同じ気持ちだろう。

だが、こうなった以上は仕方ない。

礼儀作法など知らないのだから、好きにさせてもらうしかないのだ。

「皆様、宜しいでしょうか？」

他の誰かが何かを言うよりも早く、口火を切ったのはテスタロッサだった。

「我等が王たるリムル様は、もっと砕けた会談をお望みです。互いの立場も御座いましょうが、ここは我らが流儀に合わせて頂くという事で、お願い出来ないでしょうか？」

微笑みながら皆を見回してから、テスタロッサがそう言ってくれたのである。

頼もしい事、この上なし！

マサユキも嬉しそうだ。

ガゼルは苦笑したが、反論はしなかった。

そして、王が認めた以上、部下から反対意見が出る事はない。堅苦しい会談はここまでで、ここから先は本音トークが始まるのだった。

＊

「いやあ、助かりましたよ。もう僕、ずっと黙っていようかと思ってましたもん」

「だよね。俺だってそうしたかったさ」

「馬鹿者共が。一国の主が、そういう事でどうする！」

「ふぇっふぇっふぇ、ガゼル坊もそんな事を言っておるが、昔は同じようなものだったわえ。貫禄や威厳など、慣れや経験でどうとでも繕《つくろ》えるものさね」

「ジェーンよ、何もここで、その話をする事もあるまいよ」

緊張感が一瞬にしてなくなり、弛緩するのは一瞬だった。

マサユキの皇帝就任が決まり、俺達が後ろ盾になるという方針が決まったからだろう。後はもう詳細を煮詰めるだけなので、堅苦しい会話など不要なのだ。

だから俺は、一番気になっていた事を、気軽な感じで問いかける。

「ところでさ、マサユキが皇帝になるのはいいんだけど、それって帝国民が納得するのか？　俺達はいいんだけど、国民？　それとも臣民だっけ？　ともかく、民衆が納得しなければ、駄目なんじゃないの？」

その質問を聞くなり、マサユキが我が意を得たりとばかりに大きく頷く。

「ですよね！　絶対におかしいですよね!?」

「オホン！　陛下、少し落ち着いて下さいませ」

カリギュリオに諫《いさ》められたが、マサユキもこの疑問を有耶無耶にするつもりはないようだ。

それに助け船を出したのが、ガゼルである。

「そもそも、血筋はどうするつもりだ？　皇帝ルドラの血を一滴も受け継いでおらぬであろうが？　皇統《こうとう》を守らねば、貴族共も納得はすまい」

その疑問には、ヴェルグリンドが答えた。

「問題ないわね。皇室典範《こうしつてんぱん》には、こう記されているのよ。『帝国の守護竜たるヴェルグリンドの認める者こそが、ルドラであり皇帝である』とね。形骸化されたものだと思っている者も多いでしょうけど、それこそが真実であり一番重要な一文なのよ」

その言葉を承認したのが、ミニッツさんだ。

「左様です。ルドラ陛下は、常に奥方の嫡子へと生まれ変わっておいででした。ですが、帝国の長い歴史の中では、取り替え子を行おうとする不届き者もいたのです。それらを見抜き処罰なされたのが、ここにおわします〝元帥〟閣下――ヴェルグリンド様だったのですよ」

そんなの、絶対バレるに決まっている。

ルドラの転生の仕組みを知る者なら、本物と偽者の区別を間違えるはずがないからね。

どんな処罰だったのか、想像もしたくない。わざわざ聞かなくても、恐ろしいものだったのは間違いあるまい。

「まあ、ルドラ陛下は自我を継承しておられましたから ね。ヴェルグリンド様が指摘せずとも、成長したら自ずと正体が判明したのですが……」

そうか、自我が宿るまで成長すれば、本人確認は容易なんだな。

「それじゃあ、マサユキが隠し子だった事にするとか？」

「それは無理なのですよ、リムル陛下。元老院には、ルドラ陛下の記録が残されているのです。血液型はおろか、DNA情報まで。母体は誤魔化せましょうが、マサユキ様をルドラ陛下の御子と言い張るのは不可能でしょう」

おっと、帝国の技術力って、そこまで進んでいたのか。いい案だと思ったのに、ミニッツさんから却下されてしまったよ。

「それにしても、この世界にもDNA検査があったとはね……」

「DNAとは何だ？」

「それはね――」

ガゼルから聞かれたので、俺が説明する。

その横では、カリギュリオ達が雑談していた。

「昔は精密な検査方法がなかったので、大変だったと聞きますぞ」

「そうね。毎回毎回、私に判断を仰がれて困ったものだったわ」

えっと、それじゃあ余計にヤバくない？

今となっては本物は消えて、記憶が失われた転生体であるマサユキしかいない。その〝魂〟が本物だと証明するのは困難で、つまりは、マサユキが皇帝になるのを認めさせる術《すべ》がない。

「だったらさ、顔が同じなんだから、マサユキがルドラの真似をする方が簡単なんじゃないのか？」

検査など、皇帝特権で誤魔化してしまえばいい。

そして隙を見て、ルドラの記録を差し替えてしまえば任務完了だな。

「却下よ」

これもいい案だと思ったのだが、ヴェルグリンドから拒絶された。

「理由を聞いても？」

「貴方ね、ミカエルの権能を忘れた訳ではないのでしょう？　臣民や配下達のルドラへの忠誠心が、ミカエルのエネルギー源なのよ？　だったら、皇帝ルドラが死んだ事にして、それを奪うのがセオリーでしょうに」

おっと？

勿論、覚えていましたとも……。

《正論です。死んだ事にしただけでは無意味ですが、新たな忠誠の対象を擁立すれば、ミカエルの権能を封じられるでしょう。ただし、ミカエルもそれを想定して、権能の対象をルドラから別の者へと変更しているかと》

まあね、臣民を皆殺しにすればいいとか、俺も言っちゃったしね。

対策を取るなら、俺が手出し出来ないような人物を、エネルギー源にしているだろうな。

もしくは、途轍《とてつ》もない強者とかを。

「ミカエルも対策を立てているだろうけど、やらないよりやっておいた方が無難だな。そうすれば、俺が臣民に手を出す理由もなくなるしね」

「そうでしょうとも。だから細かい事は気にせずに、私の名でマサユキがルドラであると宣言してあげるわ。そうすれば、逆らう者も出ないでしょうから」

ヴェルグリンドも、凄い自信である。

だが、それも当然か。

彼女は帝国の守護竜たる〝灼熱竜〟なのだから。

それに、『ヴェルグリンドが認めた者が皇帝《ルドラ》になる』という皇室典範に鑑《かんが》みても、理にかなってはいた。

かなりのゴリ押しだけど、ヴェルグリンドの発言であれば無視は出来ないだろう。

「マサユキ君はそれでいいのかな？」

「いいと思います？」

「……うーん、どうだろうな」

駄目なんじゃないかというのが本音だが、ここは流れに乗っかるしかないのだ。

「マサユキが嫌なら、無理をする事はないのよ？」

うっわ、ヴェルグリンドが恐ろしいほどに優し気な笑顔だ。ともかく、矛盾している表現だが、それが俺の紛れもなく本気の感想だった。


「……やりますよ。どうせ今までも、勇者だ何だと祭り上げられていたんだし、一つ称号が増えるくらい、どうって事ないです」

悟りを開いたように虚ろな目で、マサユキがそう宣言した。

それを聞いて喜んだのは、ミニッツさんやカリギュリオ達である。今後の帝国存続の為にも、新たな象徴にして指導者が、絶対に必要だと考えているようだ。

確かに俺も、マサユキは適任だと思う。スキルの効果もあわさって、民衆からの絶対的な支持を得られそうだし。

「それじゃあ今後の方針として、帝国はマサユキを新皇帝として擁立して、地盤固めに動くって事でいいんだな？」

俺が確認すると、マサユキ以外の者が大きく頷く。

それに釣られるように、マサユキも渋々頷いた。

マサユキはこう見えて、責任感がある。一度引き受けた以上、最後までやり通してくれると思えた。

「了解だ。俺達はそれを承認すると発表する。ついでに、現在捕虜として我が国に滞在させている帝国将兵達も、即時解放すると約束しよう。責任は追及しないけど、賠償については保留で。後日、マサユキが新皇帝に即位してから、正式に取り決めるって事でいいかな?」

「宜しくお願い致します」

「寛大なお言葉、身に沁《し》みます」

これで皆も納得かと思ったら、ガゼルにはまだ言いたい事があったらしい。

「余もその方針に異論はないが、一つ問いたい事がある。マサユキ殿、貴殿は〝勇者〟でありながら、皇帝になろうとしている訳だ。そこで聞いておきたいのだが、どのような主義で民を——臣民をまとめていくつもりなのだ?」

全てを見抜こうとする鋭い視線で、ガゼルはマサユキを睨み付けた。

その気迫にたじろいだマサユキだったが、困ったように俺を見て、それから口を開いた。

「……えっと? みんなで笑って暮らせる世界を目指す、とかですかね?」

それを聞いて、俺はフフッと笑う。

俺の考えと一緒だったからだ。

「そうだよな、それが一番大事だよな!」

「ですよね! リムルさんならそう言ってくれると思ってましたよ!!」

「当たり前だろ、マサユキ君。いやあ、俺もさ、それが正しいと思ってルドラに言ってやったんだけどさ、若いとか甘いとか馬鹿にされてね、間違ってんのかなって不安になっちゃってたよ。だが、これで安心した。やっぱり俺は正しかったようだな」

「良かった! 僕も政治とか苦手だったんで、ちょっと自信なかったんですよね。でもこれで、胸を張って皇帝になれそうです」

「うむ。お互いに頑張ろうな!」

「はい、これからも宜しくお願いします!!」

そう言って、俺とマサユキは高らかに笑い合った。

そんな俺達を見る目は三者三様だ。

ディアブロやシオンはウットリと。

ヴェルグリンドは優し気に微笑みながら。

カリギュリオやミニッツは、半ば諦めたように苦笑して。

そしてガゼルは、呆れたように天を仰いだ。

「もう良いわ！」

「ふぇっふぇっふぇ、ガゼル坊の心配もわかるが、この者達に野心などないわえ。ただし、素人なのは間違いないでな。ちゃんと正しい道を歩めるように、導いてやらねばなるまいよ」

「わかっておる。このような青臭い理想論で政治を語る者共を導くのが、どれだけ大変であろうかと頭を悩ませておるのだ」

ガゼルはそう言ってから、大きく溜息を吐いた。何のかんの言ってガゼルは、いつもこうして俺達を心配してくれているのだった。

「まあまあ、そう心配しなくてもさ、俺だって勉強してるから大丈夫だって！」

ガゼルだけではなく、ベスターやエルたんからも指導されてるし、多分大丈夫だろ。

「……本当か？」

暇な時間にだけど、一応本当だった。

これでも不安なら、もう少しだけ安心させてやるとしよう。

「そもそも俺は、そこまで政治には携わらない予定だし。マサユキもさ、実務はミニッツさん達に丸投げするといいよ」

「やはりその手が！　そうしようと思ってたんですけど、いいのかなって不安だったんです。でもこれで、僕も気が楽になりました」

またも笑い合う俺とマサユキ。

「……ま、好きにやってみよ。貴様達は一人ではないのだ。仲間と一緒に責任を負い、成長していけばいい。可能であれば、俺も助けてやるさ」

ガゼルはまだ頭を抱えていたが、納得はしてくれた。いや、納得はしていないのだろうけど、長い目で応援する気持ちになってくれたのである。

そして、そのままの流れで。

「俺としても、今会議で決まった方針に異論はない。

東の地が安定するならば、我が国も平穏になるからな。国境線付近の復興についても、可能な限り協力してやろう」

「ありがたき幸せ！」

「ガゼル王に感謝を」

という感じに、綺麗に話がまとまったのだった。

――後の世の歴史書にはこの日から、救世皇帝マサユキ・ルドラ・ナム・ウル・ナスカが登場する事になるのである――

＊

こうして、方針は定まった。

ここで一旦、昼食会を挟む。

既に砕けた空気になっているので、和やかな感じで食事が進んだ。

今日の料理は懐石料理だ。

休憩中ではあるが、会談の途中という事もあって、お偉いさんを持て成すメニューを選択した。シュナが腕によりをかけて、準備してくれたのだ。

箸を使えぬ者はいない。

ガゼルはとっくに熟練しているし、帝国には箸文化が広まっていたからだ。それもあって、安心して日本風の料理にしたのである。

「相変わらず、ここの料理は旨いな」

「酒が飲みたくなりますな」

「慎め、バーン！　本気でなくとも、今はまだ重要な会談が終わっておらぬのだ」

「貴様は真面目だな、ドルフよ。ねえ、リムル陛下？」

「まあな。俺も日本酒が飲みたい。でも――」

俺は頷きつつ、チラッとシュナを見た。

ニッコリとした微笑み。

うん、無理です。

「そこをグッと我慢して、この後の会談を頑張らないとね。バーンさんもドルフさんを見習ってだね、もっと真面目にならないと！」

「ハハハ、これは手厳しいな。夜には期待してもいいですかい？」

「おい——」

「無論だとも。なあ、ベニマル？」

「ええ。秘蔵の魔黒酒《まこくしゅ》を出して、パーッとやろうじゃありませんか！」

「お、いいですね！　ベニマル殿もいける口でしたか」

「ハハハ、鬼は酒好きで有名なんだそうで、なあ、シュナ？」

「えっ⁉　シュナも酒を飲むの？」

軽く聞き流していたら、ベニマルが驚くべき事を口にした。何と、シュナが酒を飲むというのである。

その真相は果たして——

「お兄様、私は嗜《たしな》む程度です。シオンと一緒にしないで下さいませ」

あ、飲むのは飲むんだ。

というか、シュナって未成年だと——って、魔物に年齢なんて関係ないか。

「ハハハ、悪い悪い」

「もう、シュナ様！　私もそれほど飲みませんよ！」

それは嘘だな。

俺の知る限り、アルビスとどちらが上かを競うレベルで、酒飲みだった。

ベニマルもそれを知っているので、苦笑している。

そうか、ベニマルが酒を飲むイメージはなかったけど、アルビスも奥さんなんだったな。じゃあ、付き合い酒とかしてそうだし、だから酒に強くなったのかもね。

慣れたら旨く感じるようになるのが酒だしな。

ほどほどに。

酒は飲んでも呑まれるな、である。

ほどほどに楽しむように、俺を含めて心を戒めようと思ったのだった。

さて、そんな感じに楽しい昼食会となったのだが、突然泣き出した者がいた。

何事だと、全員の視線がその者へと集まる。

誰かと思えば、カリギュリオだ。

「あの、どうかされましたか？　お食事が御口に合わなかったのでしょうか？」

慌てて駆け寄ったシュナが、カリギュリオを宥めつつそう問いかけた。

それに答えるべく、カリギュリオが口を開く。

「いや、失礼。つい、思い出してしまったのです。軍人たる私が、このような事を言うのは滑稽でしょうが、私の愚かな作戦に従ったばかりに、多くの部下達を犠牲にしてしまいました。この美味《うま》い食事を口にしていると、そうした者達は二度と戻らぬのだな、と。スマン、俺のせいだ……ファラガ、ガスター、それにザムドよ………」

この人、泣き上戸だったんだね。

酒なんて出してないんだけど、どうやら空気感だけで酔ってしまったみたいである。

だけど、丁度いい機会かな。

「テスタロッサ」

「はい。既にモスに伝達し、あの者共を呼び寄せております」

流石だ。

俺が命令するよりも早く、テスタロッサが俺の意図を読んで行動してくれていた。

そして、五分も待つ事なく、数十人の男達が食事会の会場へと姿を現した。

「リムル陛下、招集と聞き、このザムド、参上で御座います!!」

その男達とは、たった今カリギュリオが名前を挙げたザムド少将と、その部下達であった。

全力疾走して来たらしく、顔は真っ赤で汗も噴き出ている。それなのに必死で言葉を整えながら、俺に向かって挨拶をしてくれた。

このザムド達だが、実は一度死んでいる。

皇帝旗艦である飛空船に搭乗しており、テスタロッサの核撃魔法：死の祝福《デストリーク》に巻き込まれる形で、肉体ごと消滅したのだ。

ただし、ここからがテスタロッサの凄いところで、俺がカリギュリオからザムド達の助命嘆願を受けていた事を覚えており、魔法が発動する前に〝魂〟だけ回収したのだと。

それも全て、リムル様によって進化させて頂いたから可能となったのです――なんて謙遜していたけど、俺からすればその心配りこそが有難かった。

てな訳で、テスタロッサからザムド達の〝魂〟を受け取り〝擬似魂《ギジコン》〟に宿らせて、それを人造人間《ホムンクルス》へと定着させたのだった。

「お、お前はザムドではないか！　全員死んだとヴェルグリンド様から聞かされたのだが、生きておったのだな!!」

「あら、本当ね。死の祝福《デストリーク》に耐えられるとは思えないし、助けたのはテスタロッサかしら？」

「その通りですわ、ヴェルグリンド様。リムル様は、情け深い御方ですので」

「そうね。その点については、私も疑っていないわよ」

「賢明ですわ」

うふふ、おほほ――と、二人は笑顔で会話していた。

何だか怖いので、そっと視線を外す。

ザムド達はカリギュリオと合流し、無事を祝い合っている。

ファラガさんは残念だったけど、俺も万能ではないので許して欲しい。そして、親しい者の死を悼《いた》む気持ちがあるのなら、二度と戦争などという愚かな行為に手を染めないで欲しい。

防衛戦争ならば仕方ないにしても、侵略戦争など愚の骨頂なのだ。世の中、綺麗ごとだけではないと理解はしているが、それでもそう考えずにはいられない。

為政者ならば、戦争が本当に必要な行為なのかどうか、自分の家族を天秤に乗せて考えて欲しい。そして可能な限りの話し合いによって、不毛な争いの根絶を目指して欲しいものだ。

口にはしないが、俺はそう願ったのだった。

＊

昼休憩の後、午後三時から会談が再開された。

午前の部で、ある程度の方針が定まっている。午後からはその再確認と、各々の役割についての話し合いが予定されていた。

「それではわたくしから、もう一度確認させて頂きますわね。先ずは、武装国家ドワルゴンから」

テスタロッサがそう切り出した。

そして、確認事項を列挙していく。

魔国連邦《テンペスト》とドワルゴンが連名で、新皇帝即位を承認するのが第一歩。その後、新皇帝マサユキの名の下に、終戦と三国同盟成立を宣言する。

これによって、西方諸国評議会《カウンシル・オブ・ウェスト》とは異なる枠組みが誕生する事になる訳だ。

ドワルゴンの役割だが、帝国との国境線付近の復興だ。街道及び、近隣の建造物。それほど多くはないが、巻き込まれた被害者達への救済もこれに含まれる。

そうして信用を勝ち得たら、そこからが本番だ。

そのままの勢いで、帝国首都に向けての鉄道敷設に着工する流れになる。帝国の『魔導戦車師団』がカナート山脈の麓で切り開いた道を再整備するついでに、この難事業を為し遂げようと考えたのだ。

我が国からも指導班が出向し、ドワーフの工兵団との共同作業によって、工事の完成を目指す感じだね。

〝魔導列車〟が通るようになると物流が整理され、人の行き来も活発になるので、新たな発展の時代を迎える事になるだろう。

その日を夢見ると、ワクワクした気分が止まらなくなる。やっぱり俺は、建設的な計画を立てる方が好きなんだなと、再確認した次第だった。

で、我が魔国連邦《テンペスト》の役割はというと。

マサユキの全面的な支援が、主な任務となる。

テスタロッサを派遣して、帝国内に大使館を用意させる。帝国の古い考え方を払拭し、新たな時代の到来を感じさせるのが目的だ。

帝国臣民は、今まで戦争に敗北した記憶がない。ヴェルドラに手痛い目にあったのは失敗だが、他国に対して謝罪した経験がないのだ。

それだけルドラが偉大だったという話だが、だからこそ帝国臣民は、今回の敗北を受け入れられない可能性があった。

身内を亡くした者ならば、その痛みを理解出来るだろう。しかし、本国でぬくぬくしていただけの者達は、安全な立ち位置から再戦を要求しかねないと予想された。

　得られる利益にだけ目を向けて、他人の痛みには鈍感なのだ。

　そうした者共なら、戦争反対の立場にあるマサユキの事を面白く思わない可能性が高い。ヴェルグリンドがいるから、直接的な手出しは無意味なのだが……恭順の意を示しつつ裏では邪魔をするという、非常に厄介な真似を仕出かすのではないかと考えられた。

　貴族連中はミニッツが説得し、軍部の統括はカリギュリオが行う。しかし、そうした海千山千の腹黒い者共を相手にするには、この二人では力不足だと不安がっていた。

　ヴェルグリンドなど、「全員殺してしまえばいいじゃない」と、気軽に口にしたそうだが、そんな真似は流石に出来ない。人材が減った帝国で、主要な官僚をこれ以上減らす訳にはいかないからだ。

　そうした厄介な相手も、上手く利用して使っていかねばならない。苦難が予想される茨の道だが、やるしかないというのがここ数日で出た結論なのだと。

　そこで、テスタロッサの出番という訳だ。

　モスという地獄耳の諜報員を活用すれば、腹黒共の企みなど一網打尽にしてしまえる。群れると厄介な相手でも、個々の弱みを握って脅迫――じゃなくて説得すれば、協力的になってくれるんじゃなかろうか。

　西方諸国評議会《カウンシル・オブ・ウェスト》の方は落ち着いており、シエン一人で大丈夫との事。という訳で、テスタロッサの出向が決定されたのだった。

　マサユキの護衛として、ヴェノムをそのまま随行させるのも決まっている。

「貴方の眷属を借りる事になるけど、いいのかしら？」

「クフフフフ、問題ありませんよ。それこそがリムル様の為になるのですから、遠慮せず酷使すればいい」

　というやり取りがあったのだが、俺としてはノーコメントだ。ディアブロにかんしては、突っ込むだけ疲れるのだった。

＊

午前の話し合いとは違って、午後は活気ある内容となった。

帝国側がまとめていた問題点も開示され、それについても皆で相談し対応策が考えられた。

実に有意義な時間であったと言えるだろう。

「ここまでの御厚意、我等帝国の者として生涯忘れる事は御座いません」

「おいおい、まだ計画段階だ。これから実現に向けて動き出すんだぞ？　礼を言うなら、事業が成就してからにしてくれ」

「ハハハ、事業、ですか。敵いませんな、リムル陛下には。この国家的難事を、その一言で表現してしまわれるのですから」

ミニッツさんが苦笑している。

しかしその目は輝いており、俺の言葉で闘志に火が付いたようだ。

やる気になってくれて、何よりだった。

こうしてあらかたの方針が纏まったのだが、忘れてはならない問題が残されていた。

それを口にするのは、ガゼルである。

「それで、リムルよ。一番重要な事を問うが、勝てるのか？」

そう、ミカエルとフェルドウェイ、その配下達も。

脅威となる敵が、虎視眈々と俺達を狙っているのである。

「正直に言って、勝てるとは断言は出来ない。だけど、負けるつもりはないよ」

「で、あるか。貴様の事だ、どのような手を使おうとも、その言葉を本物に変えるのであろうな」

「過大評価だって」

「フンッ！　正直、俺はヴェルグリンド様の強さを目の当たりにした時、敗北と死を覚悟した。強いだろうとは考えていたが、まさかこれほどとは思っておらなんだからな」

ガゼルの告白に、バーンやドルフさん達も頷いている。

　まあね、俺だってテスタロッサ達が倒れているのを見た時は、終わったなと思ったもん。

　その後、ちょっとプッツンしたから恐怖を乗り越えた——というか、気付いたら終わってた感があるけど、今考えてもよく勝てたものだと不思議な気持ちだし。

　だけどまあ、今の俺にはシエルさんがいる。

　それに、ヴェルドラやディアブロ達も。

　一人ではないというのは、それだけでも心強いものなのだ。

「私もね、まさかスライム如きに負けるとは思っていなかったわよ。でも——今となっては感謝しているし、ヴェルザードお姉様でもリムルには勝てないと思っているわ」

　ガゼルの言葉に怒るでもなく、ヴェルグリンドが実に平然とそう言った。

　ヴェルドラを一方的に叩きのめしたというヴェルザードさんに、俺が勝てるかどうかは疑わしいが、それがヴェルグリンドの本音だというのは間違いなさそうだ。

「これまた、評価が高くて恥ずかしいね」

「謙遜は止しなさいな。私に勝ったのは運などではなく、完全に実力だったでしょうに。しかも、圧倒的に勝利したくせに、何を言っているのかしらね」

　負けた事を恥じていないのは、ヴェルグリンドにとってはそれが過去の事だからだろう。今となっては克服し、素直に受け入れているんだろうね。

　そういう人の方が怖いのだ。俺は密かに、ヴェルグリンドへの警戒レベルを一段階高めておいた。

　そしてここからは真面目に、自分なりの考えを話す。

「実際、敵の戦力が不明な上に、どう出てくるのか予測も出来ない。その目的はともかく、狙い——というかどういう手段でくるかも気になるな」

　と言いながら、巨大スクリーンへと数名の人物を映し出した。

「コイツ等が、今回迷宮へと侵入して来た〝敵〟だ。大体の強さを測る存在値だが、およそ三百万と同等で、我が国の幹部と比べても上位の強さに分類される。一対一で戦うのは避けた方が無難と思うほど、厄介な相手だよ」

俺がそう言ってから、知る限りの情報を開示した。

するよ、俺の話を補足するようにヴェルグリンドが発言する。

「コイツは私が滅ぼしたけど、一つ忠告しておくわ。この者達はヴェルダナーヴァ兄様の手助けを行ってい た古き者共で、〝原初〟に匹敵するほど厄介なの。その本体は封じられたままで、この迷宮に出現したのは弱体化させた『別身体』に過ぎなかった。普通の手段では倒せないから、警戒しておいた方がいいわよ」

それを聞いても、反応に困るというものだった。

だって、そんな事を言った張本人であるヴェルグリンドが、簡単に滅ぼしてしまっているからね。

《ヴェルグリンドの権能にある『次元跳躍』の効果ですね。ヴェルグリンド本人は、ルドラの〝魂〟の欠片という目印に向かってしか跳べない能力ではありますが、その技を目印に向けて放つには、何の問題もないのでしょう》

なるほど……。

つまりヴェルグリンドは、コルヌの『別身体』と本体の繋がりを辿り、本体までも滅ぼしたという事か。

《その通りかと。この、時間と空間を超越して攻撃を加える事が出来る『時空連続攻撃』ならば、たとえ『並列存在』であろうとも逃れる術は御座いません》

マジか、滅茶苦茶だな。

というか、ヴェルグリンドが凄過ぎるのだ。どれだけ経験を積んだのかは知らないが、自身の権能を完璧に使いこなせるようになっていた。

元から凄かったのに、更に強くなっている。

ヴェルドラも『並列存在』を覚えて喜んでいたけど、これでは全く意味がなさそうだ。それをヴェルドラが知ったらと思うと……俺は少しだけ同情した。

反応に困っているのは俺だけではない。

帝国勢も、ガゼル一行も、ヴェルグリンドの言葉を噛《か》みしめるように考え込んでいる。

帝国にはまだ、ヴェルグリンドという切り札がいた。彼女に頼れば何とかなるとして、問題なのはドワルゴンだった。

「我等では勝てぬ、か」

「そうですな。残念ながら、手の打ちようがない」

「バーン！」

「だがよ、事実だぜ。見栄を張っても意味がねーし、ここは本音で語り合って、対策を考えておくべきじゃねーか？」

「むう、卿の言うのも正しいが……」

「バーン坊の言う通りだわえ。どうせ勝てぬ相手じゃが、出会った時の対策は考えておくべきじゃよ。それで、リムル陛下や、ミカエルや妖魔王の目的から推測して、我がドワルゴンも巻き込まれると御考えなのかえ？」

うーん、可能性は低いかな？

「多分、大丈夫だと思う。もっとも、安全という訳ではなくて、優先順位が低いという意味でだけど」

「ふむ。敵の目的がヴェルダナーヴァ神の復活であるならば、我がドワルゴンなど眼中にないという事か」

「失礼な言い方だけど、そうなるかな」

「構わんさ。武人としては不甲斐ない思いだが、王としては安堵しておる」

ガゼルはそう言って苦笑した。

「して、その手段だが、敵は本気なのか？」

「クフフフフ。ヴェルドラ様とヴェルグリンド様の力を取り込めば、ヴェルダナーヴァ様の復活が成就する、ですか？　愚かとしか言いようがありませんね」

「そもそも、ヴェルダナーヴァ様は不滅だ。人の手で復活させようなど、おこがましいにもほどがありますよ」

と、ディアブロが嘲笑し、ベニマルが憤慨した。

ヴェルダナーヴァがどうして復活しないのかは謎だが、確かに〝竜種〟は不滅なのだ。言葉にならないほっとけばいいという意見に、俺も賛成だった。

「だがそうなると、竜皇女も狙われるのではあるまいか？」

カリギュリオが鋭く指摘する。

確かに、ミリムはヴェルダナーヴァの力を受け継いでいるのだから、狙われても不思議ではないか。

この疑問に答えたのはヴェルグリンドだった。

「その可能性は否定出来ないわね。でもね、我が兄の最愛に手を出したら、それこそ本末転倒というものなのよ。ただ力を奪いたいだけならまだしも、その復活を心から願うのならば、逆鱗に触れるような真似はしないと思いたいわね」

まあ、ミリムは強いし、天使系の究極能力《アルティメットスキル》なんて持ってなさそうだし、カリオンさんやフレイさんも覚醒したしで、そこまで心配しなくても大丈夫そうだけど。

ヴェルグリンドも大丈夫だと思っているなら、警告しとくだけで十分かもね。

しかし、ちょっと気になる事があった。

「そんな言い方だとヴェルダナーヴァって、姉弟についてはどうでもいい感じだったの？」

「貴方って、かなり失礼ね」

ムッとしたというよりも、呆れた感じでヴェルグリンドが俺を見る。

「えっと、スミマセン。正直なもので、つい……」

「まあいいわよ」

良かった。

ヴェルグリンドの寛大さに救われた。

反省して、発言には気をつけるとしよう。

「どうでもいいというか、〝竜種〟は終わりある者達とは違う考え方をするのよ。ヴェルザードお姉様もそうだったけど、ヴェルドラの教育と称して何度も何度も消し飛ばしていたのよね。だからね、ヴェルダナーヴァ兄様が復活した後で、私達の力を解放するつもりなのでしょうね」

ああ、納得だ。

俺が取った手段と同様、喰った後で復活させられると考えている訳だ。

その際にも記憶は継承されるので、人格が変わろうともお構いなしって事ね。

「つまり、ミリム様は〝竜種〟とは違うので、不滅ではないと。そんなミリム様を殺してしまっては、復活したヴェルダナーヴァ様の怒りを買ってしまうという事ですわね」

　テスタロッサが、ヴェルグリンドの発言を纏めてくれた。多分だが、俺もそう考えるのが正解だという気がする。

「よし、それならやはり、ミリムにも警告だけしておこう」

　俺がそう言うと、ヴェルグリンドも頷く。

　そして、隣に座るマサユキに目を向けて。

「他人事のような顔をしているけど……マサユキ、貴方は間違いなく狙われているんだから、一番気を付けなきゃダメよ？」

「えっ!?　まだ諦めてない感じなの？」

「陛下……ここ迷宮内と違って、帝国本国では死んでも生き返られないのですぞ！　もっとそれを自覚して、御身を大事にして頂かねばなりません」

「我々も死力を尽くして陛下をお守りする所存ですが、相手が相手です。陛下御自身も、自覚を持って行動して頂きたい」

「はい――じゃなくて、わかった」

　マサユキの間の抜けた返事を最後に、午後からの話し合いも終了したのだった。

＊

　夕食は豪勢だった。

　イタリア料理のフルコースである。

　ビーツ――によく似た野菜――のスープから始まり、砂肝のコンフィへと続く。

　ゼッポリーネを楽しんだ後は、色々な野菜のクスクスと軽く炙《あぶ》った槍頭鎧魚《スピアトロ》の中トロが出た。

　全て絶品だが、まだまだ終わりではない。

　戦車海老のパンナコッタ、戦艦魚のインボルティーニ、要塞ガニのスパゲッティと、至高のメニューが食卓を彩ってくれる。

　きのこのリゾットで箸休めをしていると、海鮮スープが運ばれてきた。

本日の海鮮全てのエキスが抽出されたそのスープは、一口ごとに味わいを変える素晴らしい一品なのだ。半日以上、各種スープを煮込んだものを混ぜ合わせて仕上げるので、手間が半端なくかかる代物である。

料理人達の思いやりで出来ていると言っても過言ではなく、年に一度食べられるかどうかという、隠れた名品なのだった。

そして最後に、本日のメインディッシュ。

子牛鹿のフィレ肉ステーキだ。

軽くナイフで切り分けて口に運ぶと、噛むまでもなく肉が溶ける。

美味い。

マジで、美味い!!

食べ終わるなり、俺とベニマルはハイタッチしている。

言葉など交わさずとも、それだけで十分なのだった。もうね、普段なら食事中でも会話が弾むのだが、今日はみんな無口だったもんね。その態度こそ、満足の証だと思えたのである。


デザートとして白ワインヨーグルトが運ばれてきてようやく、皆が感想を口にしだした。

「何ですか、この美味さは！　私も帝国貴族として、美食も数え切れぬほど味わったと自負していましたが、これは本当に別格ですな!!」

「わかる。捕虜となった身でありながら、ここの食事を楽しみにしておったのだが、今日ほど至福だと感じた事はない。感謝しますぞ、リムル陛下！」

「ぶっちゃけ、これを食べられるんなら、皇帝もアリかなと思った」

「私も料理を習ったのだけれど、これは無理ね。何一つとして無駄がない上に、食べる人の事を考え尽くされているもの」

と、帝国勢が大絶賛だ。

ドワルゴン勢も負けてはいない。

「リムルよ、貴様のところでは、料理の技術も上がったようだな。シュナ殿であったか？　今度我が国に招いて、いくつかレシピを教授して欲しいものだ」

「本当だぜ。俺は食事より酒が好きなんだが、これは別だな。量が少ないのが小憎らしいが、それが逆にまだ食べていたいと思わせる。計算され尽くした演出だぜ」

「いやあ、そんな計算はないと思いますが、どの品ももっと食べたかったという意見には賛同しますよ」

「ハッ⁉ あまりの美味《おい》しさに、わたしゃ、あの世に旅立つところだったわえ」

「何を仰いますか、ジェーン殿。残さず食べているくせに」

「何を言うか、アンリエッタよ。そういうお前さんも、同じ量をペロリと平らげておるではないかえ！」

「なっ⁉ そういうのは気付いても、指摘しないのがマナーですよ！」

基本、酒が旨ければ満足という風潮らしいので、食事でうならせたいと思っていたのだ。今回はシュナ達のお陰で、その目標を達成出来たのだった。

ちなみに、こんな時でもシオンとディアブロは平常運転だ。

ディアブロは給仕に徹して酒を注いだりしてくれて、シオンは護衛として直立不動で立っていた。

だが、俺は知っている。

コッソリとシュナが教えてくれたのだが、シオンはいつも毒味と称して、つまみ食いをしているらしい。今回など、毒味のハズが御代わりまでしたらしいので、空腹なのではと気にする必要などないのだった。

＊

食後の寛《くつろ》ぎの一時。

談話室に場所を移し、コーヒーを嗜《たしな》みながら雑談を楽しむ。

今日の食事や世間話などで場を賑わせていたら、ガゼルが唐突に話しかけてきた。

「ところでリムルよ、俺としては悩んでいる事があるのだ」

「ん、何かな？」

「貴様が仕出かした事よ」

「えっと……？」

「そこのベニマル殿を筆頭として、幹部達を進化させたそうだな？」

「あ、はい」

あ、これは怒られる流れだ。

唐突に言い出すのは止めて欲しいよね。

事前に言い訳を考える時間を与えてくれても、バチは当たらないと思うのだ。

などと身構えた俺だったが、ガゼルが苦笑して続ける。

「そう緊張せずともよい。怒りはせぬよ。ジェーンから話を聞いた時は青褪めたが、今となってはそれが必要な事だったのだと理解しておる」

「そ、そうでしょうとも」

ふー。

どうやら御立腹ではないようだし、一安心である。

「しかし、他の国々への説明は厄介だぞ？」

「と、言いますと？」

「何だ、考えておらなんだのか？　西側諸国、西方聖教会、サリオン、これらの人類圏の国々も、今回の戦には注目しておったであろうが。終戦宣言はともかく、経緯説明も必要であろうよ」

「適当に誤魔化そうかと思っていたんだけど……」

真面目に説明しても信じてもらえないだろうし、俺の仲間達が覚醒魔王級に進化した事など、黙っていたらわからないハズだ。

そこは上手く誤魔化せば、どうとでもなると考えていたのだが。

「ま、西側はそれでよかろう。ブルムンドなどは疑うであろうが、その他の国々は平和ボケしておるからな。疑う者もおるだろうが、盟主国家となりつつある魔国連邦《テンペスト》に対しては、強気に出られぬであろうさ」

だろ？

「だったら、何も問題は――」

「だがしかし！　あの大妖《おんな》は欺《あざむ》けぬぞ。正式な説明を要求されるだろうし、どうするつもりなのだ？」

えーと、あの女？

あ、もしかして！

「なんだ、エルたんの事か。それなら大丈夫。もう伝えたし」

　エルメシアさんも今回の戦について心配してくれていて、ミョルマイル君と三人で話をしていたのだ。最悪の場合、難民の受け入れも検討してくれていた。

　俺とミョルマイル、そしてエルメシアさんの三名は、〝悪巧み三人衆〟としての緊急連絡手段を持ち合わせていた。

　高性能な魔道具で、コンパクトな折り畳み式。その名もずばり、〝携帯電話〟である。

　クレイマンのスキルから発想を得ており、電波信号と地磁気を利用した暗号化通信で、魔法による妨害をものともせずに通話可能という優れモノなのだ。

　ただし、使われている素材が希少なものばかりなので、一個あたりの御値段が、ビックリするくらい高価であった。幹部勢にも配れぬほどなのだから、その価値がどれだけ高いか理解出来るというものだろう。

　これを使えば、エルメシアさんとの直接会話も可能。なので、俺は宴会が始まる前に一報、「勝ったよん」と戦勝報告を入れてあったのである。

　エルたんからは「オッケー、安心した。今度ゆっくり話を聞くから、また遊びに行くね」という返事をもらっている。だから、ガゼルが心配するような事はないのである。

　それなのに――

「エルたんだとッ⁉」

　ガゼルが大声で叫んだ。

　そして俺の事を、信じられないという表情で凝視している。

　あれ？

「今の話に、何か驚く要素があった？」

「馬鹿を言うでないわ！　あの天帝と、どうやったらそこまで親し気になれるのだ⁉」

　あ、それね。

　そこはまあ、俺ってそういうの得意だし。

　どんな厄介な相手でも、先ずは会話から。そして大事なのは、相手が何を言いたいのかをちゃんと理解する事なのだ。

　工事現場で監督をやっていた時も、無茶な苦情を言ってくる近隣住民の方がいた。だけど、落ち着いて話を聞いてみるとだ、意外と簡単に問題が解決したりするのである。

まあ、どうしようもない時もある。

そういう場合は、とにかく話を聞く。

聞き続ける。

そうする事で、相手がこちらに親近感を感じてくれて、君は話がわかると、納得してくれたりした。

もしくは、時間を稼いで問題解決を待つかだな。

この場合はとくに何もせず、苦情を聞いて話を合わせておくだけ。そうする事で相手が親近感を――って、同じような流れになる訳だ。

こんな感じで、俺の人生観で大事なのは、他者との接し方、コミュニケーションなのである。

エルメシアさんの時も同じ感じで、気が付けば仲良くなっていたのだった。

酒のせいだっただろうって？

忘れましたね、そんな事は。

自分に都合の悪い事を忘却するのも、立派な処世術なのだよ。もっとも、ちゃんと反省して次に同じ失敗をしないようにするのも、とても大事な事なんだけどね。

これが難しくて、俺もまだまだ修行の身なのだった。

「まあ、どうやったかは秘密だけど、仲良くさせてもらってるよ」

馬鹿正直に、酒の席での失敗談を語る事はない。

俺はそう言って誤魔化したのだが、それで納得するガゼルではなかった。

「だからな、リムルよ。サリオンの天帝には、会うだけでも一苦労なのだ。数ヶ月待ちなどいい方で、我がドワルゴンから申請しても、半年はかかる。ヤツは長命だからな、一ヶ月を一日と同じ程度にしか感じておらぬのだ。それなのに貴様は、簡単に連絡を取れるだとォ!?」

「うっ」

「そ、そうですぞ、リムル陛下！　サリオンは、我が帝国でも重要視しておりました。まさか、そんな繋がりがあったとは……」

カリギュリオ達までこの話題に参戦してきた。

詳しく話を聞いてみたら、帝国はサリオンの事を、最大の脅威だと認識していたのだと。まだ見ぬ魔導兵器の数々を擁していると推測されており、攻めるならば一番後だと計画されていたそうだ。

カリギュリオやミニッツさんの説明を聞いて、ガゼルも頷いている。

西側諸国でもサリオンの顔色を窺う国家が多かったけど、たった一国で西側の経済圏を飲み込むほどの軍事大国なのだから、その反応も当然だったのだ。

そんな超大国の国家元首と、アポなしで直接会話出来る間柄。知らなかったとはいえ、確かにそれは信じ難い話かも。

と言っても、事実なんだよね。

「あは、あははは。ま、まあ？　ラッキーだったという事で」

「フッ、リムル様ならば当然の事ですよ」

「その通りです！　むしろ向こうが、その幸運に感謝している事でしょう!!」

ディアブロとシオンが俺を称えるが、こういう時は黙っていて欲しいよね。

ガゼルが大きく溜息を吐くのを見て、俺はそんなふうに思ったのだった。

ところでミニッツさんだが、意外にもシオン達の意見に賛同している様子。

「まあ確かに、リムル陛下の真価を見抜いていたのならば、天帝の反応にも納得というもの」

それに頷くのがカリギュリオだ。

「そうよな。あの恐るべき天帝ならば、その程度の事は造作もなくやってのけるさ。我が帝国では、彼の国の魔法士団《メイガス》は動かぬと考えておった。それこそが天帝の思惑の内だったのだとしたら、リムル陛下達が形勢不利になった時点で、本国を狙われておったであろう。危ないところであったわ」

などと、俺が思った以上にサリオンを警戒していた。

そんな危険な国だと思っていなかっただけに、仲良くなっていて良かったと安堵する。

エルたんから「今度遊びにおいで」と誘われている

ので、是非とも見学にお邪魔させてもらうとしよう。

「しかし、この情報も秘匿されていたのでしょうが、情報局はどこまで我等を――」

「いいえ。残念ながら、私も聞いていなかったわね。ま、私にとっては大昔の事ですし、忘れちゃっただけかも知れないけれど」

ミニッツさんの発言を、ヴェルグリンドが楽しそうに否定していた。この人、とても執念深そうだし、大昔の事だろうと絶対に覚えていると思う。

「あら、何か私に言いたい事でも？」

「いいえ、何でもないです……」

こっわ、俺の心を読んだかのようだ。

こういう人はヤバイので、怒らせないようにしよう。

とは言え、俺とエルメシアさんの繋がりで、そこまで驚かれてしまうとはね。これは……ミョルマイル君も同志だというのは、俺達だけの秘密にしておく方がよさそうだ。

〝三賢酔《リエガ》〟の件もあるし、うっかり口を滑らせないように注意しておこう。

そんな事を密かに誓いつつ、その日の夜も更けていったのだった。

＊

翌朝、ガゼル一行は帰って行った。

カリギュリオ達も、決められた方針に沿って、帰国準備を進める事になった。

工事の途中ではあるが、それはアダルマンの配下達に引き継ぎを行わせる。この国に残りたいという者もいたのだが、先ずは帝国の安定を優先してもらい、その後に移民するように説得してもらった。

一週間もせずに準備を終わらせ、出発する予定となったのである。

このように、残る問題点を洗い出し、対策を考え、実行状況を確認していく。

帝国側は問題なし。

テスタロッサからの連絡を待ち、状況が変化するまでは様子見となったのである。

ドワーフ王国は、若干心配である。

もしも熾天使《セラフィム》級の敵が出現した場合、ガゼル達では苦戦しそうだった。

だが、天然の要塞となっているドワルゴンの都市部には、魔法による多重防衛機構が備わっている。これを突破するのは簡単ではないので、その隙に連絡をもらえばいい。

ガゼルにも〝携帯電話〟を一つプレゼントしておいたので、いざという時には活用してもらいたい。

それに、もう一つ。

ガゼルの所にも一人、アゲーラを派遣する事が決定している。

ガゼルからは、自身を鍛え直したいとの相談があった。

そしてアゲーラからも、少し放浪して頭を冷やしたいという要望があったのだ。

色々と思い悩む事がある、と。

カレラは迷いなく、アゲーラの好きにしていいというスタンスだった。

俺としては、アゲーラの事情を知るだけにどう答えるべきか困った。ここは時間が必要だろうと、その提案を受け入れたのだ。

そんな訳で、ドワルゴンも持久戦には耐えられる。

何も問題が起きないのが一番だが、もしもの場合は、その都度対処するとしよう。


ヨウム達がいるファルメナス王国だが、こちらも対処済みだった。

ディアブロがガドラを派遣し、今回の状況説明を行わせていた。俺との個人面談もなかったので、二日前には出発していたそうだ。

ガドラには迷宮守護者としての役割もあるのだが、肝心の魔王の守護巨像《デモンコロッサス》がない。

残骸すらなかったので、ゼロからの作製となる。

新機軸で試したい機能とかがあるらしく、研究員達は大喜びだった。

資材を出す俺の財布には優しくないけど、今回は国庫からも負担してもらうので、満足のいくモノを造るようにと申し伝えてある。

完成まで時間もあるので、当面はファルメナスに滞在してもらうという事で話がついたのだった。


ブルムンド王国及び、西側諸国については——

こちらには、シエンがいる。ゾンダも応援に向かわせたし、悪魔達は基本的に『空間転移』が可能なので、大抵の事態には対処可能だろう。

ぶっちゃけ、この地から狙うのは戦略的にも意味がないと思うので、これ以上の措置は取らないつもりだ。

ないと思うが、もしも敵が人類虐殺的な行為に出たならば、ギィが黙っていない。

ギィは人間が滅びるのを良しとしていないので、必ず動いてくれるはずだった。

それに、ルミナスだっている。

ギィが動くほどではない、ちょっとしたチョッカイ程度ならば、ルミナスや聖騎士団《クルセイダーズ》が対処してくれるだろう。


〝三賢酔《リエガ》〟にも事情は伝えてあるので、グレンダ達も裏から動く。状況次第では時間稼ぎに徹してもらえば、何とかなると考えていた。

ちなみに、グレンダにも〝携帯電話〟を渡してある。

これは個人の所有物ではなく、〝三賢酔《リエガ》〟と俺達の連絡手段としてだった。

これがあるから即応も可能なので、西側諸国についても連絡待ちという事で落ち着いたのである。


さて、そうなると。

残る問題としては、意図せぬ裏切り者が出ないかどうか、だな。

《その件ですが、恐らくは考えても無駄かと——》
いやいや、無駄って事はないだろうさ。
心構えがあるのとないのでは、いざという時に違いが出るからね。
という訳で俺は、執務室にて各地区の被害状況が記された報告書に目を通しながら、一番気がかりな重要事項について考え始めた。

天使系の究極能力《アルティメットスキル》に覚醒した者がいたら注意するようにと、ガゼル達にも一応伝えたのだが……表情が抜け落ちたような顔で見つめられた。

そして、静かに告げられたのだ。

『いいか、リムルよ。そもそも、究極能力《アルティメットスキル》というのが秘中の秘。ドワーフの初代英雄王グラン・ドワルゴ様が獲得なされたという伝承があるだけで、真偽不明とされているほどの重要事項なのだ。それが真実だと知る者は少なく、バーンやドルフでさえも知らぬほどだったのだぞ！　それなのに貴様は……保有しているのが普通という前提で物を申すでないわッ!!』

——ってね。

最後には一喝されたけど、それが世界の常識なのだそうだ。

つまり、究極能力《アルティメットスキル》の存在を知る者自体が極少数。その中から天使系保有者となると、探し出す術などないのが現実なのだった。

心配するだけ損というレベルで、俺も気にするのを止めたのである。

その時は。

だが、冷静になって考え直してみると、意外にも身近にいそうな気がしていた。

少なくとも、ギィやルミナスは確実だ。

レオンの強さも異常だし、保有していそうな気がする。

ダグリュールは不明だが、あのディーノでさえも保有していたのだから、あると考えて行動した方が失敗しない気がするね。

そうそう、ダグリュールと言えばだ。

ルミナスは確か、クロエから聞いた未来の話で、ダグリュールが帝国に便乗して戦争を起こしたと言っていた。しかし、今回はそんな事はなかったみたいである。

何か理由があったのか、それとも誰かに踊らされていたのか。

もしもそれがミカエルの仕業だったのなら、対策も立てられるというものだ。これについても、一度きちんと話し合っておく必要がありそうだ。

ミリムもどうかな？

俺が知らないだけで、あっても不思議じゃない。ミリムなら事情を話せば教えてくれそうだし、カリオンやフレイさん達の容態も気になる。ちょと出向いて、話をしておくか。

なんて事を俺が考えた時だった。

『聞こえるか？　今から魔王達の宴《ワルプルギス》を開催する。いきなりだが、全員参加するように。以上だ』

——と、いきなり頭の中で声が響いたのである。

というか、これは——

視線を指先に向けると、右手の小指の根本、嵌めている事すら忘れていた指輪が光っていた。

魔王になった時にもらった、魔王の指輪《デモンズリング》だった。

という事は、この声はギィだな。

今までまったく使ってなかったから、こんな機能がある事も忘れていたよね。

って、そんな悠長な事を考えている場合じゃないな。

「シオン、シュナを呼んでくれ」

「はい！」

嬉しそうにサッと駆け出すシオンを見送りつつ、俺はディアブロを見る。

「ギィからだ。今から魔王達の宴《ワルプルギス》を開催するそうだ」

「ほう、事前連絡もないとは、ギィらしくない。そもそも、ギィ自ら連絡してくるというのが不可解ですね」

俺もそこが気になった。

ギィはプライドが高く、常に泰然《たいぜん》としている。配下達でさえ、ギィに声をかける事すら許されないらしいし……とても嫌な予感がするな。

「お呼びと聞き、参上しました」

「ちょっとリムル、大変なのよさ!!　あのギィが自分から呼び出しをかけるなんて、これは間違いなく一大事ね!!」

シュナが入室して来たが、呼んでもないラミリスまでやって来た。ベレッタだけでなく、トレイニーさんまで引き連れている。

そう言えば、コイツも魔王だったな。考えてみれば当然の話で、ラミリスも魔王の指輪《デモンズリング》を持っているんだった。

ラミリスが言うには、ギィが魔王達の宴《ワルプルギス》を主催するのは珍しいらしい。

ラミリスとミリムとギィ、その三人しか魔王がいなかった時代には、そういう事もあったらしいのだが、ここ千年以上そんな話はなかったのだという。

まあ、今から直ぐにと言うくらいだから、緊急事態なのは間違いないのだ。

「という事なんだ、シュナ。詳しく説明している暇はないけど、俺はシオンとディアブロを連れて魔王達の宴《ワルプルギス》に参加する事になった。俺の留守を頼むと、ベニマルに伝えておいてくれ」

俺がそう言うと、シュナが察しよく頷いてくれる。

「かしこまりました。御武運を、リムル様！」

俺は頷き、準備を整えた。

そして、迎えが来るのを静かに待つ。


ほどなくして、暗紅色《あんこうしょく》のメイド服を着こなした青髪のレインが、空間を跳び越えて姿を現した。

ラミリスが迷宮へ入る許可を与えたからだが、いきなり出現するので心臓に悪い。

だが今は、それを気にしている場合ではなかった。

何故なら、レインが傷だらけだったからだ。

この時点で俺は嫌な予感が的中したのを悟った。

「レインちゃん、大丈夫なの!?」

「一体何が——？」

ラミリスと俺が驚いて問うも、レインは静かに首を横に振る。

「私への心配は無用で御座います。説明は皆様が揃われた後で行いますので、今は移動をお願い致します」

そう言われてしまうと、返す言葉はない。

言われるがままに、レインに連れられて移動する。

そうして出向いた先で、俺達は新たな問題に直面する事になるのだ。

終章

ギイ・クリムゾン

Regarding Reincarnated to Slime

彼が発生《たんじょう》したのは遥かな大昔、天地が創造される前の話である。

それは偶然だった。

創造神ヴェルダナーヴァが〝光〟の大聖霊から七柱の熾天使《セラフィム》を創造した事で、影となる者達が生まれたのだ。

それこそが、〝闇〟の大聖霊から派生した原初の七柱――悪魔王達《デヴィルロード》である。

その最初の一柱《ひとり》が彼であり、根源たる闇の世界――冥界を統べる王であった。

彼は生まれながらの絶対強者であり、闇の化身。

悪魔族《デーモン》を意のままに従える、傲慢なる王。

七つに別《わか》たれた闇の兄弟達でさえも、彼からすれば数多《あまた》の眷属と同列の存在でしかない。

覇を競い、争いあい、二柱《ふたり》が手を組み彼に挑んだ時も、痛みを感じるまでもなくひれ伏させたものだ。

彼にとっては児戯にも等しい行為であったが、その時に一つ判明した事がある。

それは――〝原初〟は不滅。ただし、心核《ココロ》まで砕かれた場合には、勝者に従属する形で復活する――という事実だった。

精神生命体たる彼等は、敗北すると相手に隷属してしまうのだ。

この事実が判明した事で、残る四柱は膠着《こうちゃく》状態となった。

否。

しつこくも一柱《ひとり》だけ、彼を悩ませる者がいたのだが、彼が地上へと呼ばれた事で運命も別たれる。

果たして、彼が地上に呼ばれたのは偶然であったのかどうか……。

今となっては、それを確かめる術《すべ》などない。しかし、それが彼の運命を大きく変える事になったのは事実なのだった。


呼ばれて周囲を見回す。

冥界での安寧《あんねい》に明け暮れていた彼は、地上で流れる時間とは無縁であった。

出来たばかりだと思われた世界では、既に文明が発達していたのである。

彼は瞬時に、自分が召喚されたのだと理解した。それは世界の法則を書き換える技——魔法であった。

冥界にいた頃の力は制限され、生まれたての上位魔将《アークデーモン》程度の力しか発揮出来ない。それでも彼にとっては十分なのだが、肉体もないのは不便だった。

どうしてこんな事になっているのかと考え、直ぐに理解する。

ここは半物質世界であり、精神生命体の活動領域ではない。魔素で満たされていない空間では、そこにいるだけでも消耗が激しいのだ、と。


創造神とも無縁であった彼は、世界がどのように変革を遂げたのかも理解していなかったのだ。

実に興味深い、と彼は思った。

ただし、目の前で何事かを喚きたてる存在に対しては、不快な気持ちを抱かされる。

冥界にて最強たる彼を前に、そんな無謀で愚かな真似をする者など存在しない。

だからこそ彼は、少しだけ我慢して付き合う気分になったのだ。

彼を呼び出した魔法使いは、とても偉そうに語っていた。

その言語は最初の言葉《いちなることば》であり、魔法言語である。故に、労する事なく理解した。

我慢して話を聞くと、なかなかに面白い事を口にしていた。

世界には国があり、覇権を競っている。

耳長族《エルフ》、ドワーフ、獣人、吸血鬼族《ヴァンパイア》、そしてヒューマン。様々な種族が誕生しており、生存競争を行っているらしい。

その魔法使いは、真なる人類《ハイ・ヒューマン》だった。世界の理に従い、我が命令を遂行するがいい』

『貴様は我が従僕となった。世界の理に従い、我が命令を遂行するがいい』

と、傲慢にもその男が告げる。

超魔導帝国という国家が世界を統一する為に、覇を競っていた戦争相手国を滅ぼせと、彼に命令したのである。

それは彼にとって、とても容易い事であった。

百年続いたというその戦争も、彼の登場によって終わりを告げたのである。

彼が行ったのは、たった一つの魔法を行使しただけ。

それこそが禁断の魔法——核撃魔法：死の祝福《デスストリーク》である。

〝魂〟すらも破壊する大規模破壊魔法の暴威によって、百万を超える人口を擁していた最大規模の国家が死の都へと変貌した。

彼にとっては当然の出来事であり、さしたる痛痒《つうよう》も感じない。

だが一つ、面白い変化があった。

大量の人間の〝魂〟を獲得した事で、彼は自分が覚醒している事に気付いた。その結果として、百万の死体を利用して受肉に成功している。

初めて感じる眠気さえも心地良く、それに抗うのは愉快であった。

この事象こそが、この世界で初めての〝真なる魔王〟の誕生となるのである。

力を得た事で、彼は自分を縛る魔法から逃れた事を悟った。

もとより、破壊するなど容易い呪縛ではあったのだが、何もせずとも弾け飛んだのは興醒めだった。

どうやら、人間の〝魂〟を一万人分ほど刈り集めた段階で、彼の覚醒が始まったらしい。種族制限も解除され、悪魔公《デーモンロード》へと至っていた。

それでもまだ、彼が冥界で行使可能な力の一割にも及ばぬ程度だが、この地上で並ぶ者なき存在になっている。

では、もっと大量の〝魂〟を集めればどうなるのか

——と、彼は興味深く考えた。

実験にうってつけの者がいた。

彼に雑用を申しつけた者には、それ相応の礼が必要なのだ。

最初の都市に戻り、目に付く者を片っ端から殺していく。目的の男を巻き込んでしまわぬように、大規模破壊魔法の使用は控えていた。

すると、死にゆく者共の叫びが〝魂〟に刻まれていくのを感じた。

ギィヤァ――――――ッ!!

という叫び。

それを聞いて、彼はふと思った。

(そうだな、それがオレの〝名〟に相応《ふさわ》しいかもな)

――と。

変化は劇的だった。

彼――ギィは更に進化したのだ。

〝悪魔王《デヴィルロード》〟へと至り、冥界での力を完全に取り戻したのだった。

獲得していた〝魂〟が、ギィに力を与えてくれる。

極大化した器が満たされ、彼の魔素量《エネルギー》が完全回復する。

しかし、変化はそこで終了した。

ならば、それ以上ギィが働く意味はない。

自分に付き従う二柱《ふたり》を召喚し、命じる。

速やかに超魔導帝国《このくに》を地上から消滅せしめよ、と。

ギィは魔王に覚醒し名前を得た事で、とても寛大な気分になっていた。

取るに足らぬ魔法使い一匹など、苦しめる価値もないと記憶から抹消するほどに。

『ば、馬鹿な！　ワシの秘奥より、どうやって逃れたというのだァ――ッ!!』

などと喚き立てる愚か者がいたのだが、ギィの意識がそちらに向く事はなかった。それはその魔法使いにとっての幸運だったのだが、彼はそれを理解する事もなく悪魔達に殺されたのである。

数万年前のその日、分裂して相争っていた人類史上最大最強規模の国家が、いとも簡単に地上から消滅したのだった。

ギィが召喚した二柱《ふたり》だが、やはり上位魔将《アークデーモン》レベルに劣化していた。

それこそがこの世界の法則であり、冥界から半物質世界へと渡る際に、力の大半が失われるのである。

界を渡るだけなら精神生命体にとっては造作もない事なのだが、この世界では存在を維持するだけでも消耗が激しかった。

故に、肉体を必要とする。

受肉して進化する事で初めて、この世界に定着するのだ。

そうと理解していたギィは、従者達の進化を待った。

しかし不思議な事に、どれだけ人間の〝魂〟を大量に集めようとも、その二柱《ふたり》が進化する事はなかったのである。

だから死体を——受肉する栄誉を与えてやった。

その事実こそが、ギィが非常に上機嫌であった何よりの証拠であろう。

その二柱《ふたり》は、原初の緑《ヴェール》と原初の青《ブルー》だ。

模した人の姿は、美しい女性型だった。

自身の前に跪《ひざまず》く彼女達を見て、フムとギィは思案した。

これ以上の強化がないのでは、受肉したところで意味はないと。

雑事程度なら任せられるが、その力はあまりにも脆弱《ぜいじゃく》に思えたのだ。

だからギィは、寛大な心で〝名〟を与える事にした。

自身も名前を得て進化した事を思い出し、その二柱《ふたり》も同じように進化するのではないかと考えたのである。

「オレがお前達に、名前を与えてやろう。オレに隷属するお前達が弱くては、オレの誇りが許さんのだ」

そう宣言してから、ギィが告げる。

原初の緑《ヴェール》に向けては、嘆き悲しむ者達の悲痛な叫びから〝ミザリー〟と。

原初の青《ブルー》に向けては、その日、雨が降っていたから〝レイン〟と。

二柱《ふたり》はギィの思惑通り、悪魔公《デーモンロード》へと至る。

これが、始まり。

ギィ達が人類の歴史に足跡を残した、最初の日の出来事であった。

＊

楽しくも退屈な日々が続いた。

各地を彷徨《さまよ》い、この世界を楽しむギィ。

それなりに苦労もあったが、ギィは気にしない。

ミザリーとレインも常に付き従い、ギィの世話を焼く。

「お前等も好きに生きていいんだぜ？」

と、ギィが告げるも、彼女達の返事は常に変わらない。

「いいえ。私の使命は、貴方様のお役に立つ事ですので」

「その通りです。貴方様は、王。我等は臣下。それが、永遠不滅の真理なのです」

そうして、三名の旅は続いたのだ。

同時に、ミザリーとレインは己が眷属を召喚し、密やかに勢力圏を築き上げていた。

この世の支配者たるギィに、あらゆる富と快楽を提供する為に。

戦いに明け暮れ、己が〝魂〟の強度を精錬する事のみに費やされていた冥界の生活と違い、この世界は刺激に満ち溢れていた。

停滞はなく、常に発展し続けている。

料理、音楽、演芸、舞踊、美術、その他にも色々と、ギィ達の興味が尽きる事はなかった。

「おいおい、こういうのもなかなか楽しいじゃねーか」

と、少数民族の集落で行われていた祭りに参加して踊っていたギィが、ミザリー達に笑いかけた。

主の滅多にない笑顔に、ミザリー達の歓喜も頂点となる。

「素晴らしい。脆弱で無価値だと思っていた人間ですが、利用価値はあったのですね」

「この世の全てはギィ様の所有物。道具とは、使いこなしてこそ意味があるという事なのでしょう」

と、彼女達も認識を改めていく。

ミザリーやレインはギィに喜んでもらうべく、旅先で様々なものを習得していった。その頃の経験が生きて、炊事洗濯、歌に踊り、楽器の演奏まで、万能メイドの基礎となるのである。

それもまた、成長であった。

冥界では、弱い者は淘汰《とうた》された。悪魔《デーモン》族以外の種族は駆逐され、利用価値を見出された奴隷だけが使役されている。

しかしこの世界では、弱き者にも価値があるのだ。

そう理解してしまうと、世界を滅ぼすのが勿体なく思えたのである。

ギィが言う。

「可愛いよな、人間ってよ。愚かだが、嫌いじゃねーぜ」

愚か者もいるが、素晴らしい者もいる。

醜い感情は嫌悪を催すが、美しい感情ならばとても美味で、ギィ達にとっては極上の食事になった。

その個人差があまりにも大きくて、〝人間〟という一括りにするのは少し乱暴だと、ギィはそう思ったのである。

この頃のギィは、人間に対してとても優しかった。

各地の集落を脅かす恐魔獣を駆逐したり、超魔導帝国の生き残りと思われる邪悪な妖術師《マーヤー》を滅ぼしたり、そうした様々な行動が称えられ後の世に伝承されて、神話や伝説となったのだ。

そして、出会った――

この世の創造主、至高にして最強の存在に。

穏やかな日々を満喫していたギィだが、その感覚は常に研ぎ澄まされていた。

だから見抜いた。

その存在《モノ》が、この世界を創りし〝星王竜〟ヴェルダナーヴァだと。

「テメエが本物の神ならば、その力を証明して見せやがれ!!」

ギィは不敵に嗤《わら》う。

自らが最強であると疑わず、当然のようにヴェルダナーヴァへと挑みかかったのだ。

結果は、惨敗。

一矢報いる事すら許されず、ギィは地に伏す事になった。

自らが最強であると疑いもしなかった彼の誇りは、この時、木っ端微塵《みじん》に砕かれたのだ。

敗北は隷属であるという法則に従い、ギィはヴェルダナーヴァの従僕となるはずだった。

だが、ギィの誇りはそれを良しとしない。

「殺すがいい。オレは満足だ。この世には、上には上があると理解出来た。そこに果てはなく、連綿《れんめん》と続く理《ことわり》の中に、オレの存在もまた、確かに組み込まれているのだと。偉大なる者よ、汝に敗《ま》けた事を誇りに思うぜ」

敗北したギィが、誇らし気にそう言った。

ヴェルダナーヴァが苦笑する。

「小さき者よ。ボクはね、ボクが生み出した存在を愛している。退屈だったこの世界が、どんどん豊かに発展しているんだ。知恵ある者が生まれ、ボクと意思の疎通が可能なまでに進化した。今や、ボクと戦いと呼べる位階《レベル》にまで耐えられる、君のような強者まで生まれたんだ」

「ハッ、よく言うぜ！　オレの攻撃は一度も当たらず、テメエの攻撃一発でこの様だってのによ」

「フフッ。でも、君は耐えたじゃないか。何人《なんぴと》も、ボクに挑もうとする事さえ敵わないというのに、君は挑んできた。それだけでも、ボクにとっては十分過ぎるくらいに嬉しい事なのさ」

「ま、そういう事にしておくさ」

「うん、そうしてくれ。ついでに一つ、君に頼みがある」

「頼みだと？」

心地いい満足感がギィを満たしていた。

だからこそ、ヴェルダナーヴァの声に耳を傾ける。

「ああ。このままの成長速度で発展した場合、数千年足らずで世界は破滅してしまうだろう。人間って、間違いを犯す生き物だからね。正しき行いが正義ではなく、悪しき行いが世界を救う事もある。そんな不完全な存在だからこそ、愛おしいんだけど……それで世界が滅ぶのは、ボクの本意じゃないのさ」

だから世界が滅びぬように手伝ってくれと、ヴェルダナーヴァはそう言った。

思い出すのは、ギィが滅ぼした超魔導帝国の姿だ。

支配欲や権力欲に取り付かれ、同族でありながら争い合う愚かな姿。

(なるほど、確かにアレは醜かった。そのままアレを放置していたら、世界は滅んでいたかもな)

そう納得したギィだが、一つ疑問が残った。

「フーン。その予想はオレの見立てと同じだが、解せんな」

「何がだい？」

「テメエは創造主なんだろ？　オレ達を生み出した神ならば、世界すらも自らが望む結果へと導けるはずだ。どうして、オレなんぞに頼る必要があるんだ？」

「ハハハ、それはね、ボクが全知全能なんかじゃないからさ。生まれた時は、ボクの意思だけがあった。その時は満たされていて、欠けたるものなど何一つなかった。完全無欠、〝全なる一〟――つまり、ボクしかいない世界だったんだ。そんなの、つまらないだろう？」

なるほどと、ギィは思った。

ギィだから、理解出来た。

つまりヴェルダナーヴァは、自らの意思で〝全知全能〟を捨てたのだ、と。

(そりゃそうか。全ての結果が見通せるなんざ、退屈極まりねーもんな)

自分の経験に照らし合わせて見ても、勝てる戦いばかりではつまらなかった。

冥界では只《ただ》一人を除いて、誰もがギィを恐れていた。

勝負を挑もうとする悪魔なぞ、とっくの昔に皆無となっていたのだ。

ヴェルダナーヴァに及ばぬギィでさえそうなのだから、神が〝全知全能〟を捨てたというのも無理からぬ話だと思えたのだ。

「嫌いじゃねーぜ、この世界。だからよ、手伝ってやるさ」

迷うまでもない。

ギィもまた、この世界を気に入っていたのだ。

隷属とは関係なく、ギィは本心から協力する気になっていた。

ヴェルダナーヴァが嬉しそうに頷く。

「ありがとう。君にはボクの代理人たる〝調停者〟になって、この世界を見守って欲しいんだ」

「はん？　代理人だと？　オレに命令しなくていいのかよ？」

「勿論だよ。言っただろ？　何事であろうとも、強制するのは本意じゃないのさ」

「そうかよ。それで、オレは何をすればいい？」

「そのままで。今のまま世界を放浪するも良し、拠点を構えて君臨するも良し。人類が傲慢にならないように、この世に脅威があると知らしめてくれるなら何でもいいよ」

傲慢。

その言葉を聞いて、ギィは自分に相応しい役割があるのに気付いた。

「そうだな。それならオレは、人間に恐れられる〝魔王〟として君臨してやろう。絶対的な〝敵〟がいれば、人類同士で争っている暇なんざないだろうからな」

「面白いね、それ！　それじゃあ、嫌な役を押し付けちゃうけど、宜しく頼むよ」

「ああ、任せろよ」

この時だ。

ギィの心の形が具現化して、ユニークスキル『傲慢者《プライド》』を獲得したのは。

ギィが宣言する。

「オレがこの世の〝魔王〟として、人が〝傲慢〟になったならば、テメエに代わって裁定してやるよ」

ギィは自らの誇りを砕かれた事で、更なる深みを増した。

その結果として、神に匹敵する力を持つ〝魔王〟が誕生したのだ。

ヴェルダナーヴァが笑う。

「頼もしいな。これからもボクの友として、共に頑張ろうじゃないか！」

「ああ。せいぜい楽しんでやるさ」

こうして、ギィとヴェルダナーヴァは互いを認め合い、立場を超えて対等な友となったのだ。

＊

ギィは約束通り、魔王としての日々を過ごし始めた。

退屈を紛らわす為に、各地に台頭し始めた大規模な集落の監視を行う。やがて村となり、村々は集結し国へと成長していった。

かつての超文明からすればお粗末なものではあったが、ひっそりと継承されていた魔法や技術も再現されて、それなりの早さで発展を遂げていく。

人の営みを見るのは面白かった。

いつしか幾つもの国家が誕生し、またしても小規模な小競り合いが行われるようになっていく……。

手を下すべきか――と考えたギィは、悩むよりも実行する主義だった。

警告の意味も込めて、目に付いた国を滅ぼしてしまう。

人は、目に見える脅威――魔王としてのギィを恐れた。

その脅威に立ち向かうべく、団結する心を養っていく。

(それでいい。オレの逆鱗に触れさえしなければ、お前達を滅ぼしたりはしねーよ)

〝調停者〟として、ギィはそれなりに、自分の仕事に満足していたのだった。


そうこうする内に、ミザリーとレインが配下を駆使し、一大勢力を支配下に収める。土着の神や悪鬼、魔人共を討伐し、着々と認知度を高めていった。

ミザリーは人類社会にまで配下を潜ませて、諜報活動も行うようになった。そうして得た情報を精査して、粛清すべき者共を炙《あぶ》り出していく。

適度な恐怖を与える事で、人類社会に緊張感を持たせるのが目的だった。

〝魔王〟がシステムとして成立していた。

こうなってくると、ギィとしては特にする事がなくなる。

世界を放浪し、気の向くままに戦いを楽しんだ。

ヴェルダナーヴァの従者――〝七天〟でさえも手こずるような巨人軍団を、たった一人で蹂躙《じゅうりん》し降《くだ》してみたり。

ヴェルダナーヴァより依頼された〝滅界竜《めっかいりゅう》〟イヴァラージェとの戦いは楽しかった。その闘争本能は凄まじく、ギィにとっては好ましいものだったのだ。

ただ、問題もあった。

実力が拮抗し過ぎていて、三ヶ月も戦い続ける事になってしまった。しかも、異界への逃亡を許してしまったのである。

また、ギィが暴れた結果として大地は荒れ果て、見渡す限りの荒野となってしまっていた。

今度から本気を出す時は、戦う場所を考える必要がある――と、とても為になる教訓を得たのだった。

ギィは上空から、その大陸を見渡した。

すると、見覚えのある城が残っているのを発見する。

そこはギィがこの世界に召喚された場所――超魔導帝国の帝城だったのだ。

これも何かの縁かと考え、ギィはそこを自らの居城にすると決めた。

レインが速やかに配下を使役して、住める環境を整えていく。魔法も活用されて、あっと言う間に城が再建されたのだった。

丁度、その頃だ。

白い竜がギィに挑んできたのは。

深海色《ブルーダイアモンド》の瞳の、美しい竜だった。

何を勘違いしたのか知らないが、最初の一言は喧嘩腰だった。

「兄が認めても私は認めない！」

などと息巻いて、ギィに攻撃を仕掛けてきたのである。

先の教訓からギィは、相手の力量によっては戦いの場を選ぼうと考えていた。それなのに、その竜は、城の上空から氷雪を吹雪《ふぶ》かせたのである。

こうなるともう、被害を気にする事もない。

そもそも生き残っていた者はとっくに退避済みだっ

たし、城は再建すればいいのだ。レインやその配下達が苦労するだろうが、そんなのはギィにとってはどうでもいい話なのだった。

〝滅界竜《めっかいりゅう》〟イヴァラージェという強敵を取り逃がし、欲求不満だったギィ。新たな強敵の出現とあって、気分が高揚していた。

どうせなら楽しもうと、ギィは本気で相手をしてやった。

だが、しかし——

互いの全力がぶつかり合うも、決着はつかなかったのだ。

その竜こそ、〝星王竜〟ヴェルダナーヴァの妹にして〝竜種〟の長姉《ちょうし》、〝白氷竜〟ヴェルザードだったのだ。

当時、ヴェルダナーヴァに次ぐ魔素量《エネルギー》を誇っていた彼女が相手では、ギィでさえも倒しきれなかったのだ。

しかし、ヴェルザードの言い分としては、ギィの方こそ異常だとなる。

何しろギィは、ユニークスキルしか所有していなかった。ヴェルダナーヴァより天使系の究極能力《アルティメットスキル》『忍耐之王《ガブリエル》』を譲られていたヴェルザードからすれば、引き分けというのは絶対に有り得ない結果だったのである。

「どうしてユニークレベルで、私と互角なの？」

「ハハッ！　それはよ、このオレが強いからだ」

「ふざけないで！　お兄様はお前ではなく、私にこの力を授けてくれた。それは、私の方がお前よりも役に立つって、認めてくれた証拠のはずなのに!!」

「それは違うぜ。アイツは力をくれるって言ったんだが、オレが断ったのさ。隷属するならもらってたが、アイツとは対等の関係でいたかったからな。だからオレは——」

兄に認められたくて、ギィに嫉妬して挑んできたヴェルザード。そんな彼女の前で、ギィは自身の力を変革させて見せる。

ヴェルダナーヴァの力を見た事で、キッカケは得ていた。そして今、ヴェルザードとの戦いを通して、究極能力《アルティメットスキル》とは何かを理解したのである。

「——こうして自分の力だけで、究極へと至ろうと思ったのさ」

そして、次の瞬間。

ユニークスキル『傲慢者《プライド》』が、究極能力《アルティメットスキル》『傲慢之王《ルシファー》』へと進化した。

それを見て、ヴェルザードが絶句する。

「そう……そんなお前だから、お兄様も気に入ったのね。だったら私も、貴方がどこまで自分を貫けるのか、最後まで見届けてあげましょう」

ヴェルザードの本当の目的は、ギィを試す事にあったらしい。その結果が合格だったのかどうかは不明だが、それから二人は共に歩む事になる。

それが、ギィとヴェルザードの出会いであった。


三日三晩の戦いで、地軸までも変動した。

しかし今回は、ギィが絶妙に手を加えていた。今まで人が住めなかった永久凍土は、常春の大地へと変わる。その代わりギィが拠点と定めた大陸が、人の住めぬ凍土に変貌したのだ。

「まあ、許容範囲だろう」

「素晴らしい、流石《さすが》はギィ様です！」

「問題ないかと。人間共にも多少の被害は出たようですが、各国が足並みをそろえて天変地異に対応する事で、犠牲は最小限度に抑えられました」

住んでいた者達からすれば、大災害である。それなのに、ギィにとっては笑い話だった。

レインやミザリーからしても、ギィが喜ぶならそれで満足なのだ。

ギィの居城だが、今回の戦いの余波で氷に覆われた事で、逆に美しく変貌していた。

「いいじゃねーか。これは記念として、このまま保存しておけや」

「ならば私が。これくらいは協力しますよ」

協力するも何も、ヴェルザードから洩れ出る妖気によって、周囲の気温は極限まで下がっていた。それ以降、その城は弱者の侵入を拒むようになったのだ。

城で生活する以上、ヴェルザードの竜形態は不便であった。

ギィがそう指摘すると、ヴェルザードはアッサリと人の姿に変化《へんげ》した。

ヴェルザードは大人の姿だと、完璧に妖気《オーラ》を制御してしまう。そこで、少しだけ幼い状態を維持するようにした。

そうする事で漏れ出た妖気が冷気となって、城の防衛が完璧なものとなるのだ。

人どころか魔物すらも生存不可能な極寒の地に、攻めて来るような者など皆無ではあったが……。

「これでどうかしら？」

「まあ、いいけどよ。オレの趣味じゃねーな」

「もう！　意地悪ね、貴方」

そう文句を言うヴェルザードだったが、本心ではギィを気に入っていた。

いつか自分の魅力でギィを振り向かせてみせると、心の奥底で密やかに誓ったのだ。

＊

数百年以上の時が流れた。

代わり映えのない日々が続いていたが、その日はいつもと違った。

退屈を持て余していたギィに、来客があったのだ。

それは、三人組のパーティだった。

何人も立ち入れぬはずの極寒の地へと、平然と侵入して来たのである。

ギィは興味を持ち、しげしげと観察する。

すると、先頭に立っていた金髪碧眼の青年が叫んだ。

「俺様はルドラ。ナスカ王国の王太子にして、人々の希望を一身に受けし〝勇者〟――ルドラ・ナスカだ！　邪悪なる魔王め、俺様の剣で滅ぼしてやらあ！　ついでに、貴様が溜め込んでいると噂の財宝を全部寄越せやっ!!」

高潔とはほど遠い宣言だった。

だが逆に、その清々しいまでの欲望が、ギィには好ましく思えたのだ。

「ルドラ兄様、それではどちらが魔王かわかりませんよ!?」

「ああ、ルドラは本当に駄目ね。欲に目が眩《くら》んでいるわ。お金が欲しいのなら、私がいくらでも稼いであげるのに」

「もう！　グリン義姉《ねえ》様も、ルドラ兄様を甘やかすのは止めて下さいませ。そんな有様だと、きっと負けてしまって痛い目に遭いますよ⁉」

ギィの目の前で、三人がそんな遣り取りをする。

豪気なのか、愚かなのか。

一つだけ、確かな事があった。

ギィの前に立ったという事は、ミザリーとレインを倒したという意味なのだ。

であるならば、その可笑しな三人組は、相当以上の実力者であるという事になる。

それに――ギィは三人の内の一人が、自分の友や相棒と同じ存在であると見抜いていた。だからこそ、ミザリーやレインが敗北したとしても、責めるつもりにはなれなかった。

それは自然の摂理と同じく、正しい結末だったからだ。


今はそれよりも――

（〝勇者〟だと？　何だ、それは？）

初めて耳にする言葉であったが、それはとても甘美な響きだった。

ギィの退屈を吹き飛ばしてくれそうな、そんな予感を抱かせる言葉。

ギィは楽し気に、ルドラと名乗った青年に向き合った。

「面白《おもし》れえ。〝勇者〟とやらの力、見せてもらおうじゃねーか！」

と、ギィはその青年――ルドラからの挑戦を受けて立つ事にしたのである。

「フフン！　俺様は最強だから、手助けなどいらん。魔王よ、一対一で正々堂々と一騎打ちだ！」

ルドラは美しかったが、その笑みは少しばかり下品であった。

その目的はギィを倒す事よりも、どちらかと言えば財宝を掠め取る方に比重が傾いているように感じられる。

だがそれも、それこそが人間らしいとギィは思うのだ。

欲望がなければ、人は働かない。

より良い暮らしを望むからこそ、勤勉に頑張るのである。

ルドラは、まさしく人間であった。

ギィが愛する甘美な感情を持つ、人間。

「ハハッ！　せいぜい抗って見せな！」

そして戦いが始まった。


ギィは、切りかかってくるルドラを観察した。

鋭く速い一撃だが、それは全然本気ではない。そうと見抜いたギィは、自分相手に様子見をするルドラに苛立ちを覚える。

ルドラは、精巧な造りの全身魔法鎧に守られている。なかなかに高価な品だと思えたので、先《ま》ずはそれを壊す事にした。

金に貪欲な性格らしいので、自分の持ち物が壊れるのを嫌がるだろうと考えたのだ。


要は嫌がらせである。

余裕を持ってルドラの剣を回避して、流れるように膝蹴り——と見せかけた横蹴りを放つ。

ルドラはギリギリで避けようとしていたので、その変化に対応出来なかった。まんまと蹴りを喰らって、その鎧が砕け散る結果となる。

「あああああっ⁉　国家予算一年分の鎧がァ——ッ‼」

「大丈夫ですか、兄様ッ⁉」

「ルドラは本当にお馬鹿さんね。最初からみんなで戦っていれば、それも壊されずに済んだでしょうに」

「うるせぇ！　こ、これくらい必要経費だっての！」

ルドラが涙目になっているので、思ったより効果が高かったようだ。ギィはそう悟り、ニヤリと嗤う。

（次は剣を叩き折って、泣かせてやるか）

そう考えつつ、ギィは三人を観察する。

だが、その時。

「兄様！　せめて、支援魔法だけでも——聖剣発動《ホーリーブレード》——ッ‼」

一番無害だろうと判断していた桜金色《プラチナピンク》の髪の少女が、

とんでもない魔法を行使したのだ。

ルドラの持つ剣が光を帯びる。

目を見張るほどに神々しい、邪悪を滅ぼす破魔の光を。

(不味いな。あの光は、オレの『結界』を切り裂く力があるようだ)

発動前に止めるべきだったが、ギィとしてもこの戦いを楽しんでいた。ならば、邪魔をするのは無粋というものだった。

「フッ、妹からの声援だと思えば、これくらいは許容範囲か。だがルシア、これ以上は手出し無用だぜ!」

ルドラは誇りよりも、結果を重視する性格だった。

妹からの手助けだろうと、何ら恥じるではなく受け入れている。

(コイツ、いい性格してやがるぜ)

危機というほどではないが、状況は悪化している。

それなのにギィは、何故か楽しくなっていた。

「その程度はハンデにもならねーさ。何なら全員でかかって来てもいいんだぜ?」

「吐《ぬ》かせ! こっからは本気出す。覚悟しやがれ!!」

馬鹿正直に告げるルドラは、その言葉の通り実力を隠していた。その剣速は上昇し、ギィに迫る。

ギィはこれを予測していた。

それでこそ楽しいのだとばかりに、嗤いながら自分の愛剣〝天魔〟を手に取ったのである。

「なっ! 魔王が武器を使うとか、汚いぞ!?」

「あん? テメーの価値観なんざ知らねーが、オレに剣を抜かせたのは、褒めてやるぜ」

事実、ルドラの剣技は鮮やかだった。しかも、触れればギィでさえ傷を負うのだから、剣を使うのは当然なのだ。

ギィは誇り高いが、手加減して負ける趣味など持たないのだった。

「はんっ! 魔王から褒められたって、嬉しかないんだよ!」

「そうかよ。じゃあ、褒めるのはナシだな」

「……待て。聞くだけ聞いてやる」

実は、褒められて嬉しいルドラだった。

「オレに剣を抜かせただけじゃなく、打ち合えるヤツなんざ、片手で足りるくらいしかいねーんだよ。ルドラだったか？　オレが名前を覚えてやったんだから、誇ってもいいぜ」

ギィは上機嫌だったので、ルドラの要望に応えた。

それを聞いたルドラも嬉しそうに笑い、ギィに告げる。

「お前だって大したもんさ。この俺様の邪悪を滅する破邪の剣を、まさか魔王が受け流すとは予想外だった。名前を覚えてもらった礼だ。滅ぼす前に、お前の名前も聞いてやる」

「人間の癖に、生意気なヤツ。だがよ、気に入ったから教えてやるぜ。冥界に行ったら、オレの名を告げるといい。オレはギィ。オレを前にしたヤツが『ギィヤァ――――ッ!!』って叫ぶからよ、そいつを縮めて名前にしたのさ」

ギィがそう答えると、ルドラはキョトンとした表情を浮かべた。それから素に戻って、慌てて叫ぶ。

「……ちょっと待て！　それは名前じゃない。名前じゃないよ!?　そんな変な名前の魔王を倒しても恰好付かないし、俺様の武勇伝に載せるなら、もっと恰好いい名前がいいじゃないか!!」

「ああん？　名前なんざ、何でもいいだろうが」

「いい訳ねーだろ！　良しわかった。ちょっと待て、戦うのは中止だ。俺様がもっといいのを考えてやるから」

そう言って、ルドラは勝手に戦うのを止めた。

ギィとしては従う理由もないのだが、せっかくの退屈しのぎを不意討ちで殺すなど以ての外である。どうせなら本気で楽しもうと思っていたので、ルドラの申し出を受け入れる事にした。

それに、少しばかり興味もあったのだ。

輪になって相談を始めるルドラ達。

「アイツの髪の色が綺麗な真紅だし――」

「待ちなさいな。深紅色《カーディナル》と言えば、この私。これは譲れないわよ？」

「わかってるって！　っていうか、変なトコでこだわってるんだな。お前の髪色は蒼なのにさ」

「貴方がそう呼んでくれたからじゃない」

「お、おう。ちゃんと覚えてるって」

「兄様って、女心に疎《うと》いですよね。そんな有様だと、グリン義姉様に捨てられますよ？」

「えっ、嘘だろ⁉」

「うふふ。大丈夫よ、ルドラ。私が貴方を捨てるなんて、絶対にないから安心しなさいな」

「そうだよな？　安心したぜ。って事で、アイツには別の――真紅色《クリムゾン》！　どうだ、これなら文句ないだろ？」

「ええ、私もいいと思うわね」

「私も文句はありませんが、でも、いいんですか？　魔王に名付ける勇者とか、こんな馴れ合うような関係になってしまったら、民が不安に思うのでは？」

「大丈夫だって！　誰も見てないし、俺達が言わなければ伝わらないんだからさ！」

ギィが口出しする筋合いの話ではないが、ルドラという青年はかなりいい加減な性格をしているようだ。

そう悟るのに十分な内容で、聞いていたギィの方が心配するほどだった。


「話はまとまったかよ？」

「おう、待たせたな！　お前は今日から、ギィ・クリムゾンだ！」

こうして、〝魔王〟ギィ・クリムゾンが誕生したのである。

余談だが、名前を付けた時点でルドラが意識を失った。魔物に名付けるのは禁忌とされているのに、相手が魔王だから大丈夫だと、自分勝手に判断した結果である。

ルドラは魔素の代わりに神霊力を大きく消耗し、生死の境を彷徨《さまよ》う事となった。

目覚めた後、同行者だった妹のルシアと、恋人の〝灼熱竜〟ヴェルグリンドから、死ぬほど怒られたのは言うまでもない。

そんなこんなで、ギィとの勝負が流れたりもしたのだが……思えばこの時から、ギィとルドラの奇妙な因縁が生まれたのだ。

＊

ルドラの回復を待って、約束通り勝負を行う。

しかし、決着は付かず。

なのでそれからも、ギィとルドラは何度も戦った。

勇者と名乗るだけあり、ルドラは強かった。

覚醒した勇者であるルドラと、覚醒した魔王であるギィ。

技術を極めたルドラと、力と才能のみで戦っていたギィ。

勝負は拮抗していたが、少しずつギィが優位になるのは自然の理であったと言える。

そんな両雄を呆れたように眺めるのが、三名の女性だ。

ルシアとヴェルグリンド、そして〝白氷竜〟ヴェルザードである。

最初は興味なさそうだったヴェルザードだが、戦いが白熱するにつれて勝負を楽しむようになっていた。

「あら、ギィはまた強くなったようね」

「ええ、お姉様。でも、ルドラも負けていないわよ」

「そうねえ、本当に人間なのかどうか、疑わしいほどよね」

「間違いないわ。強いのは当然で、ルドラはお兄様の弟子なのよ。究極の力まで与えられているんだから、まだまだ強くなるわよ」

「あら？　それなら納得ね」

「私としては、誰も怪我をしないのが一番だと思いますけど……」

そんな感じで、観戦者も和やかなものだ。

「御茶の用意が整いました」

「もう間もなく勝負が終わる頃合いですので、ギィ様とルドラ様の分まで用意して御座います」

給仕をするのはミザリー達の役目である。

何時《いっ》しかそれが、日常の光景となっていたのだった。

また別の日は、勝負する気が失せるような姉妹喧嘩が勃発したりした。

ヴェルザードとヴェルグリンドは仲がいいのだが、

たまに教育の方向性の違いで意見が食い違うのである。

彼女達の生まれたばかりの弟――〝暴風竜〟ヴェルドラがワガママで、勝手気侭に暴れまわっているらしい。

その原因について――

「お姉様が厳し過ぎるのよ！　どうしてもっと可愛がってあげないのかしら？」

「馬鹿を言うものではないわ？　私はヴェルドラちゃんを大事に思っているし、ちゃんと可愛がっているわよ！　だから真面目な性格になるように、何度も心を入れ替えてあげるんじゃないの」

ヴェルザードの〝心を入れ替える〟という言葉だが、物理的にヴェルドラを始末して転生させるという物騒なやり方なのだ。

ヴェルグリンドとしては、それが気に食わない。

「それがダメだと言っているのよ。暴力ではなく、言葉で言い聞かせなきゃ。どうしようもない場合は仕方ないにせよ、あの子もきっと理解してくれるはずよ？」

「もう！　相変わらず、ヴェルグリンドちゃんは甘いんだから。それなら今度、死なない程度に痛めつけて、聞き分けが良くなるように躾けようかしら？」

「そういう話じゃなくて、もっとナデナデするとか、人に化けて町で暮らす方法や敵と戦う方法とかを、手取り足取り教えてあげましょう――って言っているのよ」

「ヴェルグリンドちゃん……私思うんだけど、貴女は甘いというよりも甘やかし過ぎなのだわ。構い過ぎてダメにするタイプね。そんな調子だと、あのルドラって青年もダメダメになっちゃうわよ？」

「なりません！　ルドラと私は最高のパートナーだもの。だから私がヴェルドラを教育すれば、姉を尊敬する立派な弟に成長すると思うの。だから今度は、私に任せてちょうだいな」

「ええっ、嫌よ。私の方が上手く躾けられます。というか、ずっと私が面倒見ます」

「ふざけないで、お姉様だって構い過ぎじゃない！　次は私の番よ！」

とまあ、ヴェルザードが厳しすぎるだの、ヴェルグリンドが甘やかし過ぎだのと、お互いに責任を擦《なす》り付けあっていた。

どっちもどっちだとギィは思うのだ。

（ほどほどが一番。〝竜種〟姉妹は、加減というものを理解してねーな）

と、口には出さずに呆れるギィであった。

「おいおい、俺様達の勝負どころじゃないな」

「ああ。ヴェルドラ《オモチャ》を取り合っているアイツ等には、触らないのが吉だろうぜ」

ギィとルドラは、巻き込まれぬように避難する。

ギィ達の勝負の最中はヴェルザード達が『結界』を維持しているし、ヴェルザード達が喧嘩している時は、ギィ達が『結界』を維持しなければならないのだ。

そうしなければ、大陸が沈む。

もう慣れてしまったけれど、自分達に迷惑のかからぬ場所でやって欲しいと思うギィ達である。

〝人の振り見て我が振り直せ〟――と言うが、ギィ達にとっては完全に他人事なのだった。


そんなある日のこと。

「また来やがったのか、テメエ！」

「うるせぇ！　俺様が勝つまで、勝負は終わらないんだよ!!」

もはや二人の戦いは、挨拶代わりと言ってもいいほどだ。

いつものように戦い始め、二人が疲れ果てて戦いが終わる。

勝負が引き分けだったので、恒例の口喧嘩が始まっていたのだが……。

「テメエ、正々堂々とか言っていた割に、やる事が汚いんじゃねーか!?」

ギィが言うように、ルドラは汚かった。

目潰しは当然。

自分が勝負を仕掛けた瞬間に、状態異常によってギィの力が減少するように『聖結界』を仕掛けておくなど朝飯前だ。

ギィは勝負が始まる前に罠の確認など行わないが、ルドラはそうしたギィの性格を見抜いた上で、これで

もかとばかりに利用していたのだ。

しかも、言い分まで酷い。

「勝てば正義！　いや、勝たなければ、それは正義じゃなくなるんだよ！　故に俺様は、何が何でも勝つのだ！」

どんな形でも勝てばいいのだと、そう豪語するのである。

「ふざけるな！　やるのは構わねーが、せめて正々堂々とか口にするのは止めやがれ!!」

ギィの言い分はもっともだった。

だが、ルドラは鼻で笑って答えるのだ。

「ふざけるなだと？　それはお前だろうが！　さっきお前が使った技は、俺様がこの前使ったヤツじゃねーか。それを習得するのに、どれだけの年月を費やしたと思ってやがる!!」

秘技、話題逸らしだ。

こうして微妙に話を変える事で、追及から逃れるというルドラの必殺技の一つである。

ルドラは王族としての教育も受けているので、こうした巧みな話法にも長けているのだった。

「三週間だったかしら？」

「はい。ヴェルダナーヴァ様も褒めていましたよ」

そんな外野の会話が聞こえてきて、ギィは呆れ果てる。大層な苦労をしたように言っていた技も、意外と簡単に習得していたらしい。

ギィは横目でルドラを見やり、大きく溜息を吐いたのだった。


人の技を盗みやがって、汚いのはお前だ――と、まだ文句を言い続けているルドラだが、ちゃんと事情があるのだ。

その言動だが、実はルドラの焦りから生じたものだった。

まだ実力は伯仲しているのだが、最近では若干だが押され気味になっていた。それを誰よりも実感しているのがルドラであり、このままでは不味いと考えていたのである。

（正々堂々戦って勝てるのなら、俺様だってそうしてるさ！）

と、声を大にして言いたいルドラである。

最初の口上など何処《どこ》吹く風で、ありとあらゆる手段で勝ちを拾うしかないのが現状なのだった。

呆れた様子のギィだったが、そうしたルドラの心情を見抜いていた。しかも内心では、ルドラとの口喧嘩すらも楽しんでいた。

だからギィは、ルドラがどんな手を使おうともそれを許容する。

勝てば正義というルドラの信念に、ギィも賛同していたからだ。

もうとっくに、ギィはルドラを認めていた。

自分と互角に戦える者がいるというだけで、ギィは嬉しかったのだ。

それに——

ルドラの言う通り、戦えば戦うほどにギィの強さは増している。究極能力《アルティメットスキル》は獲得して終わりなのではなく、使いこなしてこそ真価を発揮した。

ギィはルドラとの戦いで、それを学んだのである。

今はルドラに合わせて剣のみで戦っているが、それでもギィがルドラを圧倒し始めていた。これに加えてスキルや魔法まで行使すれば、ギィの勝利は間違いないのだ。

それなのに、ギィはそうしない。

いつしか勝負の決着ではなく、引き分ける事を望むようになっていた。

だからこそギィは、ルドラの小細工を歓迎するのである。

しかし、それも時間の問題となっていた。

だから今、ギィはその問いを口にした。

「おい……テメエはオレと最初に戦った時、どうしてトドメを刺さなかった？　あの時、オレに名前を付けたりせずに、本気で殺そうとしていたら、テメエが勝っていた可能性もあっただろ？」

それこそが、ギィにはどうしても納得いかない疑念であった。

ギィは誇り高いので、普通なら絶対に、敗北した可能性など認めない。それを認めた時点で、精神生命体にとっての敗北となるからだ。

それ故にずっと、ギィはその事を考えないようにしていた。

情けをかけられたとは思わないし、思いたくない。もしもそれが答えなら、ギィは怒りでルドラを殺してしまいそうだった。

ギィが『傲慢之王《ルシファー》』を保有しているのと同様、ルドラもまた『正義之王《ミカエル》』を有している。もしもルドラが最初から、その権能を出し惜しみせず本気だったならば、勝負の行方はわからなかった。

手傷を負っていたのは間違いなく、ギィが敗北していた可能性も否定出来ないのだ。

真面目に問うたギィに、ルドラは「ああ、その事かよ」と笑って答えた。

「お前はバカ野郎だな。倒してしまったら意味がないんだよ！　俺様の偉大さを認めさせて、改心して仲間になってもらわないとな」

「はあ？」

理解出来なくて、ギィは思わず問い返した。

「フフッ、俺様はいずれ、世界を征服する男なのさ。それこそが、友であり我が師でもある〝星王竜〟ヴェルダナーヴァとの約束なんだよ」

ギィとて、ルドラがヴェルダナーヴァの弟子なのは知っていた。本人もそう口にしていたし、それを疑うつもりなど毛頭なかった。

だがしかし、まさか世界征服という野望を抱いているとは思わなかった。

「あのな、オレはよう、テメエみてーな馬鹿が、世界征服とかしようとするのを邪魔するのが、ヴェルダナーヴァから頼まれた仕事なんだぜ？」

「知ってるさ。だからこそ、ヴェルダナーヴァからお前に認めてもらえって言われてたな」

それを聞いてギィは思った。

（ヴェルダナーヴァめ、自分が面倒になってオレに押し付けやがったな！）

それが答えだ。

現実を教えてやってくれ——と、ヴェルダナーヴァの声が聞こえるようだった。

ギィを従えて見せると豪語するルドラは、ヴェルダナーヴァに厄介払いされてやって来たのである。

しかし、ギィは既にヴェルダナーヴァの術中だ。

自分がルドラを気に入っている事を自覚している以上、ギィとしては最後まで付き合うしかない。

気に入らない相手なら最初から殺していただろうから、今更な話なのだった。

（やれやれ、やっぱりコイツはバカ野郎だぜ）

と、機嫌良く考えていたギィに、ルドラが話しかける。

「というかな、本気《マジ》な話――最初の戦いの時の俺様は、全力で『正義之王《ミカエル》』を制御出来なかったんだよ。今でも実際、数十秒程度しか行使出来ないしな」

それは意外な告白であり、ギィも驚きを隠せない。

「あん？　テメエなら、そんなはずはねーだろ？」

「いや、それが本当なんだな。何しろこの権能は、ヴェルダナーヴァからの借り物なんでね」

そう言って肩を竦めてから、ルドラが話し始めた。

ギィはその話を聞いて、どうでもいいと思うのと同時に、ルドラの強さに納得もした。

ヴェルダナーヴァの権能の一端ならば、自分をも倒しうる性能であっても不思議ではない、と。

しかし、ルドラの話を聞く内に、どうも自分は勘違いしていると気付く事になる。

「これは秘密なんだが、お前にだけは教えてやるよ。俺様が実力で獲得したのは『誓約之王《ウリエル》』と言ってな、俺様の信念や世界を統一するという誓い、それに応える仲間達の想いの結晶が、究極の力として発現したんだ」

実力と言いつつ、実際にはヴェルダナーヴァの手助けはあったらしい。それでも十分に凄い事であり、ルドラの心の形が具現化した『誓約之王《ウリエル》』とは、天使系でも上位の権能なのだった。

「で、それと交換という形で『正義之王《ミカエル》』を借りたんだがな、これがまた厄介なのさ。俺様の『誓約之王《ウリエル》』は単純明快、〝破邪〟と〝守護〟の権能で使い勝手も良かった。ところがこの『正義之王《ミカエル》』は、〝支配〟という不可解な権能なんだよ」

　支配下に置いた権能を間借り出来る上に、その保有者を従えるという、まさに王者として君臨するに相応しい権能であった。

　だがしかし、支配下に置いた者がいない現状では、そこまで脅威となる権能ではない。その状態でギィと互角なのだから、ルドラの強さは本物であった。

「すげえじゃねーか」

　とギィは言う。

　このまま支配する者が増えれば、使用可能となる権能も増えていく。そうなれば、ルドラはもっともっと強くなるだろう。

（なんだよ。このまま強さが隔絶して、オレの勝利が確定すると思っていたが——まだまだ楽しめるみてーじゃねーか！）

　まだまだ楽しい時間は続くのだ。

　そう気付いて、ギィは嬉しくなった。

　しかし、ルドラが言うのだ。

「俺様はよ、人を支配するとか趣味じゃねーんだ。男なら、自分の力だけで勝負したいからな。だがよ、そうも言っていられない事情があってな……」

「事情だと？」

「ああ。お前もヴェルダナーヴァの友だから、知る権利があるだろうさ」

　そう言われて、ギィは不安になる。

　長命種だから気にしていなかったが、最近はヴェルダナーヴァと会っていなかった。

「アイツに何かあったのかよ？」

「まあな、本来ならめでたい事なんだよ」

「ん？」

「アイツはな、俺の妹のルシアと結ばれたんだ。結婚って言うんだが、ルシアがヴェルダナーヴァの子を身《み》篭《ごも》った事で、本物の家族になったのさ」

「子、だと？　〝竜種〟がか⁉」

　それは確かに、驚くべき話だった。

　だが、〝全なる一〟から不完全さを求めるような酔狂《ヴェルダナーヴァ》な存在なら、それもまた有り得る話だとギィは納得する。

「まあ、そういう事もあるだろうさ」

「ああ。それだけなら、祝福するだけでよかった。だがな、問題はここからなのさ」

そう前置きしてからルドラが告げた内容は、驚愕では済まされぬ重要事項であった。ギィが思わず立ち上がり、「マジかよ？」とルドラを問い詰めるほどに。

今のヴェルダナーヴァは、殆ど人間と変わらない状態になったらしい。

今まで無縁だった〝寿命〟というものに縛られたと、笑いながらルドラに教えたのだそうだ。

その真実は重過ぎて、ルドラが一人で仕舞い込むのは困難だった。

だから今、こうしてギィに打ち明けたのである。

「アイツらしいっちゃらしいが、どうするつもりなんだ……？」

「わからん。だから俺様も悩んでいたんだが、こうしてお前と遊んでばかりはいられないってのは、間違いないと思うぜ」

「まあな……」

思わず顔を見合わせて、同時に溜息を吐く二人であった。

＊

「止めだ止め！　オレはお前を気に入っている。だからどうせ、テメエを殺す気にはなれないし、今更本気で戦うつもりもねえ。だがな、世界の崩壊を起こさない為にも、オレは〝魔王〟であり続ける。それがよ、アイツとの約束だからな」

そもそもギィは、ルドラを気に入っていた。ヴェルダナーヴァの友だというなら、自分とも友達だ、と。

最初から本気になれないのは仕方のない話であった。ただし、〝魔王〟としての仕事は果たさねばならない。それは、ヴェルダナーヴァから頼まれた役割でもあるからだ。

〝調停者〟として、世界の天秤を傾ける訳にはいかないのである。

ギィがルドラの目を見てそう言うと、ルドラもまた、真っ直ぐにギィを見つめ返して告げる。

「じゃあよ、違う勝負をしねーか？」

「違う勝負、だと？」

　頷くルドラ。

　いつものように照れ笑いを浮かべたりせず、真面目な表情で話し始める。

「ああ。俺様とお前が直接戦うのは止めて、今度はお互いに手駒だけを使って世界の覇権を競い合うんだ」

「ふむん」

「正直言って、俺様はこの『正義之王《ミカエル》』を使いたくはないが、そうも言っていられない。俺様が世界を統一するという夢を応援して、ヴェルダナーヴァが与えてくれた権能だからな。だからこれからも配下を増やすし、それに伴って俺様も強くなるはずだ」

「だろうな」

　その認識は正しいと、ギィも頷く。

「俺様だって、お前の事を殺したくはないのさ。言っただろ？　俺様を認めさせてやるって。俺様——いや、俺は人類は一つに纏《まと》まれると信じている。ヴェルダナーヴァは多様性を求めたが、それは何もいがみ合えって話じゃないはずだ。違う考えの者同士、相手を尊重し合って付き合っていけばいい。相手の意見を受け入れられない場合はよ、距離を置けばいいんだよ。違う種族、違う国家同士、下手に武力があるから戦争になっちまうが、統一国家になったなら、後は話し合いで決着を付けられるだろ？」

「そいつはどうかな？　オレが知る限り、人間ってのは愚かだぜ？」

「知ってるさ。だけどよ、お前とだって仲良くなれただろ？　本来なら天敵同士になるはずだった〝魔王〟や〝勇者〟でさえ仲良くなれたんだ、同族なら簡単に理解し合えるってもんだぜ！」

〝調停者〟なんて要らないのだと、ルドラは力説した。

　だが、ギィとしては賛同出来ないのだ。

「そいつは考えが甘いぜ。人間ってのは、欲深い生き物だ。それが〝悪〟なのではなく、大いなる可能性を追い求める為には、欲求が必要だって話でな。だから利害が絡めば、平然と身内同士でも争い始めたりするのさ。その点、知恵なき魔物の方が分《ぶ》をわきまえてるってもんだぜ？」

動物から魔獣となった魔物などは、食欲が満たされたらそれ以上の殺生を行わない。狡賢《ずるがしこ》くないからだ。

明日の分の食糧を確保しようなどと考えず、享楽的にその日その日を生きている。

だが、人間は違う。

常に先の事を考え、不安になり、どんな事態になっても耐えられるように富を蓄えようとする。それが本能なのだから、ルドラが目指す世は夢物語であった。

言葉だけで人を導くなど、実に困難極まりない。

そもそも、自分の真意を言葉にして誤解なく他人に伝えるのが、どれだけ難しい事なのか……。

ギィはそれを理解しているだけに、ルドラの夢は叶わないだろうと思うのである。

「まあな。俺だって理解しているし、ヴェルダナーヴァからは理想論だと笑われたが……それでも説得して、今では応援もしてもらってる。『限りなくゼロに近い確率だが、お前の望むようにやってみろ』ってね。ここだけの話だが、『正義之王《ミカエル》』には『天使之軍勢《ハルマゲドン》』って権能があってな、全てを滅ぼす天使軍団を召喚出来るんだ。俺はコイツを使いこなして、人を救済してみせる。軍事力や文明のみを破壊して、増長した人の欲望を抑制して見せるさ。それと同時に世界を統一して、必ず理想的な世界を築いてみせようじゃねーか!!」

だから、お前も応援してくれ——と、ルドラはギィに頼むのだ。

人間を殺しまくるのは止めて、可能性を大事にしてほしい、と。

「はっ！　オレは別に虐殺が趣味って訳じゃねーぜ？　気に喰わないヤツを始末するだけだ。そいつが善人だろうが悪人だろうが、オレにとっちゃあ関係ねーな。オレが気に入ったら生かすし、気にくわなきゃあ殺す。それだけの話なのさ」

「だから、それを待ってくれって言ってんだよ！」

「フンッ！　世に害悪となるヤツ等が、自ら過ちに気付くのを待つほど、オレは気が長くない。〝罪を憎んで人を憎まず〟ってか？　バカめ、罪には罰が必要なんだよ。その行動の責任は、本人が負うのが筋だろうが！」

「それはその通りだって、俺も思うさ！　だがな、改心する機会は与えてやって欲しいんだ」

「ハンッ！　それならば安心しろ。咎人《とがびと》の〝魂〟は冥界に送って、ちゃんと責め苦を与えてやるさ」

「そうじゃなくて！」

と、ここでルドラは言葉を切り、もう一度慎重に本音を語り始める。

「俺はな、偉ぶりたくて王様になるんじゃなくて、みんなを笑顔にしたいだけなんだ。安心して暮らせる場所があって、語り合える仲間がいれば、罪を犯す者だって減るだろう？　貧困や不平等をなくして、誰もが笑って暮らせる世界を作りたい。そう願ってるんだよ！　そりゃあ、どうしようもない愚か者だっているだろうけど、犠牲は出来るだけ少なくなるようにするつもりなのさ」

いつか遠い未来に、自分が敵対する者の口から似たような言葉が飛び出すなど思いもせずに、ルドラはそう理想を語った。

それを聞いたギィは、呆れたように頭を振った。

「ヴェルダナーヴァが笑う訳だぜ。テメエがそこまで甘ちゃんだったとはな。だが、まあ——いいぜ？　その勝負の内容、詳しく聞かせろよ」

「それじゃあ⁉」

「どうせ退屈してたからな。そういうゲームに興じるのも面白いだろうさ」

ギィは別に納得した訳ではない。

ただ、ルドラの理想を否定するのではなく、その結末を見届けようと考えただけだ。頑固な友人は、言葉だけでは決して説得に応じないだろうから。

自分自身がそういうタイプなのに、ルドラは言葉だけで他人を説得しようとしている。それはある意味矛盾であり、失敗して当然であった。

そうなったら、ルドラも目を醒ますだろう。

もしも成功したならば——それならそれで、ギィの仕事が減るだけだ。

どちらに転んでも損はナシ、と判断したのである。

特にメリットもないのだが、ルドラが無謀な計画を諦めるのならば、ギィにはそれだけで十分だったのだ。

「俺の野望も、お前にとってはゲームかよ」

　そう言って、ルドラは笑った。

　それから、懇切丁寧にルールの説明を行ったのである。

　ルールは簡単だった。

『プレーヤーが互いに手を出さず、配下を競わせる』

　これのみ。

　つまり、ギィとルドラの直接対決は禁止である。

　ギィの仲間が全て倒れたらルドラの勝ち。その場合は、ギィがルドラに従うのだ。

　だが、それが達成されるまでは、ギィは好きに活動していい。ヴェルダナーヴァとの約定に従い、〝調停者〟としての役割を全うするのも自由であった。

　ギィへの制約はほとんどないのだが、ルドラからすればこれだけでも十分に有用なのだ。

　〝勇者〟としての本来の役割は、人類の脅威にして調整役たる〝魔王〟が暴走するのを防止する事にある。

　ギィの思考は冷静でも、その力は強大過ぎた。一度動けば、被害が甚大となるほどに。

　それをさせぬ為にルドラが張り付いていたのだが、それではルドラの夢が叶わない。世界統一に向けて動き出す為にも、ギィの動きを封じる必要があったのだ。

　そうしたルドラの思惑を読み切った上で、ギィが言う。

「いいぜ。オレは手出ししねーと約束しよう。俺の代わりとなる魔王を集めて、人類への直接的懲罰は、ソイツ等に任せるとするさ」

「それは俺が止めてやる。そして、〝魔王〟による管理社会が生まれる前に、俺の手で世界を統一してやろう！」

「だが、それは苦難の道だぜ？　あのお人好しのヴェルダナーヴァでさえ諦めた、ある種の理想だからな」

　ヴェルダナーヴァは夢想主義者《ロマンチスト》だが、完璧主義者でもあった。理想は理想として、実現不可能なものは割り切って考える冷静さを併せ持っていたのである。

　ヴェルダナーヴァは変化を求めて全知全能を捨てた

結果、自身の考える理想社会を実現させる事も不可能となっていた。

だが、ヴェルダナーヴァにとってはそれで正解なのだ。自分の意のままになる世界など、何の面白みもないと考えているのである。

そんなヴェルダナーヴァの心情を理解するからこそ、ルドラが叫ぶ。

「だが、それでも！　俺はアイツを安心させてやりたいんだ。アイツは寿命に縛られた上に、普通の人間並みの力しか残っちゃいねえ。それなのにアイツは、ルシアと一緒に逝けるなんて喜んでたけど……本当は、この世界の行く末を心配もしてたんだよ！　何より、自分達の子供の将来を気にかけてたんだ……」

「むう」

「だから俺が、アイツを安心させてやる必要があるんだ。誰もが幸せに暮らせる世の中にして、アイツが寿命で死ぬ時に不安を感じずに済むようにさ。そして――アイツの創った世界が立派に成熟して、調和の取れた素晴らしい世界になったんだ――って、そう満足させてやりたいんだよッ!!」

ルドラはヴェルダナーヴァに対して、〝統一国家の樹立〟を誓った。

妹であるルシアを幸せにしてやって欲しいという願いも込めて、この世からあらゆる不幸を失くそうと決意したのである。

「人の世の事は、当事者である俺達自身の手で決めたいからな。寿命のないお前達は裁定者として、結末だけを見届けてくれればいいんだ」

「そうかよ……」

ルドラの言葉に、ギィは言い返すべき言葉が出てこない。

頭の中では、それは無理だと結論付けている。しかし、ルドラの気持ちも理解出来てしまうだけに、否定の言葉を口にするのが躊躇《ためら》われたのだ。

(何だよ、馬鹿やろう。それじゃあ、テメエが全て背負い込む事になるだけなんだぜ……？)

無駄に感情に聡《さと》い、自分の頭脳が恨めしくもあった。

ギィは傲慢でありながらも、気に入った者には優しかった。その優しさが仇となり、無謀なまでのルドラの挑戦を止められなかったのである。

自分の、愛すべき親友とも思えるこの愚かな男に、ギィはかける言葉を失っていたのだ。

(テメエの挑戦は、必ずや失敗するだろうぜ)

ギィの頭脳が、冷徹に計算結果を算出する。

確率という言葉で表現するのが馬鹿らしいほどに、成功率は低い。それなのに、ギィが親友だと思っているルドラは、決して諦めないだろう。

勇者とは、挫《くじ》けぬ心を持つ者なのだ。全ての苦難を背負い、理想世界の実現を目指すルドラは、紛れもなく本物の〝勇者〟なのだった。

だからこそギィも、コイツならあるいは――と、そう考えてしまった。

そう思わせる何かがルドラにあり、ギィもまた、その僅かな可能性に賭けたのである。

だが、結果は――

＊

ギィとルドラの勝負《ゲーム》が開始して以降、いくつもの悲劇が繰り返された。

ヴェルダナーヴァとルシアの間に子供《ミリム》が生まれた直後、最初の不幸があった。

ルドラの遠征時を狙って、ナスカ王国内でテロが発生したのだ。戦争中の敵国の仕業であったが、その凶行によってルシアとヴェルダナーヴァが帰らぬ人となる。

その時点で、ルドラの夢が音を立てて崩れ落ちた。

『俺は、俺はただ、ヴェルダナーヴァに安心して、俺達を認めて欲しくて――』

嘆く声はもう届かないのだと、ルドラは心を殺す。

そして残ったのが、目的を失った理想だけ。

『まだ続けるかよ？』

『ああ。余に残されたのは、お前との勝負だけだ。お前に認めてもらう事だけが、俺に残された最後の目的なんだよ』
『――いいぜ。相手してやらぁ』
ゲームは続く――

次の不幸は、ヴェルダナーヴァの子であるミリムの身に起きた。

ミリムは親の顔も知らずに育っている。

そして、ルドラと血の繋がりがある事さえも知らぬのだ。

そんなミリムの唯一の家族にして護衛であるペットが、とある国家の計略によって葬《ほうむ》られた。

ミリムは嘆き悲しみ、激怒した。そんなミリムを宥めるのに、ギィが全力で働く事になったのだ。

もしも阻止しなければ、いくつもの国が滅んでいただろう。

『これでも続けるか？　もっと早い段階でオレが動いていれば、ミリムが悲しむ事はなかったんだぜ？』

『余の責任だな。だがそれでも、ここで止めたら今までの犠牲が無に帰してしまう。皇帝たる余の責任として、ここで投げ出すなど許されぬであろうよ』

『そんな事はねーと思うが、まあいいさ。テメエが納得いくまで、オレが付き合ってやるよ』

ここで止めたら、ルドラが壊れてしまいそうだった。

だからギィは、結論を先延ばしにするしかなかったのだ。

不幸な未来が約束されている。そう思うものの、まだ確定はしていないのだから。

そうして、ゲームは続いた――


繰り返される苦難。

突きつけられる人の世の醜さ。

転生を繰り返すごとに聖なる力は磨耗して、ルドラは〝勇者〟としての資格をも失っていく。

それでもルドラが〝聖人《せいじん》〟であり続けたのは、彼の理想を求める心、執念の為せる業であったのだろう。

だが、それでも限界はやって来る。

いつしかルドラの心は蝕《むしば》まれ、当初の理念は失われていた。

目的を見失った者の定めと言おうか、ギィに勝利する為ならどんな手段だろうと厭《いと》わなくなっていく……。

冷酷で、残酷な。

ギィに勝つ事が全てとなり、そして結局、より多くの血が流れる結果となるのだ。

それは、ギィの見立てた通りの結末であった。


そしてとうとう、その日が訪れる。

ギィはルールに則って、最後の可能性に賭けた。

自分の手駒の中でもっとも未知数にして、希望のある存在《リムル》に、最後の審判を託したのである。

本当なら、自分自身が動きたかった。

だがしかし、ギィは最後までルールを順守したのだ。

その結果――

遠くで、友の気配が消失した。

やっぱり、リムルの野郎でも無理だったか――とギィは嘆く。

そこに恨みや無念さはない。

あるのはただ、親友《トモ》だった男を悼《いた》む気持ちのみ。


「――だから言ったんだよ、バカ野郎。そういうのは、悪魔たるオレ達、感情が揺れ動く事のないオレ達にこそ、相応しいんだ……」

そう呟くギィは、自分の頬を伝うモノに気付かない。

ただ静かに、ルドラの冥福を祈るのだ。


こうして、数千年にも及ぶギィとルドラのゲームは終わりを告げた。

普段通りの不敵な笑みを浮かべながら、ギィの心は悲しみに沈む。

そんなギィを、深海色《ブルーダイアモンド》の瞳が冷たく見詰めていた。

彼女の口元には、小さく歪んだ笑みが……。

ゲームは終わっても、争いの火種は燻《くすぶ》っていた。

そしてそれが、世界規模の大戦争――〝天魔大戦〟の始まりの狼煙《のろし》となるのである。

PRESENT STATUS

ステータス

Regarding Reincarnated to Slime

※参考値

クレイマン

EP	36万1423 〈疑似覚醒時：78万8842〉
種族	妖死族《デスマン》　称号　人形傀儡師《マリオネットマスター》
魔法	幻覚魔法　暗黒魔法　精神魔法　呪妖術　その他
能力	ユニークスキル『操演者《アヤツルモノ》』
耐性	物理攻撃耐性　精神攻撃耐性　状態異常耐性

リムル=テンペスト

EP	868万1123 (+竜魔刀228万)
種族	最上位聖魔霊 ——竜魔粘性星神体《アルティメットスライム》
庇護	リムルの慈愛
称号	聖魔混世皇《カオスクリエイト》
魔法	竜種魔法 上位精霊召喚 上位悪魔召喚 その他
神智核《マナス》	シエル
固有能力	万能感知 竜霊覇気 万能変化
究極能力《アルティメットスキル》	虚空之神《アザトース》……魂暴喰,虚無崩壊,虚数空間,竜種解放[灼熱・暴風],竜種核化[灼熱・暴風],時空間支配,多次元結界 豊穣之王《シュブ・ニグラト》……能力創造,能力複製,能力贈与,能力保存
耐性	物理攻撃無効 自然影響無効 状態異常無効 精神攻撃無効 聖魔攻撃耐性

ベニマル

EP	439万7778 (+紅蓮114万)	種族	鬼神《きしん》=上位聖魔霊 ――炎霊鬼《えんれいき》
加護	リムルの加護	称号	赫怒王《フレアロード》
魔法	炎霊魔法		
究極能力《アルティメットスキル》	陽炎之王《アマテラス》……思考加速,万能感知,魔王覇気,意思統制,光熱支配,空間支配,多重結界		
耐性	物理攻撃無効 自然影響無効 状態異常無効 精神攻撃耐性 聖魔攻撃耐性		

ソウエイ

EP	128万1162
種族	鬼神《きしん》＝中位聖魔霊 ──闇霊鬼《あんれいき》
加護	赫怒王《フレアロード》の影
称号	闇の盟主《ダークネス》
魔法	闇霊魔法
究極贈与《アルティメットギフト》	月影之王《ツクヨミ》……思考加速,万能感知,月の瞳,一撃必殺,超速行動,精神操作,並列存在,空間操作,多重結界
耐性	物理攻撃無効　自然影響無効　状態異常無効　精神攻撃無効

シオン

EP	422万9140 (＋神・剛力丸108万)	種族	闘神《トウシン》＝上位聖魔霊 ――闘霊鬼《とうれいき》
加護	リムルの加護	称号	闘神王《ウォーロード》
技術	神気闘法		
ユニークスキル	料理人《サバクモノ》……確定結果,最適行動,???		
耐性	物理攻撃無効 状態異常無効 精神攻撃無効 自然影響無効 聖魔攻撃耐性		

ガビル

EP	126万3824		
種族	真・龍人族《ドラゴニュート》＝中位聖魔霊――水霊龍《すいれいりゅう》		
加護	リムルの加護	称号	天龍王《ドラグロード》
究極贈与《アルティメットギフト》	心理之王《ムードメーカー》……思考加速,運命改変,不測操作,空間操作,多重結界		
固有能力	魔力感知　超感覚　竜鱗鎧化《ドラゴンスキン》　黒炎吐息《フレイムブレス》　黒雷吐息《サンダーブレス》		
耐性	痛覚無効　状態異常耐性　自然影響耐性　物理攻撃耐性　精神攻撃耐性　聖魔攻撃耐性		

ゲルド

EP	237万8749
種族	猪神《シシガミ》＝上位聖魔霊——地霊猪《ちれいしし》
加護	リムルの加護
称号	守征王《パリアロード》
魔法	回復魔法
究極贈与《アルティメットギフト》	美食之王《ベルゼバブ》……思考加速,魔力感知,魔王覇気,超速再生,捕食,胃袋,隔離,需要,供給,腐食,鉄壁,守護付与,代役,空間操作,多重結界,超嗅覚,全身鎧化
耐性	痛覚無効 状態異常無効 自然影響耐性 物理攻撃耐性 精神攻撃耐性 聖魔攻撃耐性

ランガ

EP	434万0084
種族	神狼《しんろう》＝上位聖魔霊――風霊狼《ふうれいろう》
加護	リムルの加護
称号	星狼王《スターロード》
魔法	風霊魔法
究極能力《アルティメットスキル》	星風之王《ハストゥール》……思考加速,万能感知,魔王覇気,天候支配,音風支配,空間支配,多重結界
耐性	物理攻撃無効 自然影響無効 状態異常無効 精神攻撃耐性 聖魔攻撃耐性

クマラ

EP	189万9944
種族	天星九尾《ナインテイル》＝上位聖魔霊――地霊獣《ちれいじゅう》
加護	リムルの加護
称号	幻獣王《キメラロード》
魔法	地霊魔法
究極贈与《アルティメットギフト》	幻獣之王《バハムート》……思考加速,万能感知,魔王覇気,重力支配,空間支配,多重結界
固有能力	獣魔支配　獣魔合一
耐性	物理攻撃無効　状態異常無効　自然影響耐性　精神攻撃耐性　聖魔攻撃耐性

ゼギオン

EP	498万8856
種族	蟲神《コガミ》＝上位聖魔霊――水霊蟲《すいれいちゅう》
加護	リムルの加護
称号	幽幻王《ミストロード》
魔法	水霊魔法
究極能力《アルティメットスキル》	幻想之王《メフィスト》……思考加速,万能感知,魔王覇気,水雷支配,時空間操作,多次元結界,森羅万象,精神支配,幻想世界
耐性	物理攻撃無効　状態異常無効　精神攻撃無効　自然影響無効　聖魔攻撃耐性

アダルマン

EP	87万7333
種族	死霊＝中位聖魔霊――光霊骨《こうれいこつ》
加護	リムルの加護
称号	冥霊王《ゲヘナロード》
魔法	死霊魔法　神聖魔法
究極贈与《アルティメットギフト》	魔道之書《ネクロノミコン》……思考加速,万能感知,魔王覇気,詠唱破棄,解析鑑定,森羅万象,精神破壊,聖魔反転,死者支配
耐性	物理攻撃無効　精神攻撃無効　状態異常無効　自然影響無効　聖魔攻撃耐性

テスタロッサ

EP	333万3124
種族	魔神《マジン》＝原初の七柱——悪魔王《デヴィルロード》
加護	リムルの加護
称号	虐殺王《キラーロード》
魔法	暗黒魔法　元素魔法
究極能力《アルティメットスキル》	死界之王《ベリアル》……思考加速,万能感知,魔王覇気,時空間操作,多次元結界,森羅万象,生命支配,死後世界
耐性	物理攻撃無効　状態異常無効　精神攻撃無効　自然影響無効　聖魔攻撃耐性

ウルティマ

EP	266万8816
種族	魔神《マジン》＝原初の七柱——悪魔王《デヴィルロード》
加護	リムルの加護
称号	残虐王《ペインロード》
魔法	暗黒魔法　元素魔法
究極能力《アルティメットスキル》	死毒之王《サマエル》……思考加速,万能感知,魔王覇気,時空間操作,多次元結界,弱点看破,死毒精製,死滅世界
耐性	物理攻撃無効　状態異常無効　精神攻撃無効　自然影響無効　聖魔攻撃耐性

カレラ

EP	701万3351（＋黄金銃337万）
種族	魔神《マジン》＝原初の七柱――悪魔王《デヴィルロード》
加護	リムルの加護
称号	破滅王《メナスロード》
魔法	暗黒魔法　元素魔法
究極能力《アルティメットスキル》	死滅之王《アバドン》……思考加速,万能感知,魔王覇気,時空間操作,多次元結界,限界突破,次元破断
耐性	物理攻撃無効　状態異常無効　精神攻撃無効　自然影響無効　聖魔攻撃耐性

ディアブロ

EP	666万6666
種族	魔神《マジン》＝原初の七柱——悪魔王《デヴィルロード》
加護	リムルの加護
称号	魔神王《デモンロード》
魔法	暗黒魔法　元素魔法
究極能力《アルティメットスキル》	誘惑之王《アザゼル》……思考加速,万能感知,魔王覇気,時空間操作,多次元結界,森羅万象,懲罰支配,魅了支配,誘惑世界
耐性	物理攻撃無効　状態異常無効　精神攻撃無効　自然影響無効　聖魔攻撃耐性

ヴェルドラ＝テンペスト

EP	8812万6579
種族	最上位聖魔霊 ——竜種
庇護	暴風の庇護
称号	暴風竜
魔法	竜種魔法
固有能力	万能感知　竜霊覇気　万能変化
究極能力《アルティメットスキル》	混沌之王《ナイアルラトホテップ》……思考加速,解析鑑定,森羅万象,確率操作,並列存在,真理之究明,時空間操作,多次元結界
耐性	物理攻撃無効　自然影響無効　状態異常無効 精神攻撃無効　聖魔攻撃耐性

あとがき

拙作も、とうとう十六巻が発売となりました。

思えば長かった。

初期の頃は五ヶ月に一冊ペースだったのが、今では六ヶ月に延びてしまいました。それでも定期的に続けてこれたのは、応援してくれている皆様がいたおかげだと思います。

本当に、月日が経つのは早いものですね。

今後ともこのペース、年二冊は守れるように、頑張っていきたいと思います。


ここからは今回の内容解説を少々。
※ネタバレ含みます。
………

……

…

この巻では、とうとう禁断の戦闘力の数値化を実装してしまいました。

僕としてはもっと早くから数値化したかったのですが、担当編集のＩ氏が強硬に反対していたんですよ。Ｉ氏の言い分も理解出来るので、今までは出さないようにしていたんですけど……

流石に、クレイマンさんをモノサシにするのは無理があるな、と。

いやね、クレイマンさんは頑張ってた。ゲルミュッドさんやカリオンさんとも協力して、今までずっと強さの説明に役立ってくれていました。

退場したにもかかわらず、名前の登場回数がかなり多かったですからね。

ですがそろそろ、その尺度にも限界があったのです。

クレイマン百人分とか言われても、全然凄さが伝わらないというね。

お疲れっした！　という事で、これでクレイマンの登場回数も激減する事でしょう。

で、今回から採用になった存在値ですが、ＷＥＢ版にもＥＰとして登場しています。

ＥＸＩＳＴＥＮＣＥ《イグジステンス》・ＰＯＩＮＴ《ポイント》と作中では紹介していますが、実際にはエネルギーポイントで間違っていません。なので、戦闘力とは直結しないけど参考になる、程度の認識で宜しくお願いします。


さてさて、閑話休題して今後の予定について少しお話を。

この巻は帝国編の後始末だけで終わってしまいましたので、次巻から最終章に入る前に、リムル視点以外の短編を挟みます。書きたい話は沢山あるのですが、一応は本編に絡む裏話を数話、収録しようかと考えております。

ページの都合や気分によっては、気軽な話も書くかもしれません。その辺はいつも通り、気の向くままという感じですね！

ナンバリングはそのまま十七巻になる予定です。

そして十八巻からは最終章を予定しておりますので、楽しみにお待ち下さい。

天魔大戦――胎動編、激突編、完結編――という構想ですが、これもまた僕の気分次第では変更される可能性アリ。参考にしかなりませんが、その方向で考えているという事で御了承下さいませ！

そこで一旦完結した後は、番外編を書こうと考えています。WEB版でも一作ありますし、その他にも書きたい物語はありますので。

ですので、そこまで当作品『転生したらスライムだった件』を続けていけるよう、これからも応援のほど宜しくお願い致します!!

最後に、当作品に携わって下さった全ての方へ謝辞を。

そして、応援して下さっているファンの皆様方へ最大の感謝を！

これからも皆様に楽しんで貰えるように、精一杯頑張りたいと思います。

それではまた～。

GC NOVELS

転生《てんせい》したらスライムだった件《けん》 ⑯

2020年4月1日　初版発行
2023年11月20日　第7刷発行

著者　伏瀬《ふせ》
イラスト　みっつばー

発行人　武内静夫
編集　伊藤正和
装丁　横尾清隆
印刷所　株式会社平河工業社
発行　株式会社マイクロマガジン社
〒104-0041　東京都中央区新富1-3-7　ヨドコウビル
[販売部]TEL 03-3206-1641／FAX 03-3551-1208
[編集部]TEL 03-3551-9563／FAX 03-3551-9565
https://micromagazine.co.jp/

ISBN978-4-89637-989-1　C0093

本書は小説投稿サイト「小説家になろう」(https://syosetu.com/)に掲載されていたものを、加筆の上書籍化したものです。

アンケートのお願い

右の二次元コードまたはURL (https://micromagazine.co.jp/me/) をご利用の上、本書に関するアンケートにご協力ください。

■スマートフォンにも対応しています (一部対応していない機種もあります)。
■サイトへのアクセス、登録・メール送信の際にかかる通信費はご負担ください。

ファンレター、作品のご感想をお待ちしています!

宛先
〒104-0041　東京都中央区新富1-3-7　ヨドコウビル
株式会社マイクロマガジン社　GCノベルズ編集部
「伏瀬先生」係　「みっつばー先生」係